O TITÃ DE WALL STREET

UM ROMANCE DA SÉRIE ZONA ALFA

ANNA ZAIRES

♠ MOZAIKA PUBLICATIONS ♠

Zaires, Anna

O Titã de Wall Street, de Anna Zaires. Tradução: Nany. 1ª edição. Rio de Janeiro, BR, 2019.

Publicado por Mozaika Publications, uma impressão de Mozaika LLC.

www.mozaikallc.com

e-ISBN: 978-1-63142-525-7

ISBN: 978-1-63142-526-4

— ... E, ENTÃO, O VETERINÁRIO DISSE QUE O SR. PUFFS não está preparado para isso e eu...

Kendall bate o copo de chá gelado com tanta força que o líquido de seis dólares cai de sua borda. Agarrando o guardanapo, ela enxuga o molhado e me encara sobre o prato meio comido de crepes de trigo-mourisco.

— O que foi? — Eu pisco para a minha melhor amiga.

— Consegue notar que está falando sobre Sr. Puffs, Cottonball e Rainha Elizabeth pela última meia hora? — Kendall se inclina, os olhos castanhos estreitados. — É gato isso, gato aquilo, veterinário aquilo outro.

— Ah — Envergonhada, olho para o relógio na

parede do local de brunch no qual Kendall me arrastou. Com certeza, já faz quase trinta minutos desde que chegamos aqui – e não calei a boca durante esse tempo. Sem graça, olho para Kendall. — Me desculpe por isso. Não quis te entediar.

— Não, Emma. — O tom de Kendall é de paciência exagerada quando ela se inclina para trás, jogando o cabelo escuro e brilhoso por cima do ombro. — Você não me entediou. Mas me fez perceber uma coisa.

— O quê?

— Você, minha querida, é oficialmente a Senhora dos Gatos.

Minha boca se abre. — Como assim?

— Sim. Uma típica Senhora dos Gatos.

— Claro que não sou!

— Não? — Ela arqueia uma sobrancelha perfeitamente formada. — Vamos rever os fatos então. Quando foi a última vez que teve seu cabelo cuidado por um profissional?

— Hum… — Conscientemente, toco na explosão de cachos vermelhos na minha cabeça. — Talvez um ano ou mais atrás? — Foi, na verdade, para a festa do vigésimo quinto aniversário de Kendall, o que significa que já faz dezoito meses que nada além de um pente tocou essa bagunça cheia de frizz.

— Certo. — Kendall corta seu crepe com a delicadeza de Rainha Elizabeth – minha gata, não a monarca britânica. Depois de mastigar, ela diz: — E o seu último encontro, foi quando?

Sobre isso eu preciso realmente pensar. — Dois

meses atrás — digo triunfante quando a lembrança finalmente chega até mim. Eu cortei um pedaço do meu próprio crepe e levei-o à minha boca, murmurando: — Isso não é há muito tempo.

— Não — Kendall concorda. — Mas eu estou falando sobre um encontro de verdade, não um café por sentir pena de seu vizinho de sessenta anos.

— Roger não tem sessenta anos. Ele tem no máximo quarenta e nove...

— E você tem vinte e seis. Fim da história. Agora, não evite a pergunta. Quando foi a última vez que você teve um encontro de verdade?

Pego meu copo d'água e engulo enquanto tento lembrar. Tenho que admitir, Kendall me pegou nessa. — Talvez um ano atrás? — Eu me arrisco, embora tenha certeza de que a data em questão – uma ocasião menos que memorável, claramente – antecedeu a festa de aniversário de Kendall.

— Um ano? — Kendall bate as unhas cor castanho na mesa. — É sério, Emma? Um ano?

— O quê? — Tentando ignorar o rubor subindo pelo meu pescoço, concentro-me em consumir o resto do meu crepe de vinte e dois dólares. — Tenho andado ocupada.

— Com seus gatos — diz ela incisivamente. — Todos os três. Encare: você é a Senhora dos Gatos.

Olho por cima do meu prato e reviro os olhos. — Tudo bem. Se você insiste, então sim, eu sou a Senhora dos Gatos.

— E você está bem com isso? — Ela me dá um olhar incrédulo.

— Perdão? Devo saltar da ponte do Brooklyn em desespero? — Encho minha boca com o ultimo pedaço de meu crepe. Ainda estou com fome, mas não vou pedir mais nada do menu supercaro. — Gostar de gatos não é crime.

— Não, mas passar todo o seu tempo livre pegando caixas de areia enquanto mora em Nova York é. — Kendall empurra seu próprio prato vazio para longe. — Você está em uma idade privilegiada para pegar um cara, e você simplesmente não sai com eles.

Eu suspiro exasperada. — Porque eu simplesmente não tenho tempo – e além disso, quem disse que eu quero ficar com alguém? Eu estou perfeitamente bem sozinha.

— Diz ela, repetindo o que todas as outras Senhoras dos Gatos dizem de si mesmas. Honestamente, Emma, quando foi a última vez que você teve relações sexuais com outra coisa senão seu vibrador?

Kendall não se incomoda em abaixar a voz quando diz isso, e sinto meu rosto ficar vermelho novamente quando um casal gay na mesa ao nosso lado olha e ri.

Felizmente, antes que eu possa responder, a bolsa *Prada* de Kendall vibra.

— Ah. — Ela franze a testa enquanto pega o celular e lê o que a tela diz. Olhando para cima, ela faz um gesto para o garçom. — Eu preciso ir — diz se desculpando. — Meu chefe acabou de ter uma epifania sobre o design do vestido com o qual ele vem lutando, e precisa que eu pegue alguns modelos para ele, imediatamente.

— Não se preocupe. — Estou acostumada com o trabalho imprevisível de Kendall na indústria da moda. Alcançando meu cartão de débito, digo: — Voltamos a nos ver em breve — e pego meu telefone para ver meu saldo na conta corrente.

A TEMPERATURA LÁ FORA ESTÁ UM POUCO ACIMA DO ponto de congelamento, e a estação de metrô que eu preciso fica acerca de dez quarteirões de distância do local do brunch. Ainda assim, eu ando porque: a) meus quadris poderiam fazer bom uso do exercício, e b) eu não posso fazer mais nada. Essa saída esgotou meu orçamento de fim de semana até o ponto em que vou ter que empurrar minha ida ao supermercado para segunda-feira. Eu disse a Kendall para parar de me levar a lugares caros, mas eu deveria saber que ela não consideraria um brunch de 25 dólares tão caro.

Na cidade de Nova York, isso é praticamente gratuito.

Para ser justa, Kendall não sabe o quanto minhas finanças estão ruins. Meus empréstimos estudantis não são algo que eu goste de falar. No que diz respeito ao que ela sabe, eu moro em um estúdio no porão no Brooklyn e uso cupons porque gosto de economizar dinheiro. Ela mesma não está exatamente ganhando milhões - ser assistente de um estilista promissor não paga muito mais do que meu trabalho em livraria e de revisão – mas seus pais cobrem a maior parte de suas despesas, então, todo o seu salário é gasto em roupas e vários luxos.

Se ela não fosse uma boa amiga, eu a odiaria.

Quando entro na estação de metrô, quase tropeço em um sem teto descansando nas escadas. — Desculpe — murmuro, prestes a sair correndo, mas ele me dá um sorriso desdentado e estende uma bolsa marrom na minha direção.

— Tudo bem, mocinha — ele insulta. — Quer um gole? Parece que você precisa de uma bebida.

Assustada, eu recuo. — Não, obrigada. Eu estou bem. — O quão horrível devo parecer se pessoas sem teto estão me oferecendo álcool? Talvez haja algo de verdadeiro no diagnóstico de Senhora dos Gatos de Kendall.

Dando de ombros, o homem toma um gole da bolsa marrom, e desço as escadas antes que ele se ofereça para compartilhar algo mais comigo – como as moedas no chapéu ao lado dele.

Estou precisando de dinheiro, mas não estou tão desesperada assim.

UMA LONGA VIAGEM DE TREM DEPOIS, SAIO DO METRÔ em Bay Ridge, meu bairro no Brooklyn. No segundo em que saio, uma rajada de vento me atinge o rosto.

Uma rajada de vento e algo molhado.

Neve caindo.

Ótimo. Maravilha. Rangendo os dentes, agarro as lapelas do meu velho casaco de lã, tentando evitar que as duas pontas se separem do meu pescoço, e começo a andar. Eu não moro tão longe do metrô – apenas a cinco quarteirões –, mas são quarteirões longos, e eu amaldiçoo cada um deles quando a chuva gelada se intensifica.

— Cuidado — uma mulher corpulenta grita ao esbarrarmos e eu automaticamente murmuro um pedido de desculpas. Não é totalmente minha culpa – são necessárias duas pessoas para esbarrar uma na outra – mas não é da minha natureza ser rude.

Meus avós me criaram muito bem.

Quando finalmente chego ao local onde estou alugando meu estúdio no porão, sinto que escalei o Monte Everest. Meu rosto está molhado e congelado, e apesar dos meus melhores esforços para manter meu casaco fechado, a neve entrou, me esfriando por dentro. Eu sou uma daquelas pessoas que têm que ter a metade superior do corpo quente. Posso tolerar pés gelados – eu também os tenho, já que meus tênis não são à prova d'água – mas não suporto ter água fria escorrendo pelo meu pescoço.

Se eu tinha ficado brava com o Sr. Puffs por rasgar meu cachecol de aparência decente antes, não é nada comparado a como me sinto agora. Aquele gato vai ver só.

— Puffs! — grito, empurrando a porta e entrando

no meu apartamento de um quarto. — Venha aqui, sua criatura maligna!

O gato está fora de vista. Em vez disso, Rainha Elizabeth me dá um olhar plácido da minha cama e lambe sua pata, em seguida, começa a se arrumar, alisando cada pelo branco fofo no lugar. Cottonball está ao lado dela, dormindo no meu travesseiro. Ambos os felinos parecem quentes, contentes e totalmente despreocupados, e não pela primeira vez, sinto uma ponta de inveja irracional em relação aos meus animais de estimação.

Eu adoraria dormir o dia todo e ter alguém para me alimentar.

Tremendo, tiro meu casaco molhado, penduro-o no gancho perto da porta e me livro dos tênis. Então, vou em busca do Sr. Puffs.

Eu o encontro em seu novo lugar favorito: a prateleira de cima do meu armário. É onde eu mantenho chapéus, luvas, cachecóis e bolsas – não que eu tenha muitos de cada item, e é por isso que é uma tragédia de proporções épicas quando o gato malvado decide destruir um deles para abrir espaço para seu corpo peludo.

— Puffs, vem aqui. — Eu não sou exatamente alta, então, tenho que me esticar na ponta dos pés para agarrá-lo. Grunhindo com o esforço, eu o pego da prateleira. O gato pesa uns sete quilos sólidos e, com as patas se movendo no ar, ele parece duas vezes mais pesado. — Eu disse que você não tem permissão para ficar lá.

Eu o coloco no chão, e ele me dá um olhar de olhos apertados que diz que é apenas uma questão de tempo antes que ele pegue o resto dos meus acessórios. Como seus irmãos, o Sr. Puffs é branco e fofo, a personificação perfeita de sua raça persa, mas é aí que a semelhança acaba. Não há nada calmo e plácido nele. Não tenho certeza se o gato dorme. Em momento algum. É possível que ele seja um vampiro que se transforma em um enorme persa de dia.

Ele é certamente mau o suficiente para isso.

Apenas quando estou prestes a gritar com ele novamente por rasgar o cachecol, ele esfrega a cabeça no meu jeans molhado e emite um ronronar alto. Então, ele olha para mim, grandes olhos verdes piscando inocentemente.

Eu derreto. Ou talvez sejam as gotas geladas agarradas às minhas roupas que estão derretendo, mas, de qualquer forma, agora, há uma sensação quente e confusa no meu peito.

— Tudo bem, venha aqui, seu fedido — eu murmuro, ajoelhando-me para acariciar o gato. Ele ronrona mais alto, esfregando a cabeça contra a minha mão como se eu fosse sua pessoa favorita no mundo. Tenho quase certeza de que ele está me manipulando de propósito – o gato é assustadoramente esperto – mas não posso deixar de me apaixonar por ele.

Quando se trata de meus gatos, eu sou totalmente flexível.

O carinho continua até que Sr. Puffs tenha certeza de que não vou gritar com ele. Então, ele caminha até a minha cama e se junta aos outros gatos, se enrolando no meu travesseiro ao lado de Cottonball.

Suspiro e vou ao banheiro para tomar um banho quente. Por mais que eu odeie admitir isso, Kendall está certa.

Em algum lugar ao longo do caminho, eu me transformei numa perfeita Senhora dos Gatos.

Enquanto tomo banho, tento me convencer de que não é grande coisa. Ok, então minhas roupas são velhas e um pouco fora de moda, e não faço nada com o meu cabelo, exceto lavá-lo e, ocasionalmente, colocar um pouco de gel nele. E sim, tenho três gatos. E daí? Muitas pessoas amam animais. É um traço de caráter positivo. Eu nunca confiei em quem não gosta de animais de estimação. Não é natural, como odiar chocolate ou sorvete. Eu posso ver como alguém pode ter preferências quando se trata de animais – algumas pessoas tristemente mal-orientadas preferem cães a gatos, por exemplo – mas não gostar de animais de estimação? Esse alguém poderia muito bem ser um serial killer.

No entanto, algo sobre esse rótulo – Senhora dos Gatos – incomoda um pouco. Talvez seja porque eu tenha apenas 26 anos. Como Kendall disse, eu deveria estar no meu auge. Se estou nesse caos agora, o que vai acontecer quando eu tiver cinquenta ou sessenta anos? Talvez meus períodos sem encontros aumentem de um ano para uma década, e eu andarei pelas ruas gargalhando para mim mesma enquanto tricoto chapéus com pelos de gato.

Não, isso é ridículo. Além disso, eu não quero um homem. De verdade, não. Ok, bem, talvez eu queira um para sexo – sou uma mulher normal e saudável – mas não preciso de alguém ditando minha vida e dominando meu tempo. Foi o que aconteceu com Janie, minha outra melhor amiga da faculdade. Ela tem um namoro a sério e agora eu nunca a vejo. E mesmo Kendall, que se orgulha de ser independente, desaparece por semanas no instante em que está namorando alguém. Meu último namoro a sério foi no meu último ano de faculdade, e eu quase fui reprovada em uma aula porque ele demandava muita atenção – e isso foi antes de eu ter os gatos. Agora que Rainha Elizabeth, o Sr. Puffs e Cottonball estão na minha vida, não consigo me imaginar ainda ter que lidar com um homem.

Ainda assim, quando eu saio do chuveiro e pego meu telefone, um diabinho no meu ombro – um pequeno e elegante que parece suspeitamente com Kendall – me faz abrir um aplicativo de namoro que Janie me fez entrar meses atrás. É o mesmo o qual ela conheceu seu namorado atual, aquele que a fez desaparecer da minha vida. Antes do dito desaparecimento, ela de alguma forma me convenceu a criar um perfil lá. Eu brinquei com o aplicativo por alguns dias com uma vaga idéia de encontrar um cara legal e descontraído que gostasse de gatos e longas caminhadas no parque, mas depois de cerca de uma dúzia de fotos de paus, desisti e parei de entrar.

Você realmente não deu uma chance, Janie disse frustrada quando eu a informei sobre as fotos. *Sim, existem alguns idiotas por lá, mas também há alguns caras bons, como o meu Landon.*

Certo, eu disse, acenando educadamente. Kendall e eu somos ambas da opinião de que Landon – em perpétua zombaria e fofocas mesquinhas – é um idiota, mas eu não quis dizer nada para Janie. Em retrospecto, talvez eu devesse ter falado, porque logo depois que Janie me fez criar esse perfil, ela foi sugada para o buraco negro de seu relacionamento, e Kendall e eu não a vimos desde então.

Colocando o telefone na cama, arrumo meus travesseiros para me fornecer um encosto – um movimento que envolve espantar Cottonball e o Sr. Puffs de um travesseiro e afastar Rainha Elizabeth. Cottonball e Rainha Elizabeth são amistosos o suficiente – Rainha Elizabeth até pula da cama – mas o Sr. Puffs me lança um olhar maligno e balança a cauda ameaçadoramente de um lado ao outro antes de se enrolar ao lado dos meus pés. Eu sei que ele vai se lembrar dessa ofensa e buscar retaliação mais tarde, mas, por enquanto, eu tenho um lugar confortável para olhar todas as fotos de paus que estão, sem dúvida, esperando por mim no app.

Afundando-me entre os travesseiros, entro no meu perfil e verifico a caixa de entrada. Com certeza há cerca de trezentas mensagens, com pelo menos uma centena delas contendo anexos de natureza peniana. Só por diversão, eu cliquei em algumas delas – alguns são na verdade de tamanho e forma decentes – mas, depois, fico entediada e começo a apagá-las sistematicamente. Eu não sei de onde os homens criaram a ideia de que fotos de pau são sexies porque honestamente não são. Não tenho nada contra pênis, mas eles não me excitam a menos que estejam ligados a um cara que eu gosto. Pontos bônus se esse cara vier com abdominais e peitos agradáveis, mas a personalidade é o que mais me interessa.

Eu preferiria namorar um careca de trezentos quilos que é gentil com animais e senhoras do que com um idiota supermodelo perfeito com um pau gigante.

Levo cerca de uma hora para apagar a maior parte das mensagens. É quando estou confortável – e firmemente convencida de que nunca mais vou usar um aplicativo de namoro – que o vejo.

Um simples e-mail sem anexo de um avatar de um homem de rosto redondo com um sorriso tímido.

Intrigada, clico na mensagem enviada há apenas três dias.

Oi, Emma, está escrito. *Tenho certeza de que você recebe muito esse tipo de coisa, mas eu acho você muito fofa e amo os gatos em sua foto. Eu mesmo tenho dois persas. Eles são gordos e horrivelmente mimados, mas eu os amo e estou convencido de que, apesar de arranhar todos os meus móveis, eles me amam de volta. Além de passar tempo com eles, meus hobbies incluem descobrir cafés peculiares no Brooklyn, ler (ficção histórica, principalmente) e andar de patins no parque. Ah, e eu trabalho em uma livraria enquanto estudo para ser veterinário. Você acha que gostaria de se encontrar para um café ou jantar um dia desses? Eu conheço um ótimo lugarzinho no Park Slope. Por favor, deixe-me saber se isso é algo te interessaria.*

Obrigado,

Mark

Meu pulso acelerou de excitação, li a mensagem novamente e, depois, fui ao seu perfil. Há duas fotos reais de Mark lá, cada uma mostrando um cara que parece ser exatamente meu tipo. Embora as imagens estejam desfocadas, elas se assemelham bastante ao avatar em desenho animado. Seu rosto redondo parece gentil, seu sorriso torto é ao mesmo tempo tímido e auto-depreciativo, e em uma foto, ele está usando óculos que lhe dão uma aparência agradavelmente intelectual. De acordo com o perfil, ele tem vinte e sete anos, cabelos castanhos e olhos azuis, e mora em Carroll Gardens, no Brooklyn.

Ele é tão perfeito que eu poderia tê-lo mandado da minha lista secreta de desejos.

Sorrindo, respondo que adoraria me encontrar com ele, depois, pulo da cama e faço uma dancinha. Meu cabelo cai em cachos ruivos espalhados pelo meu rosto, e meus gatos olham para mim como se eu fosse louca, mas eu não me importo.

Kendall pode enfiar seus rótulos de Senhora dos Gatos em sua bundinha magra.

Eu tenho um encontro de verdade.

arcus

— Sim, isso mesmo — digo, impaciente. — Eu quero que ela esteja arrumada e bem cuidada em todos os momentos. Ela tem que ter um senso de estilo; isso é muito importante. Uma morena seria melhor, mas uma loira também serviria, desde que seu penteado seja conservador. Ela não pode parecer que acabou de sair da *Playboy*, entendeu?

— Sim, claro, Sr. Carelli. — A morena elegante na minha frente cruza as pernas longas e me dá um sorriso educado. Victoria Longwood-Thierry, casamenteira da elite de Wall Street, é exatamente o que eu tenho em mente para minha futura esposa, exceto que ela está na casa dos cinquenta e é casada, com três filhos. — E os hobbies e interesses? — Ela pergunta em sua voz cuidadosamente modulada. — Como gostaria que ela fosse?

— Alguém intelectual — digo. — Quero poder falar com ela fora do quarto.

— Claro. — Victoria faz uma observação em seu bloco de anotações. — E sobre sua profissão?

— Isso não importa realmente para mim. Ela pode ser uma advogada ou médica ou passar o tempo todo fazendo trabalhos de caridade para órfãos no Haiti – é tudo o mesmo no que me diz respeito. Quando nos casarmos, ela pode ficar em casa com as crianças ou continuar sua carreira. Estou confortável com qualquer uma das opções.

— Isso é muita bondade de sua parte. — A expressão de Victoria é inalterada, mas tenho a sensação de que ela está secretamente rindo de mim. — Como você se sente sobre animais de estimação? Prefere gatos ou cachorros?

— Nenhum. Não gosto de ter animais dentro de casa.

Victoria faz outra anotação antes de perguntar: — E a altura dela? Você tem uma preferência?

— Alta — digo imediatamente. — Ou, pelo menos, acima da média. — Tenho um metro e noventa e as mulheres pequenas parecem crianças para mim.

— Ok, certo. — Victoria anota. — E sobre o tipo de corpo? Atlético ou esbelto, eu suponho?

Eu assinto. — Sim. Estou em forma, e quero que ela esteja em boa forma para que possa me acompanhar. — Franzindo a testa, olho para o meu relógio *Patek*

Philippe e vejo que tenho apenas meia hora antes de o mercado abrir. Voltando minha atenção para Victoria, digo: — Basicamente, quero uma mulher inteligente, elegante, estilosa e que cuide de si mesma.

— Entendi. Não ficará desapontado, eu prometo.

Sou cético, mas mantenho uma expressão neutra quando ela se levanta e educadamente me leva para fora de seu escritório. Ela promete entrar em contato comigo dentro de alguns dias, aperta minha mão e sai, deixando para trás uma nuvem de perfume caro. Não é muito forte – Victoria Longwood-Thierry nunca seria tão pegajosa a ponto de usar perfume forte –, mas eu ainda espirro enquanto me dirijo ao elevador.

Vou ter que adicionar isso à lista: a esposa candidata não pode usar perfume, ponto final.

Quando chego ao meu prédio na Park Avenue, do escritório de Victoria, em West Village, meus programadores e *traders* estão grudados em suas telas. Apenas alguns deles notam quando faço o caminho para o meu escritório no canto. Eu normalmente paro em suas mesas para perguntar sobre o fim de semana deles e obter uma atualização sobre nossas posições, mas o mercado já está aberto e não posso distraí-los.

Com noventa e dois bilhões do dinheiro dos meus investidores em jogo, não há espaço para erros.

Meu escritório é enorme e tem uma excelente vista dos arranha-céus da Park Avenue, mas não paro para apreciá-lo. Uma vez, esse escritório parecia o auge da conquista de um garoto problemático de Staten Island, mas agora anseio por mais. O sucesso é a minha droga e, a cada acerto, preciso de uma dose maior para obter o burburinho. Não é mais sobre o dinheiro – além de minha participação pessoal no fundo, eu tenho alguns bilhões de dólares resguardados em imóveis e outros investimentos passivos – é sobre saber que posso fazer isso, que posso ter sucesso onde outros falharam. A recente volatilidade do mercado resultou em perdas recordes tanto para os fundos de investimento livre quanto para os fundos mútuos, mas a Carelli Capital Management cresceu, superando o mercado em mais de 40%. Fundações, fundos de pensão, indivíduos ricos – eles estão todos tropeçando uns nos outros com pressa de investir comigo, e eu ainda quero mais.

Eu quero tudo, incluindo uma esposa que se encaixe na vida que trabalhei tanto para construir.

Aparentemente, deveria ser fácil. Aos trinta e cinco anos, tenho dinheiro suficiente para manter a população feminina de Manhattan com bolsas *Louis Vuitton* e sapatos *Louboutin* pelo resto de suas vidas, não sou feio, e malho diariamente para ficar em forma. O último, faço mais pela saúde do que pela vaidade, mas as mulheres parecem apreciar os resultados. Eu posso pegar qualquer mulher em um clube em questão de minutos, mas nenhuma delas é o que eu quero.

Eu quero alta classe. Eu quero elegância.

Eu quero uma mulher que seja o oposto completo daquela que me criou – daí, Victoria Longwood-Thierry e suas conexões de dinheiro antigo.

Foi meu amigo Ashton que me apontou na direção dela.

— Você sabe que o tipo de mulher que você quer não vai ficar em um bar, certo? — Ele disse quando, depois de algumas cervejas, mencionei minhas especificações para uma esposa. — Você está falando sobre a aristocracia americana aqui, Mayflower e toda essa merda. Se você está falando sério sobre encontrar a boceta de ouro, precisa falar com a amiga da minha tia. Ela é uma casamenteira profissional que trabalha com políticos e caras ricos de Wall Street, como você. Ela vai encontrar exatamente o que você precisa.

Eu ri e mudei de assunto, mas o germe da idéia tinha sido plantado, e quanto mais eu investigava a amiga da tia de Ashton, mais intrigado me tornava. Acontece que Victoria havia arranjado casamento para, pelo menos, dois gerentes de fundos de investimento que eu conheço – um com uma ginasta olímpica, o outro com uma bióloga de Princeton que uma vez trabalhou como modelo. Depois de escavar ainda mais, fiquei sabendo que os dois casamentos estão durando, e, mais do que tudo, me convenceu a dar uma chance à casamenteira.

Eu pretendo ser tão bem-sucedido em minha vida pessoal quanto tenho sido nos negócios, e ter o tipo certo de esposa é uma grande parte disso.

Sentado em minha mesa de madeira de ébano reluzente, ligo meu monitor *Bloomberg* e pego uma pilha de relatórios de pesquisa. Eu tenho Victoria cuidando do caso, então, deixo de lado a caçada à esposa e me concentro no que realmente importa: meu trabalho e fazer dinheiro para meus clientes.

~

Já são oito da noite quando meu telefone vibra com uma mensagem. Esfregando meus olhos, olho para longe da tela do meu computador e vejo que é uma mesagem de Victoria.

Tenho a candidata perfeita para você, diz a mensagem. *Ela pode encontrá-lo no Sweet Rush Café, em Park Slope, amanhã às 18h. Se for bom para você, eu lhe enviarei mais detalhes. Emmeline mora em Boston e só está na cidade por alguns dias.*

Eu franzo a testa para o meu telefone. Seis horas? Quase nunca saio do escritório tão cedo na terça-feira. E Boston? Como posso conhecer essa Emmeline se ela não mora em Nova York?

Começo a mandar uma mensagem para Victoria que eu não consigo, mas paro no último momento. Isso é o que eu queria: que Victoria me apresentasse uma mulher que eu nunca conheceria sozinho. Dado o histórico da casamenteira, posso dispensar uma noite para ver se há algo que valha a pena perseguir lá.

Antes que eu mude de ideia, envio uma mensagem rápida para Victoria concordando com o encontro, e volto minha atenção para a tela do meu computador.

Se vou sair do escritório amanhã cedo, tenho que trabalhar mais algumas horas hoje à noite.

3

Emma

Estou quase pulando de emoção quando me aproximo do Sweet Rush Café, onde eu deveria encontrar Mark para o jantar. Essa é a coisa mais louca que já fiz em longo tempo. Entre o meu turno da noite na livraria e o horário de aula dele, não tivemos a chance de fazer mais do que trocar algumas mensagens, então, tudo o que tenho são aquelas fotos desfocadas. Ainda assim, tenho um bom pressentimento sobre isso.

Eu sinto que Mark e eu podemos nos conectar.

Cheguei alguns minutos mais cedo, então, paro na porta e tiro um momento para tirar pelo de gato do meu casaco de lã. O casaco é bege, o que é melhor do que o preto, mas o pelo branco é visível em tudo o que não é branco puro. Eu acho que Mark não se importa muito – ele sabe o quanto os persas perdem pelo –, mas eu ainda quero parecer apresentável para o nosso primeiro encontro. Demorei cerca de uma hora, mas fiz meus cachos ficarem semi-comportados, e estou até usando um pouco de maquiagem – algo que acontece com a frequência de um tsunami em um lago.

Respirando fundo, entro no Café e olho em volta para ver se Mark já está lá.

O lugar é pequeno e aconchegante, com assentos em forma de bancos dispostos em semicírculo em volta do balcão. O cheiro de grãos de café torrados e moídos é de dar água na boca, fazendo meu estômago roncar de fome. Eu estava planejando ficar só no café, mas decidi pegar um croissant também; meu orçamento deve dar para isso.

Apenas alguns dos lugares estão ocupados, provavelmente porque é uma terça-feira. Eu os examino, procurando por alguém que possa ser Mark, e noto um homem sentado sozinho na mesa mais distante. Ele está de costas para mim, então, tudo o que consigo ver é a parte de trás de sua cabeça, mas seu cabelo é curto e castanho escuro.

Pode ser ele.

Reunindo minha coragem, aproximo-me do local.

— Com licença — digo. — Você é Mark?

O homem se vira para mim e meu pulso dispara na estratosfera.

A pessoa na minha frente não é nada como as fotos no aplicativo. Seu cabelo é castanho e seus olhos são azuis, mas essa é a única semelhança. Não há nada arredondado e tímido nas expressões rígidas do homem. Do queixo de aço ao nariz aquilino, seu rosto é ousadamente masculino, marcado por uma autoconfiança que beira a arrogância. Uma barba por fazer escurece suas bochechas magras, fazendo suas maçãs do rosto salientes se destacarem ainda mais, e suas sobrancelhas são grossas e escuras sobre os olhos penetrantes e pálidos. Mesmo sentado atrás da mesa, ele parece alto e poderosamente bem-definido. Seus ombros são muito largos em seu terno bem cortado e suas mãos são duas vezes maiores que as minhas.

Não é possível que seja o Mark do aplicativo, a menos que ele tenha gasto algum tempo em ginástica desde que as fotos foram tiradas. Seria possível? Uma pessoa poderia mudar tanto? Ele não indicou sua altura no perfil, mas eu presumi que a omissão significava que ele era tão prejudicado verticalmente quanto eu.

O homem que eu estou olhando não é prejudicado de qualquer forma, e ele certamente não está usando óculos.

— Eu sou... Eu sou Emma — gaguejo enquanto o homem continua olhando para mim, seu rosto duro e inescrutável. Tenho quase certeza de que tenho o cara errado, mas ainda me forço a perguntar: — Você é Mark, por acaso?

— Eu prefiro ser chamado de Marcus — ele me choca, respondendo. Sua voz é um estrondo masculino profundo que puxa algo primitivamente feminino dentro de mim. Meu coração bate ainda mais rápido e minhas palmas começam a suar quando ele se levanta e diz abruptamente: — Você não é o que eu esperava.

— Eu? — *Que diabos?* Uma onda de raiva afasta todas as outras emoções enquanto eu fico boquiaberta com o gigante rude na minha frente. O idiota é tão alto que tenho que esticar o pescoço para olhar para ele. — E quanto a você? Não se parece nada com suas fotos!

— Eu acho que nós dois fomos enganados — diz ele, com a mandíbula apertada. Antes que eu possa responder, ele gesticula em direção ao banco — Você pode muito bem sentar e fazer uma refeição comigo, Emmeline. Eu não vim até aqui para nada.

— É *Emma* — eu corrijo, fumegando. — E não, obrigada. Eu vou apenas seguir meu caminho.

Suas narinas se abrem e ele caminha para a direita para bloquear meu caminho. — Sente-se, *Emma*. — Ele faz o meu nome soar como um insulto. — Vou ter uma conversa com Victoria, mas, por enquanto, não vejo por que não podemos compartilhar uma refeição como dois adultos civilizados.

As pontas das minhas orelhas queimam com fúria, mas eu deslizo no banco em vez de fazer uma cena. Minha avó incutiu polidez em mim desde cedo, e mesmo sendo adulta vivendo sozinha, acho difícil ir contra os ensinamentos dela.

Ela não aprovaria eu dando joelhadas nas bolas dele e mandando-o se foder.

— Obrigado — diz ele, deslizando para o assento em frente a mim. Seus olhos brilham azulados quando pega o cardápio. — Isso não foi tão difícil, foi?

— Eu não sei, *Marcus* — digo, colocando ênfase especial no nome formal. — Eu só estive perto de você por dois minutos, e já estou me sentindo homicida. — Revido o insulto com um sorriso feminino, aprovado pela vovó, e ponho minha bolsa no canto do meu banco, pego o menu sem me preocupar em tirar o casaco.

Quanto mais cedo comermos, mais cedo posso sair daqui.

Uma risada profunda me faz olhar para cima. Para meu choque, o idiota está sorrindo, seus dentes brilhando brancos em seu rosto levemente bronzeado. Sem sardas, noto com inveja; sua pele é perfeitamente uniforme, sem nem um grama extra na bochecha. Ele não é classicamente bonito – suas características são ousadas demais para serem descritas dessa maneira – mas ele é chocantemente bonito, de uma maneira potente e puramente masculina.

Para meu espanto, uma onda de calor lambe meu núcleo, fazendo meus músculos internos se apertarem.

De jeito nenhum. Esse idiota *não* está me excitando. Eu mal posso ficar próxima a ele.

Rangendo os dentes, olho para o meu cardápio, observando com alívio que os preços neste lugar são realmente razoáveis. Eu sempre insisto em pagar minha parte da comida em encontros, e agora que eu conheci Mark – desculpe-me, *Marcus* – eu não deixaria que ele me arrastasse para um lugar chique onde um copo d'água da torneira custa mais do que uma dose de *Patrón*. Como eu poderia estar tão errada sobre o cara?

Claramente, ele mentiu sobre trabalhar em uma livraria e ser um estudante. Para que fim, eu não sei, mas tudo sobre o homem à minha frente grita riqueza e poder. Seu terno risca-de-giz abraça sua estrutura de ombros largos como se fosse feito sob medida para ele, sua camisa azul é engomada, e eu tenho certeza de que sua gravata sutilmente quadriculada é uma marca de grife que faz a *Chanel* parecer uma marca do *Walmart*.

Quando todos esses detalhes se registram, uma nova suspeita me ocorre. Alguém poderia estar fazendo uma piada comigo? Kendall, talvez? Ou Janie? Ambas conhecem o meu gosto para rapazes. Talvez uma delas tenha decidido me atrair para um encontro dessa maneira – embora o motivo pelo qual elas montariam isso com *ele*, e ele concordaria com isso, seja um enorme mistério.

Franzindo a testa, olho para o menu e estudo o homem à minha frente. Ele parou de sorrir e está folheando o cardápio, com a testa franzida em uma carranca que o faz parecer mais velho do que os vinte e sete anos listados em seu perfil.

Essa parte também deve ter sido uma mentira.

Minha raiva se intensifica. — Então, *Marcus*, por que você escreveu para mim? — Soltando o cardápio na mesa, olho para ele. — Você tem gatos?

Ele olha para cima, sua carranca se aprofundando. — Gatos? Não, claro que não.

O escárnio em seu tom me faz querer esquecer tudo sobre a desaprovação de vovó e lhe dar um tapa direto no rosto magro e duro. — Isso é algum tipo de brincadeira para você? Quem colocou você nisso?

— Desculpe-me? — Suas sobrancelhas grossas sobem em um arco arrogante.

— Ah, para de bancar o inocente. Você mentiu em sua mensagem para mim, e tem a ousadia de dizer que eu não sou o que você esperava? — Eu posso praticamente sentir a fumaça saindo dos meus ouvidos. — *Você* mandou uma mensagem para *mim*, e eu fui totalmente sincera no meu perfil. Quantos anos você tem? Trinta e dois? Trinta e três?

— Tenho trinta e cinco — diz ele lentamente, sua carranca voltando. — Emma, o que você está falando...

— Chega. — Agarrando minha bolsa pela alça, deslizo para fora do banco e fico de pé. Com ensinamentos da vovó ou não, não vou fazer uma refeição com um idiota que tenha me enganado. Não tenho ideia do que faria um cara como esse querer brincar comigo, mas eu não vou ser o alvo de alguma piada.

— Aproveite a sua refeição — rosno, dando a volta, e sigo para a saída antes que ele possa bloquear o meu caminho novamente.

Estou com tanta pressa para sair que quase derrubo uma morena alta e esbelta que se aproxima do Café e o cara baixo e rechonchudo que a segue.

4

Marcus

AGARRANDO A BORDA DA MESA, VEJO A PEQUENA RUIVA voar para fora do restaurante, sua bunda curvilínea balançando de um lado para o outro. Mesmo no casaco de lã sem forma, sua figura pequena e exuberante é inconfundivelmente feminina... e estranhamente sexy. Eu nunca gostei particularmente de mulheres curvilíneas, mas no momento em que Emma veio até mim, meus hormônios dispararam e meu pau ficou duro como pedra.

Se eu não estivesse vestindo um terno, teria sido embaraçoso.

Assim, todas as minhas boas maneiras me abandonaram assim que pus os olhos nela. Com seus cachos ruivos selvagens e senso de estilo do *Exército da*

Salvação, Emma era tão diferente das imagens em minha mente – e tão estranhamente atraente apesar desse fato – que eu disse diretamente que ela não era o que eu esperava. Assim que as palavras saíram da minha boca, eu queria pegá-las de volta, mas já era tarde demais. Seus olhos cinzentos e claros estreitaram-se, a boca rosada apertou-se e o cabelo brilhante como uma chama pareceu inchar, cada cacho estremecendo de indignação. Então, ela replicou que eu parecia diferente das minhas fotos, e as coisas degringolaram a partir daí. Não me lembro da última vez em que fui menos educado com uma mulher, mas com Emma, era como se eu tivesse me transformado em um homem das cavernas.

Eu praticamente pedi que ela se juntasse a mim, indo tão longe a ponto de usar meu tamanho para intimidá-la a obedecer.

Por que Victoria a mandou para mim – se é que ela fez isso? Agora que todo o sangue não está correndo para a minha virilha, o comportamento da ruiva me parece extremamente estranho. Suas acusações e divagações sobre gatos não fazem sentido... A menos que tenha havido algum tipo de mal-entendido.

Merda.

Eu deslizo para fora do banco para seguir a mulher, mas antes que eu possa dar dois passos, uma morena alta e elegante entra no meu caminho.

— Oi, Marcus — diz ela com um sorriso frio e gracioso. — Eu sou Emmeline Sommers. Desculpe, estou atrasada.

Mesmo antes de ela dizer o nome, eu sabia quem ela era – e sei que estraguei tudo.

Essa é a mulher de quem Victoria estava falando, aquela cujo arquivo eu não tive a chance de baixar antes de ser chamado para uma reunião de emergência com meus gerentes de portfólio. Victoria enviou fotos e biografia de Emmeline para mim essa tarde, e entre a reunião e pegar o metrô para evitar o trânsito da hora do rush, eu apareci no Café completamente despreparado – algo que eu normalmente nunca faria. Achei que não seria grande coisa – eu apenas confessaria o meu despreparo para Emmeline, e nós nos divertiríamos nos conhecendo – mas eu não contava com uma mulher de nome similar que, por alguma bizarra coincidência, também deve ter ido ao Café para um encontro às escuras com um cara que compartilha meu nome. Quais eram as chances *disso* acontecer?

Olhando para a morena à minha frente, não posso acreditar que confundi Emma com ela. Duas mulheres não poderiam ser mais diferentes. Emmeline é a Princesa Diana, Jackie Kennedy e Gisele unidas em um pacote impressionante. Posso facilmente imaginá-la nas funções sociais e eventos políticos que fazem cada vez mais parte da minha vida. Ela saberia qual garfo usar e como ter uma conversa fiada com senadores e garçons da mesma forma, enquanto Emma... Bem, eu posso vê-la cavalgando o meu pau, e só isso.

Tirando as imagens pornográficas da minha mente, sorrio para a morena alta.

— Não há problema — digo, estendendo a mão para apertar a dela. — Eu só cheguei aqui há alguns minutos. É um prazer conhecê-la.

Os dedos de Emmeline são longos e finos, a pele fresca e seca ao toque.

— O mesmo — diz ela, apertando minha mão com a quantidade certa de pressão antes de abaixar graciosamente o braço. — Obrigada por vir todo o caminho até aqui para se encontrar comigo. Minha irmã é estudante do Conservatório de Música do Brooklyn, então, vou ficar na área até meu voo amanhã de manhã.

— Claro. Obrigado por ter tempo para se encontrar comigo — digo quando nos sentamos à mesa.

Nos próximos minutos, conversamos e nos conhecemos. Eu não falo nada sobre a confusão com Emma – não preciso que Emmeline pense que sou um completo idiota – mas explico que não tive a chance de revisar o arquivo que Victoria me enviou. Como eu esperava, Emmeline descarta minhas desculpas, dizendo que é tão bom que possamos nos conhecer sem noções preconcebidas. É óbvio, no entanto, que ela checou todo o meu arquivo. Ela sabe tudo sobre mim, do meu MBA de Wharton ao meu cargo atual como chefe de um dos fundos de investimentos mais bem-sucedidos da cidade de Nova York.

Depois de fazermos nosso pedido ao garçom, fico sabendo que Emmeline tem trinta e um anos e se formou em Direito em Harvard. Nos últimos três anos, ela dirige uma fundação sem fins lucrativos que fornece serviços jurídicos para mulheres e crianças vítimas de abuso. Ela é apaixonada pelo seu trabalho e passa mais de oitenta horas por semana na fundação; não é apenas um hobby para ela, embora sua família seja rica o suficiente para que ela possa fazer absolutamente qualquer coisa em termos de carreira – ou nada.

— Meu tataravô fez fortuna em estradas de ferro — ela diz, sorrindo. — E minha família conseguiu, de alguma forma, mantê-la e aumentá-la no último século e meio. Então, sim, eu sou um desses bebês de fundos fiduciários. — Seu sorriso tem um charme autodepreciativo que suaviza as linhas aristocráticas de seu rosto, e eu me vejo genuinamente gostando dela.

Emmeline é o negócio real, a mulher que eu esperava encontrar desde que decidi me concentrar em mais um marco de sucesso: a melhor esposa troféu.

Enquanto o garçom traz a nossa comida, discutimos tudo, desde eventos mundiais até a recente volatilidade do mercado, e acho que os pontos de vista de Emmeline se alinham com os meus. Ela é conhecedora e atenciosa em suas opiniões, sua formação jurídica evidente em sua abordagem bem-fundamentada para a maioria das questões. Eu gosto de ouvi-la, e ela parece interessada no que eu tenho a dizer também.

Também não faz mal que ela seja bonita de se olhar, de um jeito elegante e puro. Seu vestido estilo suéter de mangas longas é elegante sem estar na última moda, seus acessórios são caros, mas discretos, e seu cabelo escuro liso é cortado em camadas lisonjeiras em torno de seu rosto perfeitamente oval.

Ela é uma mulher surpreendentemente atraente, mas quando observo a maneira graciosa com que ela segura o garfo, de repente percebo que não estou atraído por ela. Gosto do jeito que ela aparenta, mas é o mesmo tipo de apreciação que eu poderia ter por uma obra de arte ou escultura visualmente agradável – um prazer puramente intelectual que é o completo oposto da minha reação visceral à ruiva.

Não, pare. Antes que minha mente possa viajar mais adiante, afasto todos os pensamentos sobre Emma. Emmeline é a mulher que eu sempre quis, e eu não posso foder com tudo seguindo as insistências do meu pau repentinamente indisciplinado.

Por um tempo, consigo me concentrar apenas em Emmeline. Ela é boa de conversa e, enquanto comemos, trocamos histórias divertidas sobre escola e trabalho. Eu conto a ela sobre o comerciante em meu fundo que usa tênis laranja como um amuleto de boa sorte, e ela me conta sobre a atração de sua irmã em namorar garotos hipster de cabelos compridos. No meio da refeição, me desculpo ao receber uma ligação importante do trabalho, e ela nem pisca sobre isso. Nem parece desanimada quando tenho que enviar alguns e-mails urgentes ao retornar à mesa. É óbvio que ela entende as exigências de um trabalho rigoroso como o meu. Ainda assim, peço desculpas, e ela ri, explicando que seu pai, um advogado corporativo poderoso, não passou por um único jantar durante sua infância sem uma emergência de trabalho de algum tipo. Conversamos sobre a família dela por um tempo – eles são tão bem-sucedidos quanto ela – e, depois, voltamos a tópicos mais sérios, como o clima político e o que isso significa para a economia global. É quando estamos no meio de discutir o novo prefeito – que Emmeline conhece pessoalmente – que ela olha para o canto do banco e diz: — Ah, olhe. Alguém esqueceu um telefone aqui.

Meu pulso salta com excitação inexplicável. — Um telefone?

Emmeline assente e segura um smartphone em uma capa cor-de-rosa.

— Encontrei-o no canto do banco. Deixe-me entregar ao garçom... — Ela se move para deslizar para fora de seu assento, mas antes que ela possa levantar, eu alcanço e arranco o telefone de sua mão.

— Não há necessidade. — Luto para manter a minha voz enquanto ponho o aparelho no bolso. — Eu sei a quem isto pertence. Havia uma mulher sentada aqui antes de nós; deve ter caído da bolsa. Vou me certificar de que volte para ela.

— Vai? — Uma careta enruga a testa lisa de Emmeline. Ela está confusa com o meu comportamento, ela não é a única.

— Vou pedir à minha assistente para cuidar disso — minto. — Ela é boa em coisas assim. — Essa última parte é verdade. Lynette é altamente engenhosa – mas não tenho intenção de envolvê-la.

Quero devolver este telefone pessoalmente. Não,

preciso devolvê-lo. O desejo é praticamente uma compulsão. Eu tenho que ver a ruiva de novo – apenas assim posso confirmar que a minha atração insana por ela foi um acaso, e ela não é tão atraente quanto o meu pau se lembra.

— Ok, se você tem certeza... — Emmeline ainda está olhando para mim como se eu tivesse perdido a cabeça, então, dou a ela meu sorriso mais envolvente e mudo a conversa de volta para o prefeito. Meu pulso está martelando de antecipação com o pensamento de rastrear Emma, mas não vou foder as coisas com Emmeline.

Assim que eu devolver este telefone, Emma sairá da minha mente e poderei me concentrar no que realmente quero: uma esposa que será tão importante quanto os bilhões na minha conta bancária.

5

Idiota. Imbecil. Mentiroso de uma figa. Fumegando, eu desço a rua, mal me dando conta dos pedestres saindo do meu caminho. Não me lembro da última vez que fiquei tão brava. Meu sangue está quase fervendo em minhas veias.

Como ousa escrever para mim com um perfil falso e depois agir como se eu fosse uma decepção? Ok, então, talvez eu tenha colocado minhas fotos mais lisonjeiras no aplicativo de namoro, mas qual mulher não faz isso? Não é como se eu tivesse usado fotos de outras pessoas ou até mesmo fotos antigas. As duas fotos que enviei foram tiradas há menos de um ano, quando eu estava realmente com alguns quilos a mais do que estou agora. Então, se qualquer coisa, eu pareço melhor agora – ou mais magra, pelo menos. De qualquer forma, eu não vejo como ele poderia ter ficado desapontado com o meu físico – eu até coloquei minha altura e peso no perfil. E a coisa do gato? O que diabos foi aquilo? Por que ele alegaria amar gatos e depois agiria como se eu confessasse ter a praga?

Em geral, por que um homem assim – bonito e obviamente bem-sucedido – iria querer se envolver com uma garota aleatória de um aplicativo de namoro?

Estou com tanta raiva que chego ao metrô e entro no trem no piloto automático. Não é até que eu esteja a algumas estações da minha, que meu temperamento esfria o suficiente para que eu repasse o que aconteceu sem me engasgar em fúria.

Respirando fundo para me acalmar, reviso os fatos. Ponto-chave número um: O homem no Café insistiu que eu o chamasse de Marcus em vez de Mark, embora ele me escrevesse como Mark. Ponto-chave número dois: ele tinha trinta e cinco anos de idade, sem gatos e não se parecia em nada com as fotos borradas em seu perfil. Ao juntar esses fatos e analisá-los sem a proximidade do idiota mexendo com meu cérebro, uma possibilidade embaraçosa me ocorre.

Eu poderia ter abordado o homem errado depois de tudo?

Emmeline, foi como ele me chamou. É possível? Ele poderia ter conhecido alguém com esse nome e me confundido com ela? As chances de Mark/Marcus e Emma/Emmeline em um encontro às escuras no mesmo lugar são pequenas, para dizer o mínimo, mas coisas estranhas acontecem. Quando vovó conheceu vovô pela primeira vez, ele confundiu-a com uma de suas primas e decidiu brincar com ela mergulhando-a em um lago – onde o jacaré secretamente mantido por um vizinho se prendeu imediatamente ao seu pé. Vovó ainda tem cicatrizes daquele incidente, e vovô parece culpado sempre que vovó relata essa história – o que é frequente.

Então, sim, coisas malucas acontecem, e só porque algo não é provável não significa que é impossível. Indo por essa lógica, é perfeitamente possível que Marcus não seja um idiota total.

Ele apenas não é Mark.

Gemendo mentalmente, coloco minha mão na bolsa e procuro o meu telefone. Se tiver razão, provavelmente tenho um e-mail ou uma mensagem do verdadeiro Mark, perguntando onde estou e por que lhe dei o bolo.

Demora um minuto inteiro remexendo para eu perceber que não estou achando o telefone.

Meu batimento cardíaco aumenta, e um sentimento doentio torce meu estômago. *Não. Por favor, não.*

Com minhas mãos tremendo, despejo o conteúdo da minha bolsa em um lugar vazio ao meu lado e inspeciono-o com horror.

No assento de plástico laranja ao meu lado há uma carteira de couro gasta, alguns lenços de papel, um elástico verde para cabelo, uma embalagem de *Tylenol*, as chaves do meu apartamento, um ponteiro laser e um pacote antigo de chiclete – mas nenhum celular de capa rosa brilhante.

Nem mesmo uma sugestão de um telefone.

Eu devo ter perdido em algum lugar.

Lágrimas brotam dos meus olhos, borrando minha visão enquanto coloco tudo de volta na minha bolsa. Eu sei que no grande esquema das coisas, perder um telefone não é grande coisa. Se vovô me visse tão chateada com uma coisa dessa, ele me daria uma severa advertência e me lembraria sobre o que realmente importa: família, saúde e fazer o que você ama. E enquanto eu sei que tudo isso é verdade, simplesmente não posso pagar esse tipo de acerto para minha conta bancária agora. Alguns de meus clientes regulares de revisão tiveram dificuldades com seus romances mais recentes, então, não tenho um longo trabalho de revisão desde o verão, deixando-me com apenas o salário de caixa da livraria para viver. Normalmente, isso seria suficiente – eu sei como esticar um centavo –, mas entre o aumento da taxa de juros em meus empréstimos estudantis e a conta veterinária do nariz arranhado de Cottonball há duas semanas, minha conta está a alguns dólares de uma taxa de saque a descoberto.

Estou literalmente vivendo de salário em salário, e um novo telefone não é algo que eu possa pagar.

Pare de choramingar, Emma, e pense. Onde você poderia ter perdido o telefone?

Eu praticamente posso ouvir vovô dizendo isso para mim, então, respiro fundo e afasto meu pânico.

Costumo ficar super emotiva – é meu lado irlandês, vovó diz – e preciso me controlar. Surtar não resolve nada.

Ignorando os olhares dos outros passageiros do trem, fico de quatro e espreito sob o meu assento, na possibilidade de que o telefone tenha caído em algum momento durante a viagem de trem.

Nada – ou, pelo menos, nada parecido com o meu telefone. Há embalagens de chiclete e estranhas manchas pegajosas, mas não é isso que estou procurando.

Volto para o meu lugar e esfrego as mãos para tirar a sujeira. O pânico está borbulhando de novo, mas eu o empurro e me concentro mentalmente em refazer meus passos.

Eu tinha meu telefone comigo no caminho para o Café? Sim. Eu me lembro de jogar *Angry Birds* durante o passeio de metrô.

Eu o peguei quando saí do metrô? Sim. Eu usei o *Google Maps* para me guiar do metrô até o Café.

Eu o verifiquei no restaurante? Não. Eu estava muito ocupada com o idiota.

Eu o verifiquei quando saí do restaurante? Não. Eu estava muito ocupada fumegando sobre o idiota, além disso, me lembrava onde o metrô ficava sem precisar checar o mapa.

O jogo mental de Perguntas & Respostas me acalma um pouco, assim como a percepção de que eu devo ter perdido o telefone em algum ponto entre o Café e agora. Talvez se eu tiver muita sorte, ainda esteja no Café e, se eu voltar, poderei encontrá-lo.

Resolvido assim, saio do trem na próxima parada e atravesso a plataforma para pegar o que vai na direção oposta. São necessários vinte minutos antes de chegar – maldito metrô com seus atrasos sem fim – mas, finalmente, estou no trem voltando para o Café. Eu ainda não jantei, então, estou cansada e com fome, mas determinada.

Se meu celular estiver no Café, vou tê-lo de volta.

Não posso deixar esse encontro do inferno se tornar um desastre completo.

6

Eu sei que não é a melhor coisa para o meu futuro relacionamento com Emmeline, mas assim que terminamos de comer, peço um *Uber* em vez de convidá-la para tomar uma bebida. Eu uso seu voo matutino para Boston para justificar o fim do nosso encontro, mas, na verdade, estou ansioso para começar minha busca pela ruiva.

Por mais ridículo que seja, preciso devolver o telefone.

A viagem de *Uber* para o hotel de Emmeline leva cerca de meia hora no trânsito. Saio do carro para abrir a porta para ela e a acompanho até a entrada do hotel, onde lhe dou um beijo cavalheiresco na bochecha e prometo ligar para ela. É uma promessa que pretendo manter completamente – Emmeline é o que eu quero, afinal de contas – mas esta noite, preciso me afastar dela.

Tenho que localizar Emma e me livrar dessa obsessão florescente.

No momento em que Emmeline desaparece pelas portas giratórias do hotel, me afasto e pego o telefone rosa. É um modelo Android mais antigo e, felizmente, não é necessária senha para desbloquear a tela.

Começo vendo as fotos para ter certeza de que é, na verdade, o celular de Emma. No começo, tudo que encontro são fotos de gatos brancos e fofos – *quantos ela tem?* – mas logo me deparo com uma selfie sorridente de uma ruiva de camiseta e calças largas de pijama.

É Emma, com certeza.

Meu batimento cardíaco acelera e as calças do meu terno ficam subitamente apertadas. Não há nada nessa foto que seja sedutora – ela está sentada com os joelhos puxados para o peito, então, nem consigo ver seus seios –, mas algo sobre as curvas pálidas de seus ombros, as sardas espalhadas sobre seu nariz e as covinhas em suas bochechas me deixam mais duro que uma barra de ferro.

Porra. O que eu estou fazendo?

Abaixando o telefone, me inclino para trás contra a parede externa do hotel e aperto meus olhos fechados. Há algo seriamente errado comigo hoje. Eu nunca atuo impulsiva ou irracionalmente, mas acabo de interromper um encontro com a mulher dos meus sonhos e deixei-a voltar para o seu quarto de hotel sem sequer uma tentativa de beijá-la – tudo para que eu pudesse perseguir uma garota que é o completo oposto do que eu preciso.

Talvez eu *devesse* mandar minha assistente devolver o telefone para Emma. Se eu tive uma reação tão forte à foto dela, provavelmente não seria uma boa ideia vê-la pessoalmente de novo.

Abrindo meus olhos, olho para o telefone rosa novamente. O rosto suavemente arredondado de Emma, emoldurado por um halo de cachos vermelhos selvagens, olha para mim, seus olhos cinzentos cheios de malícia.

Travessura e algo tão caloroso e sedutor que não consigo controlar minha reação.

Algo que não consigo deixar de querer.

Olhando para aquela foto, eu entendo pela primeira vez o quão poderosa a atração da tentação pode ser. Fumar, drogas, alimentos pouco saudáveis, preguiça – esses nunca foram meus vícios. Minha autodisciplina é lendária entre meus amigos e colegas. Uma vez que eu coloque minha mente em algo, eu faço isso, e não deixo nada ficar no meu caminho. Seja correndo uma maratona em duas horas e meia ou me formando na faculdade em dois anos e meio; sou capaz de estabelecer metas e alcançá-las, e nunca entendi pessoas que dizem que querem fazer alguma coisa, mas não têm força de vontade para fazer acontecer.

No entanto, aqui estou eu, olhando para uma selfie de uma mulher que sei que seria errada para mim. Ela é chocolate e dias preguiçosos no sofá, tardes de *Netflix* e um maço de cigarros. Ela é tudo que eu não posso ter e não deveria querer – uma tentação doentia que pode arruinar tudo. A coisa mais inteligente a fazer seria ir para casa e entregar o telefone para Lynette logo pela manhã. Dessa forma, posso ter uma boa noite de sono e ligar para Emmeline amanhã para marcar um horário para nos encontrarmos novamente – talvez até mesmo organizar uma viagem para sua cidade natal, Boston.

Essa é a coisa inteligente a fazer, mas eu não faço. Em vez disso, minha mão parece mover-se por conta própria enquanto meus dedos passam pela tela para chegar ao ícone de contatos. Meu coração bate em um ritmo pesado e expectante enquanto rolo a lista de nomes até chegar a C, onde encontro a entrada chamada "Casa".

Com certeza há um endereço lá. Quando eu pego meu próprio telefone e digito no *Google Maps*, vejo que é em Bay Ridge, um bairro no Brooklyn não muito longe daqui.

Se eu me apressar, vou chegar lá antes que seja tarde demais para a minha visita ser assustadora.

Cedendo à tentação pela primeira vez na minha vida adulta, peço outro *Uber* para o endereço de Emma em Bay Ridge. Não é tão ruim, digo a mim mesmo quando entro no carro. Assim que eu me livrar deste telefone, vou esquecer a ruivinha de uma vez por todas.

Eu não vou deixar essa nova e estranha fraqueza arruinar o que trabalhei tanto para construir.

mma

— VOCÊ NÃO ENCONTROU NADA? TEM UMA CAPA ROSA...
— Eu não posso esconder a decepção na minha voz, e o
garçom me dá um olhar solidário.

— Não, desculpe — diz ele. — Gostaria de poder
ajudar. O casal que estava lá acabou de sair e eles não
disseram nada sobre um telefone.

— Você se importa se eu der uma olhada ao redor
da mesa? — pergunto, olhando para o banco onde me
aproximei de Marcus - que pode ou não ser um idiota,
dependendo de sua verdadeira identidade.

— Claro, vá em frente — diz o garçom.

Eu ando até o banco, tentando não pensar sobre o
homem que se sentou lá, mas não sou totalmente bem-
sucedida. Por alguma razão, minha pele parece

desconfortavelmente quente, e minha respiração aumenta quando imagino seus frios olhos azuis e mãos grandes. E se as mãos dele são desse tamanho, quão grande é o seu...

Não, pare. Concentre-se no telefone.

Com esforço, afasto as imagens gráficas que inundam minha mente e me agacho para olhar embaixo da mesa.

Nada.

Eu olho em todos os lugares ao lado.

Nada.

Desapontamento me atinge, fazendo meu estômago vazio se agitar com ansiedade. Eu não vi o telefone na rua quando estava refazendo meus passos, e se não está no restaurante, está bem e verdadeiramente perdido. Talvez até mesmo roubado – nesse caso, o aplicativo de rastreamento de telefone no meu computador, que eu estava planejando verificar como o próximo passo, também não ajudaria.

Exausta e desanimada, ando de volta ao metrô. Nesse ponto, estou quase tonta de fome, então, compro uma banana de um vendedor de rua – ainda posso pagar por isso – e mastigo enquanto vou descendo os degraus até o trem.

Tudo o que quero é chegar em casa, tomar um banho quente e me enroscar com meus gatos.

Este dia foi oficialmente um desastre.

Eu nunca, nunca usarei um aplicativo de namoro novamente.

arcus

ONDE DIABOS ELA ESTÁ?

De pé, ao lado da entrada de uma antiga casa de arenito, toco a campainha pela segunda vez, com a mesma falta de resultados.

Emma Walsh não está em casa.

Eu sei o sobrenome dela graças ao seu perfil no *Facebook*, que eu acessei tocando no ícone em seu telefone. De acordo com esse mesmo perfil, ela é solteira (que eu já suspeitava), tem vinte e seis anos e é formada no Brooklyn College. Ela adora livros e faz revisões freelance quando não está trabalhando em uma pequena livraria de propriedade familiar. Ah, e ela definitivamente é dona de gatos – três deles, a julgar por seus posts frequentes sobre eles no *Facebook*.

Saber tudo isso sobre uma mulher que conheci por acidente me faz sentir como um stalker, um sentimento que é apenas exacerbado pelo meu desejo inexplicável de saber mais. Eu mexi um pouco no celular dela no caminho até aqui – para ter certeza de que tinha o endereço certo, eu disse a mim mesmo – e, no processo, olhei tudo, desde as fotos dela até o e-mail. Eu não li nenhum dos e-mails porque isso seria muito errado, mas olhei os assuntos. Parece que a maioria de sua caixa de entrada está ocupada por mensagens relacionadas a seus trabalhos de revisão, embora também haja um monte de e-mails de alguém chamado Kendall. O mesmo vale para as mensagens, embora a maioria seja de "vovó" e "vovô".

Porra, eu *estou* sendo um stalker.

Enojado comigo mesmo, me viro para ir embora, assim, posso dar o telefone à minha assistente amanhã e esquecer essa loucura, mas, naquele momento, uma figura pequena e bem-feita, com cabelo encaracolado, aproxima-se da rua... E congela no lugar, com as mãos voando para cima, segurando a alça de sua bolsa barata.

Num piscar de olhos, me ocorre como devo parecer para Emma, com minhas feições na sombra pela pequena luz pendurada sobre a porta. Se eu fosse uma jovem mulher confrontada por um homem desconhecido de um metro e noventa e três na sua porta, no escuro, eu provavelmente estaria cagando nas minhas calças agora.

— Sou eu, Marcus — digo rapidamente, querendo

tranquilizá-la. Eu posso ter agido como um stalker, mas não quero fazer mal a ela. — Do Café, lembra?

Ela dá um passo para trás, ainda segurando a alça da bolsa.

— O que... o que você está fazendo aqui? — Ela soa sem fôlego; eu devo realmente assustá-la. — Como você me achou?

— Seu telefone — explico, puxando o smartphone rosa do meu bolso. — Eu encontrei no banco depois que você saiu e queria devolvê-lo para você.

— Ah — Ela se aproxima incerta. Quando a luz sobre a porta ilumina seu rosto pálido, vejo que sua expressão é uma mistura de alívio e confusão. Parando a alguns metros de distância, ela diz com uma voz um pouco mais calma: — Obrigada. Eu estava procurando por esse telefone. Estava quase em casa quando percebi que não o tinha, então, voltei ao Café, e o garçom disse que eles não encontraram nada e... — Parando, ela respira fundo e diz: — Estou muito feliz por você ter encontrado, mas não precisava vir até aqui. Eu poderia ter te encontrado em algum lugar amanhã ou...

— Não é tão longe do meu caminho — eu digo. É mentira, mas não vou admitir toda a extensão da minha insanidade. — Imaginei que poderia se preocupar, então, eu o trouxe.

Ela olha para mim, seus olhos cinzentos escuros nas sombras da noite. — Oh. Ok, bem, obrigada. É muita gentileza da sua parte.

Ela estende a mão e eu lhe dou o telefone. Ela tem o cuidado de pegá-lo de tal forma que nossos dedos não se toquem – algo que irracionalmente me ressinto. Ainda pior, no momento em que o telefone está fora de minhas mãos, me arrependo de dar a ela tão rapidamente. Aquele telefone era a única coisa que nos ligava, e agora não tenho motivos para estar aqui – exceto meu desejo inexplicável de conhecê-la.

— Emma, escute – digo enquanto ela apanha o telefone com evidente alívio. — Acho que cometi um erro antes, no Café.

— Você deveria conhecer alguém chamado Emmeline? — Um pequeno sorriso aparece em seus lábios, e eu percebo que ela chegou à mesma conclusão.

— Isso mesmo. — sorrio para ela. — Deixe-me adivinhar. Você deveria conhecer Mark?

— Sim — Seu sorriso se amplia, expondo pequenos dentes brancos e as mesmas covinhas bonitas que eu vi na selfie. — Quais são as chances disso acontecer, certo?

— Eu posso ter um dos meus analistas vendo isso, se você quiser — digo, apenas meio brincalhão. Pesquisar a resposta à sua pergunta retórica me daria uma desculpa para manter contato – algo que eu realmente quero. Com aquele sorriso torto, a ruivinha parece tão adorável que quero lambê-la como uma casquinha de sorvete. — Tenho certeza de que podemos descobrir se geramos algumas estatísticas sobre as tendências de nomenclatura na população — acrescento.

Emma pisca, seu sorriso escurecendo. — Um de

seus analistas? Você dirige um laboratório de ideias ou algo assim?

— Um fundo de investimentos — digo. — Empregamos uma infinidade de estratégias para ficar à frente do mercado, desde a análise tradicional de patrimônio até a negociação orientada por quantificação.

As covinhas desaparecem completamente. — Ah, entendo. — Ela parece desapontada, uma reação que é o oposto do que eu recebo quando as mulheres percebem que eu devo valer um bocado. Mostrando um novo e menos sincero sorriso, ela diz: — Obrigada novamente por devolver o telefone, Marcus. Eu realmente aprecio você ter vindo até aqui. Se me der licença... — Ela me olha com expectativa, e percebo que ainda estou em pé na porta da sua casa, bloqueando-a.

Eu deveria me mover – essa seria a coisa educada e gentil a ser feita – mas não o faço. Em vez disso, pergunto sem rodeios: — Você odeia Wall Street ou algo assim?

Eu sei que estou no limiar de assediar a garota, mas não posso deixá-la ir assim. Uma vez que ela entre em seu apartamento – um lugar de merda, a julgar pelo estado decadente da porta – tudo estará acabado. Ela seguirá a sua vida e eu voltarei para a minha, e não estou pronto para isso acontecer.

— Hum, não. Não tenho nada contra sua profissão. Quero dizer, não realmente. — Ela me lança um olhar desconfiado. — Eu só... — Ela inala. — Olha, Marcus, eu realmente agradeço o gesto e tudo, mas estou com fome e exausta, e ainda preciso alimentar meus gatos e responder alguns e-mails. Podemos discutir a ética de Wall Street em outro momento.

Em outro momento? Algo tenso dentro de mim relaxa. Embora, sem dúvida, ela quisesse dizer suas palavras por educação, vou levá-las a sério.

Eu vou ver Emma novamente e descobrir o que é que me atrai nela.

Saindo do caminho, eu digo: — Parece bom. Boa noite, Emma. Foi um prazer conhecê-la.

— O mesmo. Adeus, Marcus, e obrigada de novo — ela diz, puxando as chaves da bolsa enquanto se aproxima de mim.

Eu a vejo abrir a porta, certificando-me de que entre em segurança, e quando a porta se fecha atrás dela, eu peço outro *Uber* e anoto no meu telefone os próximos passos. Minha pulsação está vibrando de excitação e meus músculos estão apertados em antecipação ao novo desafio.

Estou agindo completamente alheio a mim, mas não me importo mais. Emma pode não ser o que eu preciso a longo prazo, mas ela é o que eu quero no momento, e pela primeira vez na minha vida, vou viver o presente.

Eu vou ter a ruivinha exuberante para a sobremesa e me preocupar com as consequências mais tarde.

Emma

Minhas pernas tremem quando entro no meu apartamento e penduro meu casaco perto da porta. Seja qual for a pouca energia que recebi por comer a banana, já se foi há muito tempo e estou quase desmaiando de fome. Apesar disso, tenho a estranha sensação de que estou flutuando no ar, meu coração acelerado pelos efeitos colaterais da adrenalina e da excitação vertiginosa.

Marcus – o alto e arrogante com seu terno perfeitamente cortado e um casaco que custa mais do que meu aluguel trimestral – veio ao meu apartamento e devolveu meu telefone.

Parece impossível, surreal, mas claramente aconteceu, enquanto seguro o telefone na minha mão.

Ele me deu, e agora, em vez de me preocupar com o acerto em minha conta bancária, estou perturbada por um motivo completamente diferente. Minha respiração está rápida, como ataque de pânico, minhas palmas estão suando, e eu me sinto tão adrenalizada que poderia pular das paredes apesar da minha exaustão.

Santa. Merda. Marcus veio ao meu apartamento.

Quando o vi pela primeira vez ali, parecendo uma espécie de vilão de capuz com seu casaco de inverno desabotoado, na altura do joelho, achei que ele era um ladrão e quase tive um ataque cardíaco. Por que mais alguém estaria à minha porta tão tarde da noite? Eu estava a um segundo de gritar feito louca e correr quando ele falou, e, então, meus joelhos ficaram fracos por um motivo diferente.

O homem que estava na minha mente durante todo o passeio de metrô para casa – o homem que eu estava convencida de que nunca veria novamente – estava à minha porta, sendo o completo oposto de um idiota.

No momento, estou muito cansada e empolgada para descobrir o que todo esse encontro significou, então, nem tento. Em vez disso, concentro-me em meus gatos, que estão correndo em minha direção, miando em voz alta. O Sr. Puffs, como o maior, empurra Rainha Elizabeth e Cottonball para fora do caminho e põe sua reivindicação sobre mim, enrolando seu corpo peludo gigante entre as minhas pernas enquanto tento fazer o meu caminho para a cozinha.

— Pare com isso, Puffs — ordeno, mas ele me

ignora, esfregando-se em minhas panturrilhas para marcar seu território. Seus irmãos seguem de uma maneira mais calma; como de costume, deixam Sr. Puffs ser o chato.

— Ah, vamos lá, apenas me dê um segundo — digo em exasperação, quase tropeçando em sua cauda. — Estou pegando comida, eu prometo.

Cottonball solta um alto miado com a menção de comida, e Rainha Elizabeth se junta com sua voz mais suave e delicada.

Mesmo quando está com fome, ela parece uma dama.

Finalmente chego à minha minúscula cozinha, pego três latas de comida de gato e abro-as, colocando seu conteúdo em três pratos individuais. Os meus gatos são muito específicos quanto à sua comida, por isso, tomo cuidado em colocar em cada prato o sabor e a marca precisos que o gato prefere. Rainha Elizabeth gosta do Fancy Feast Salmão Selvagem, Cottonball gosta de variedade, então, ele fica com o Frango Feast Classic hoje, e Sr. Puffs desenvolveu um gosto pelo Purina de Peixe Stew Entree. Uma vez que Puffs termina sua porção, ele vai comer algum de Rainha Elizabeth e Cottonball também, mas ele tem que começar com seu próprio prato.

Eu suspeito que é porque ele se sente mais como o chefe desse jeito.

Assim que coloco as vasilhas no chão, os gatos mergulham, e eu estou livre para me alimentar.

Felizmente, recebi meu pagamento da livraria na segunda-feira, então, minha geladeira está cheia. Tenho frutas, legumes, pão e algumas carnes frias, faço um sanduíche rápido e devoro enquanto estou na cozinha. Sentindo-me infinitamente mais humana, verifico se recebi alguma mensagem do verdadeiro Mark.

Para minha decepção, a resposta é não. Ele deve ter ficado ofendido por ter levado um bolo e decidiu abrir mão de todo contato comigo. Embora eu esteja exausta, lhe escrevo um e-mail rápido com um pedido de desculpas e explicações sobre a confusão, então, finalmente vou para o chuveiro.

Tenho que tirar a sujeira da cidade antes de me deitar.

Pensando em maneiras de conseguir novos clientes de revisão, consigo manter minha mente longe de Marcus durante todo o banho. É só quando estou deitada debaixo das cobertas, cercada pelos meus gatos, que percebo que ainda estou muito hiperativa para dormir. É como se uma corrente elétrica estivesse zumbindo sob a minha pele, mantendo meu batimento cardíaco elevado e meu corpo aquecendo-se desconfortavelmente.

Marcus estava esperando na minha porta quando cheguei em casa. Ele veio até aqui para devolver meu telefone.

Ainda parece irreal, em parte porque é difícil acreditar que ele se deu ao trabalho de ser legal. Embora nosso encontro no Café tenha sido breve, Marcus não me pareceu um bom samaritano. Tampouco sua escolha de profissão é indicativa de um homem particularmente altruísta. Eu era bacharel em inglês na faculdade, mas conheci vários graduandos de finanças que trabalharam em Wall Street depois da graduação, e todos eram altamente ambiciosos, motivados a maximizar sua produtividade e monetizar (terminologia deles, não minha) a cada hora de trabalho. Tempo. Eles são do Tipo A ao extremo, e se Marcus administra seu próprio fundo de investimentos, ele deve ser assim vezes cem.

Não faz sentido para um homem assim passar seu tempo livre limitado devolvendo um telefone a uma estranha – a não ser que ele tivesse outro propósito. Só não consigo imaginar qual poderia ser. A menos que... Ele poderia ter esperado que eu o recompensasse financeiramente?

Porcaria. Não pensei nisso, mas eu provavelmente deveria ter lhe oferecido algum dinheiro por seu esforço.

Por um momento me sinto horrível, mas depois lembro de seu terno e casaco – para não mencionar seus sapatos de couro italiano – e minha culpa desaparece. Duvido que Marcus precise dos meus vinte dólares, certamente não o suficiente para sair de seu caminho para pegá-los. Então, por que ele veio? Meu telefone não precisa de uma senha para ser desbloqueado, então, ele poderia ter me enviado um e-mail do meu próprio e-mail, e eu teria buscado o aparelho de onde Marcus me dissesse para encontrá-lo.

Inferno, ele poderia ter pedido um de seus analistas – digamos, o que ele estava planejando pedir para fazer a pesquisa das chances de nosso encontro – para devolver o telefone em seu nome.

A única outra explicação que me ocorre é tão ridícula que a dispenso imediatamente. Não há como ele estar interessado em mim dessa maneira. Eu não sou particularmente insegura sobre minha aparência – superei isso na faculdade – mas sou realista. Sei que não estou nem perto da preferência de Marcus. Ele, sem dúvida, tem lindas mulheres se matando pelo privilégio de decorar seu braço; ele não precisaria ir atrás de uma ruiva de cabelos curtos e crespos com quadris largos demais. Além disso, ele não estava indo conhecer alguém? Essa Emmeline que ele me confundiu? Com um nome chique como esse, aposto que os quadris dela estão em perfeita proporção com o corpo, e o cabelo magicamente se comporta em todos os momentos.

Ok, talvez essa última parte seja uma conjectura completa, mas ainda assim, tenho quase certeza de que não sou o tipo de Marcus.

Então, por que ele veio hoje à noite? A pergunta me atormenta quando me remexo e viro, tentando ficar confortável o suficiente para adormecer. É só quando o

Sr. Puffs se deita no topo da minha cabeça, me mantendo no lugar, que sou capaz de cochilar.

Meus sonhos naquela noite estão cheios de ladrões grandes e durões em capas... e sexo.

Muito e muito sexo fumegante e depravado.

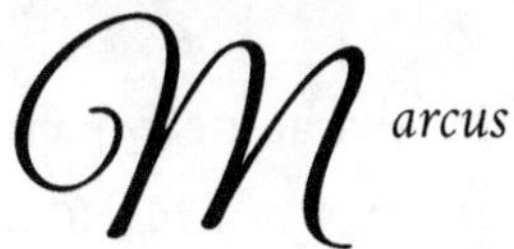

M arcus

— VOCÊ QUER QUE EU FAÇA O QUÊ? — LYNETTE ME olha boquiaberta, seus óculos redondos de tartaruga escorregando em seu longo nariz.

— Quero que envie flores e um pouco de comida de gato para o endereço que te enviei por e-mail — repito, franzindo a testa para a minha assistente. — Isso é um problema?

— Não, claro que não. — Lynette rapidamente se recompõe, sua máscara profissional de volta. — Você tem uma preferência quando se trata do tipo de flores e da marca da... comida de gato?

— Rosas rosa e branca — digo. — Pelo menos uma dúzia de cada. Não, coloque duas dúzias de cada.

Quanto à comida de gato, eu não sei. O que os gatos gostam?

— Depende do gato, eu acho — diz Lynette, soando mais como a eficiente de sempre. — Alguns donos alimentam seus gatos apenas com comida enlatada úmida; outros, fazem uma mistura de úmido e seco. Por acaso você sabe sobre o gato em questão?

— Gatos, plural — eu corrijo. — E não, não sei. Por que você não faz assim? Pegue uma variedade de marcas de comida de gato, tanto úmidas quanto secas, e envia-as com as flores. Vou te dar o cartão para colocar junto.

— Ok, farei isso. — Lynette volta sua atenção para seu monitor, seus longos dedos voando sobre o teclado. Não tenho dúvidas de que ela vai mandar a melhor comida de gato e as flores mais frescas que o dinheiro pode comprar. Lynette conhece minha predileção por produtos de alta qualidade.

Eu gosto do melhor em todas as coisas e não aceito ceder.

Falando em melhores... Olho para o meu relógio. Não, ainda é muito cedo para o voo de Emmeline aterrissar. Pegando meu telefone, faço um lembrete para ligar para ela no final da tarde e dirijo-me ao escritório.

Tenho cinco reuniões e duas dúzias de relatórios de pesquisa antes do almoço, mas tudo em que consigo pensar é Emma.

Porra. Vou ter que ter certeza de ter minha ruiva de

sobremesa essa semana, para que eu possa esquecê-la e seguir em frente com a minha vida.

Emma

— Aqui está, Sr. Roberts — digo, entregando ao senhor enrugado uma pilha de livros de bolso. — Você vai gostar desses, tenho certeza.

— Oh, eu não tenho dúvida. — Ele sorri para mim, mostrando dois dentes faltantes na frente. — Eu amo essa série. Estou tão feliz que tenha recomendado esta autora para mim. Amei todos os livros dela até agora.

Eu sorrio de volta. — Fico feliz em ouvir isso. Ela é minha escritora favorita de ficção científica.

— A minha também agora — diz ele, e nós compartilhamos um momento – aquele momento perfeito de conexão com alguém que aprecia os mesmos livros que você. São momentos como esses que me mantêm trabalhando na Smithson Books, apesar do baixo salário e sem chance de promoção. Bem, momentos como esses e meu amor por livros impressos. Só de estar nesta pequena livraria, cercada por prateleiras de livros tipo brochura e capa dura, eleva meu humor. Eu gosto de e-books também, mas não há nada como o cheiro e a sensação do papel impresso.

Cada vez que recebemos uma remessa, me sinto como uma criança com um brinquedo novinho em folha.

— Tudo bem, então — diz Roberts, colocando seus livros em uma bolsa de lona. — Cuide-se, querida. Diga olá para aqueles gatos por mim.

— Eu digo, obrigada. — Há alguns meses, mostrei ao Sr. Roberts as fotos dos meus gatos no telefone e, desde então, ele os menciona toda vez que me vê. Pensando sobre isso, ele não é o único. A maioria dos frequentadores da livraria sabe dos meus bebês de pelo e pergunta sobre eles com frequência.

Ugh! Eu *sou* a Senhora dos Gatos.

— Ei, Emma. Como está? — A voz de Edward Smithson me tira dos meus pensamentos, e me viro para ver meu chefe andando na minha direção. Ao lado dele tem um cara que eu nunca vi antes. Loiro, com cara de nerd e um pouco baixo, ele usa óculos sem aro e parece ter mais ou menos a minha idade.

— Estou bem, Sr. Smithson. E o senhor? — respondo, sorrindo para o meu chefe. Ele é uma das pessoas mais legais que conheço, mais uma razão pela qual eu não larguei esse emprego.

— Oh, você sabe, ainda aderindo à dieta. — Ele dá um tapinha em sua barriga enorme, e eu seguro uma risada. Tanto quanto posso dizer, sua dieta consiste em biscoitos e donuts – comidos quando sua esposa não está olhando, é claro.

Parando a poucos metros de mim, o Sr. Smithson diz: — Emma, eu gostaria que você conhecesse meu sobrinho, Ian. — Ele se vira para o cara loiro. — Ian, esta é Emma, a garota da qual eu estava falando com você.

— Prazer te conhecer, Ian — digo, sorrindo para o sobrinho. — O que traz você à nossa livraria?

— Acabei de me mudar para a cidade — diz ele, seu pomo-de-Adão balançando enquanto seu pescoço fica vermelho brilhante. — Gosto de livros, então, o tio Ed queria me mostrar sua loja.

— Claro. — Eu dou a ele meu sorriso mais caloroso. Sei o que é ser socialmente desajeitado, então, sempre tento ser gentil com pessoas tímidas. — Você gostaria que eu te desse a turnê?

— Isso seria ótimo — diz Smithson, parecendo entusiasmado demais, e de repente percebo por que Ian está aqui.

Meu chefe é casamenteiro.

Agora é a minha vez de corar. Para esconder a cor se espalhando pelo meu rosto, eu me agacho e finjo amarrar meu tênis. Não sei como me sinto sobre isso, especialmente a parte em que Ian é sobrinho do chefe. Pode ficar muito estranho se alguma coisa der errado, e apesar do salário ruim, eu realmente gosto desse trabalho.

Ah, bem. Eu terei que fazer o meu melhor para ser amigável, e *apenas* amigável.

Quando tenho certeza de que não me assemelho mais a uma beterraba, levanto-me e sorrio para Ian. — Pronto para a turnê?

A turnê, como é, leva menos de dez minutos. A livraria é apenas um pouco maior do que o meu estúdio, com a área dos fundos dedicada a uma fileira de poltronas, onde nossos clientes gostam de relaxar, e a frente povoada por prateleiras repletas de gêneros de ficção popular. Nós não somos grandes em ficção literária ou clássicos – *aquelas coisas chatas*, como o Sr. Smithson chama –, mas temos uma enorme seleção de ficção científica, fantasia, thrillers, mistérios e romances. É nossa maneira de garantir que nossos clientes não fiquem tentados a ficar on-line para conseguir os livros que realmente gostam de ler.

Quando mostro tudo isso para Ian, conversamos e descubro que ele é um aspirante a autor de fantasia urbana. Eu discretamente digo que faço revisão freelance, e seus olhos acendem quando digo a ele os meus preços muito razoáveis.

— Você vai se autopublicar ou seguir a rota tradicional? — Pergunto enquanto voltamos ao balcão onde o Sr. Smithson está lidando com os clientes em meu lugar.

— Estou me inclinando para a autopublicação — responde Ian. Ele parece muito menos tímido agora que estamos discutindo sua paixão. — O tio Ed acha que eu deveria consultar os agentes primeiro, mas estou tentado a publicá-los e ver no que dá.

— Isso é provavelmente inteligente — eu digo, sorrindo. — Mas, novamente, sou parcial. A maioria dos meus clientes de revisão hoje em dia é autor indie, então, eu obviamente quero o maior número de clientes o independente possível.

Ian ri, e o Sr. Smithson nos dá um sorriso de satisfação quando ele recebe o pagamento de uma senhora.

Oops! Espero que meu chefe não pense que estamos dando certo de alguma forma além de revisora e cliente em potencial. Embora Ian seja o tipo de cara que eu normalmente escolho – doce, nerd e um pouco tímido – eu não estou nem um pouco atraída por ele. Quando me pergunto por que isso, imagens de olhos azuis gelados e maxilar firme invadem minha mente, junto com detalhes gráficos dos meus sonhos na noite passada.

De jeito nenhum. Afasto as imagens antes que meu rosto fique vermelho novamente. Recuso-me a acreditar que minha falta de atração por Ian tenha algo a ver com Marcus. Ainda não sei por que o gerente de fundos de investimento devolveu meu telefone pessoalmente ontem, mas tenho certeza de que ele se esqueceu de mim agora – e preciso esquecer dele.

Não estou atraída por Ian e isso é tudo. É o melhor, realmente. Eu gosto do sobrinho do Sr. Smithson como pessoa e espero trabalhar em seu livro algum dia, mas isso é o mais longe que deveria ir.

Para desencorajar qualquer outra tentativa de namorico do meu chefe, digo ao Ian para me avisar quando ele tiver o livro pronto e, então, corro para aliviar o Sr. Smithson do serviço de caixa.

Preciso abraçar meu lado-senhora-dos-gatos porque esse negócio de namoro é complexo demais para mim.

ESTÁ CHOVENDO NOVAMENTE QUANDO SAIO DO METRÔ, E xingo minha má sorte enquanto corro para casa. Não me lembro de um novembro pior. Ainda é início do mês, mas já nevou uma vez, com chuva gelada caindo em pelo menos duas outras ocasiões – quase como se estivéssemos em janeiro. Meu celular vibra no meu bolso quando viro a esquina, e quase o ignoro porque não quero expor minhas orelhas, atualmente cobertas pela gola do meu casaco, à chuva fina. No entanto, um hábito enraizado faz com que eu enfie a mão no bolso e puxe o telefone para olhar a tela.

Com certeza é uma ligação que não posso perder.

— Vovó, oi — digo, levando o telefone ao meu ouvido. Sem segurar o colarinho, o casaco cai de volta aos meus ombros, expondo meu pescoço à chuva fina, e estremeço quando a água gelada escorre por dentro. Eu deveria ter usado meu cachecol velho comido hoje, mas está tão feio que não consegui fazer isso, e agora estou pagando por aquele momento de vaidade.

Eu realmente preciso comprar um cachecol novo e mantê-lo longe do Sr. Puffs.

— Olá, querida. — A voz de vovó é calorosa e gentil, seu sotaque sulista perceptível apesar de várias décadas passadas no Brooklyn. — Como você está?

— Estou muito bem — digo, deixando minha voz tão alegre quanto posso. Com os pingos de chuva gelados atingindo meu rosto e entrando no meu colarinho, estou completamente infeliz, mas vovó não precisa saber disso. — Como você está, e vovô?

— Oh, estamos bem. Seu avô está fazendo jardinagem no calor novamente. Eu disse a ele para não ir lá fora quando está quase trinta graus, mas ele não me ouve.

— Sim, esse é vovô — digo, sentindo inveja. Eu mataria por uma temperatura a trinta graus em vez desse frio infernal. Meus avós se mudaram para a Flórida quando me formei na faculdade, e agora, toda vez que eu falo com eles, ouço tudo sobre como é bom e quente lá. — Você deveria atraí-lo com alguns biscoitos de chocolate.

Vovó ri. — Como sabia que eu estava fazendo isso?

— Apenas um palpite de sorte — digo, tremendo quando uma rajada de vento particularmente forte bate no meu rosto. — Como foi o seu exame de sangue na semana passada?

— Tudo certo. Estou saudável como um porco. — O tom de vovó é otimista. — Agora me fale sobre você.

Como está a vida na cidade grande? Alguma sorte em encontrar novos trabalhos de revisão?

— Ainda não, mas tenho alguns clientes em potencial — digo, atravessando a rua para o meu prédio. — E antes que você pergunte, estou bem. Eu não preciso de ajuda. De verdade.

— Emma... — Vovó deixa escapar um suspiro. — Eu gostaria que você nos deixasse cuidar desses empréstimos para você. Eu te disse, podemos pegar uma segunda hipoteca e...

— Não. De jeito nenhum. — Meus avós economizaram e guardaram a vida toda para comprar uma casa na Flórida, e eu não tenho intenção de deixar sua aposentadoria ser arruinada por minha causa. Suas pensões e pagamentos de seguro social mal cobrem suas contas, e uma segunda hipoteca colocaria uma enorme pressão sobre suas finanças. Já é ruim o suficiente que eles tenham trabalhado mais sete anos para me apoiar no ginasial e Ensino Médio; não vou deixar eles cuidarem de mim na minha idade adulta também.

Eu preferiria morrer de fome do que me impor a eles desse jeito.

Vovó suspira novamente. — Emma, querida... Aceitar uma mão amiga de vez em quando não fará você ser como sua mãe. Você sabe disso, certo?

— Vovó, pare. Por favor. Estou perfeitamente bem — digo, procurando minhas chaves quando me aproximo da minha porta. — Agora, se você não se importa, eu acabei de chegar em casa, tenho que alimentar os gatos. Mande meu amor ao vovô, ok?

— Claro. Tome cuidado, querida, e ligue em breve. Mal posso esperar até o dia de Ação de Graças — vovó responde, e eu desligo o telefone, colocando-o de volta no bolso.

Agarrando minhas chaves, alcanço a porta, ansiosa para entrar e escapar do frio.

— Srtª Walsh? — A voz masculina atrás de mim me assusta tanto que eu giro com um grito, minhas chaves caindo no chão molhado.

De pé na minha frente está um homem baixo de meia-idade com uma jaqueta de inverno, os braços carregados de um buquê gigante de rosas cor-de-rosa e branca.

— Eu sinto muito, senhorita. Não queria te assustar — ele diz rapidamente. — Estou aqui apenas para fazer uma entrega.

— Uma entrega? — Estou tremendo tanto pelo frio e pelo excesso de adrenalina, meu coração batendo tão rápido que mal posso falar. — Para mim?

— Sim — diz ele com um sorriso. Aproximando-se de mim, ele se abaixa para pegar minhas chaves e as entrega para mim, junto com o buquê gigante. — Isto é para você.

— Hum, ok. — Sem jeito, pego os dois, chaves e as flores. As rosas estão cobertas por plástico transparente que as protege do tempo, mas mesmo assim, posso dizer que as flores são lindas. Estou prestes a perguntar quem as enviou quando algo me ocorre. — Oh, eu não tenho dinheiro para gorjeta — digo, me sentindo uma idiota desastrada. — Eu sinto muito. Eu pretendia parar em um caixa eletrônico, mas...

— Oh, não, está tudo bem. Tudo foi cuidado. — Um grande sorriso modifica seu rosto envelhecido. — Apenas desfrute delas, ok, senhorita?

Ele se vira e corre para longe, claramente ansioso para sair da chuva, e é só quando ele se vai que eu percebo que não tive a chance de perguntar quem pediu a entrega.

Ah, bem. Espero que haja um cartão. Meus dedos estão quase entorpecidos pelo frio, mas consigo colocar minhas chaves na fechadura e entrar. Instantaneamente, meus três gatos correm em minha direção, miando como se eu estivesse fora por uma semana, em vez de apenas oito horas.

— Sim, sim, vocês vão comer — murmuro, tentando não tropeçar em Sr. Puffs. — Só me deem um segundo aqui.

O idiota peludo ignora minhas palavras, e minha caminhada até a cozinha é perigosa, para dizer o mínimo. Entre o enorme buquê de flores e o gato gigante se enrolando entre as minhas pernas, é uma maravilha que eu não tropece e quebre minha cabeça.

Finalmente estou na cozinha. Colocando as flores no balcão, rapidamente preparo o jantar dos meus gatos e dou a eles. Então, respirando fundo, me aproximo do buquê.

Antes que eu possa retirar o plástico protetor, a campainha toca.

Cottonball ergue os olhos do prato e me lança um olhar inquisitivo.

— Desculpe, amigo. Estou no mesmo barco que você — digo para o gato enquanto corro à porta. A única pessoa que vem sem avisar é minha proprietária, e ela não tem motivos para fazê-lo hoje à noite, já que paguei meu aluguel por vários meses seguidos.

Quando olho pelo olho mágico, vejo um homem vestido com um uniforme da *FedEx* indo embora.

Outra entrega? Que diabos?

Como nasci e cresci no Brooklyn, espero até que o estranho se vá antes de abrir a porta com cautela. Com certeza, há uma grande caixa na minha porta. Eu me inclino para pegá-la, mas é muito pesada para levantar. Xingando sob a minha respiração, luto para colocá-la para dentro e fecho a porta. Então, morrendo de curiosidade, pego uma faca na cozinha e abro a caixa.

Estupefata, eu olho o conteúdo.

Comida de gato. Muitas e muitas comidas de gato. Todas as melhores marcas, em uma variedade de sabores, algumas secas e algumas enlatadas, como meus gatos preferem.

É comida de gato suficiente para os próximos meses.

Estou tão confusa que quase esqueço do pequeno envelope branco colado ao lado da caixa. É só quando estou arrastando a caixa pesada para a cozinha que eu vejo. Parando, eu pego e abro, rasgando o papel bonito na minha ânsia. O cartão diz:

Espero que seus gatos gostem disso, e você goste das flores.
Marcus.

Uma onda de calor corre através de mim, afugentando o frio persistente da temperatura lá fora. As imagens dos sonhos eróticos que eu tenho tentado não pensar inundam minha mente, e minha respiração acelera.

As entregas são de *Marcus*.

Eu quase corro para a cozinha, esperando que haja outro cartão com uma explicação do porquê, mas não há nada ligado ao buquê. Rainha Elizabeth olha por cima do seu prato e me dá um olhar que sugere que sou louca, mas eu a ignoro.

Marcus me enviou rosas e *comida de gato*.

Isso está muito além de qualquer tipo de ato de bom samaritano. Lembro-me do pensamento ridículo que me ocorrera na noite passada – que ele poderia estar interessado em mim – e, de repente, não parece mais tão ridículo. Porque que outra explicação existe quando um homem envia flores a uma mulher?

Bem, flores e comida de gato.

— Você acha que ele gosta de mim desse jeito? — pergunto à Rainha Elizabeth, e a gata me dá um olhar que sugere que estou agindo como se eu tivesse doze anos.

OK, tudo bem. Talvez eu esteja lendo demais na aparência de minha gata, mas eu juro que ela é capaz de se comunicar comigo. Ela inclina a cabeça desta e daquela maneira quando eu falo com ela, e às vezes ela até mia em resposta – o que é exatamente o que ela faz agora.

— Você acha que ele gosta de mim? — Eu pergunto, irracionalmente excitada, e Rainha Elizabeth mia novamente antes de voltar sua atenção à sua comida.

— Vou tomar isso como um sim — digo, e vou caçar um vaso grande o suficiente para comportar o enorme buquê. Enquanto dou a volta na cozinha, percebo que me sinto tonta, quase em êxtase com a ideia de que Marcus possa gostar de mim. Ele é o oposto do meu tipo, mas algo nele me atrai – o que explica esses sonhos na noite passada.

Suas grandes mãos por todo o meu corpo, seu peito musculoso pressionando meus seios enquanto ele se move dentro de mim...

Uôa. Um rubor quente invade ao longo da minha linha do cabelo. Apesar do meu longo período de seca, tenho uma libido saudável e gosto de sexo, mas isso é algo totalmente diferente. Meu coração parece ter tomado aulas de bateria no meu peito, e minha calcinha parece úmida pela mera lembrança daqueles sonhos.

Isso é atração, como eu nunca senti antes – básica, primal e não tem nada a ver com lógica ou conexão intelectual. Não sei quase nada sobre Marcus, e o pouco que sei sugere que não temos nada em comum, mas o simples pensar nele me excita mais do que uma hora de preliminares do meu namorado da faculdade.

— Você acha que eu estou no cio? — Pergunto à

Rainha Elizabeth enquanto pego uma panela grande – a coisa mais próxima que tenho de um vaso do tamanho necessário. — Quero dizer, eu sou humana e tudo, mas isso é meio radical, não acha?

Rainha Elizabeth olha para cima e delicadamente passa a língua pelo rosto, limpando os restos de comida.

— Sim, você está certa. Estou sendo ridícula. As fêmeas humanas não entram no cio. — Encho a panela com água, retiro o plástico das rosas, acrescento o comprimido à água, e coloco as rosas dentro. Elas acabam pendendo para um lado, mas ainda assim lindas – e muito caras.

Se minha avó soubesse disso, ela diria que Marcus está me cortejando.

— Você acha que ele está me cortejando? — Eu pergunto à gata, mas Rainha Elizabeth apenas senta graciosamente e começa a lamber sua pata. Ela claramente teve sua cota de interação com um humano, e eu não a culpo.

Eu deveria estar ligando para Kendall, não incomodando o gato.

Assim que o pensamento me ocorre, eu corro para o meu telefone e rapidamente deslizo o dedo na tela. Antes que eu possa selecionar o número de Kendall, uma notificação de mensagem aparece, e meu pulso vai além.

É uma mensagem de um número desconhecido.

Oi, Emma, está escrito. *Aqui é Marcus. Espero que as flores e o presente para seus gatos tenham chegado a você com segurança. Você está livre nessa quinta-feira à noite? Eu adoraria te levar para jantar. Podemos debater a ética de Wall Street, se desejar.*

Eu olho para a mensagem, sentindo que estou hiperventilando. Não deveria ter sido uma surpresa – afinal, achei há alguns momentos que Marcus poderia estar me cortejando – mas, de alguma forma, ainda me sinto pega de surpresa.

Jantar? Na quinta-feira? Isso é amanhã.

Algo suave bate na minha panturrilha, e eu olho para baixo para ver Cottonball balançando o rabo para trás e para frente enquanto olha para mim.

— Ele quer jantar comigo amanhã — digo ao gato, e mesmo para os meus próprios ouvidos, pareço chocada. — Você pode acreditar nisso?

Ao contrário de Rainha Elizabeth, Cottonball não é uma fêmea de nenhuma espécie, então, ele não se importa com meus problemas de namoro. Ele apenas levanta a pata e golpeia minha panturrilha novamente. Suspirando, largo meu telefone e o pego, sabendo que ele não me deixaria em paz de outra forma. Felizmente, ele não é tão pesado quanto o Sr. Puffs, então, eu posso segurá-lo com um braço, o que deixa a minha mão livre para pegar o telefone novamente.

Mastigando meu lábio, leio a mensagem novamente e me pergunto o que fazer. Se fosse qualquer outro homem – Mark do aplicativo de namoro, por exemplo – seria fácil. Eu lhe agradeceria pelo presente cheio de consideração, sugeriria uma pizzaria perto do meu apartamento e veria como as coisas iriam. Mas esse é

Marcus – ele com seus ternos sob medida e mãos provocadoras de sonhos eróticos. Ele me deixa desconfortável, e não apenas por causa da minha reação física a ele.

Por mais bizarro que seja, há algo quase... perigoso sobre ele, algo não muito civilizado.

Cottonball emite um ronronar alto, trazendo minha atenção de volta para ele, e eu coloco o telefone para baixo para acariciar seu pelo macio e fofo. Ele é o mais fofo dos meus gatos, exigindo uma sessão de carinho pelo menos uma vez por dia, e eu normalmente fico feliz em fazê-lo. Agora, no entanto, estou muito sobrecarregada para lidar com um gato carente.

Marcus me convidou para sair e eu não tenho ideia do que dizer.

12

M *arcus*

POR QUE ELA NÃO ESTÁ RESPONDENDO?

Frustrado, olho para o telefone, onde uma pequena notificação na parte inferior me informa que minha mensagem de texto foi recebida e lida dez minutos atrás. Eu sei que minha frustração não é racional – dez minutos não é tanto tempo assim – mas não consigo controlar a impaciência que me consome.

Por que diabos ela não está respondendo?

Ainda estou no meu escritório e tenho um milhão e uma coisas para fazer antes de poder sair hoje à noite, mas tudo o que consigo focar é em Emma e a falta de resposta à minha mensagem. Em vez de trabalhar, passei os últimos dez minutos olhando para o meu celular – dez minutos que, à minha taxa horária atual de ganhos, equivalem a vários milhares de dólares.

Finalmente, depois do que parece uma eternidade, aparecem três pontos.

Emma está digitando alguma coisa.

Eu me vejo prendendo a respiração como um adolescente com paixonite, então, me forço a olhar para a tela do computador em vez de para o telefone. É inútil, no entanto. As planilhas dançam diante dos meus olhos, os números se recusando a fazer sentido.

Isso é maluquice.

Hoje cedo, liguei para Emmeline para agradecer o jantar e perguntar sobre seu voo, e não senti nem uma fração dessa excitação bizarra. Nossa conversa foi calma e educada, e quando desliguei o telefone, fiquei mais convencido do que nunca de que Emmeline é exatamente o tipo de mulher que eu estava procurando: bonita, inteligente, concisa e bem educada. Ela não gritaria, não amaldiçoaria ou não explodiria quando algo não acontecesse à sua maneira; ela não voltaria para casa bêbada com dois idiotas igualmente bêbados a reboque; e ela certamente não iria foder os idiotas na frente de seu filho de cinco anos de idade.

Meu humor escurece com a lembrança de infância e olho de novo para o telefone, onde os três pontos ainda se mexem. O que Emma está fazendo há tanto tempo? Escrevendo um discurso?

O exato fato da minha impaciência aumenta minha

frustração. Ao longo da década e meia da execução do meu fundo, desenvolvi nervos de aço. Eu tive que fazê-lo – porque, como os ativos do fundo sob gestão cresceram, o mesmo aconteceu com a quantidade de capital que arriscamos em cada operação. Apenas nos últimos cinco anos, nossos maiores cargos passaram de vários milhões de dólares para pouco mais de um bilhão. Se eu não tivesse aprendido a ter paciência, se não tivesse aprendido a parar de me preocupar com os altos e baixos do mercado e focar no que precisa ser feito, eu teria me estressado e tido um prematuro ataque cardíaco.

Então, se eu posso tirar da cabeça um negócio de bilhões de dólares, por que não posso tirar meus olhos desses três malditos pontos?

Vamos lá, eu falo para a tela. *Apenas responda*. Se eu pudesse alcançar através do telefone e sacudir a ruiva, eu o faria, porque isso é ridículo. Quanto tempo se leva para digitar um sim ou um não? De preferência um sim, mas mesmo uma rejeição seria melhor que esta espera sem fim. Eu não aceitaria, é claro, mas isso me daria algo para continuar, um ponto de partida para o resto da minha campanha de desejo por Emma. Eu seria capaz de criar estratégias e propor o próximo passo...

Os três pontos desaparecem e são substituídos por texto.

Obrigada pelas flores e pela comida. Meus gatos estão muito satisfeitos Que tal o Papa Mario's Pizza às 19h, para nossa discussão sobre ética?

Minha primeira reação – alívio – se transforma em confusão quando olho para o restaurante sugerido. Uma pesquisa rápida revela um lugar sujo e opiniões *Yelp* falando sobre um "buraco na parede com a pizza mais barata no Brooklyn". Fica acerca de dois quarteirões do apartamento de Emma, mas tanto quanto eu posso dizer, essa é a única coisa que o lugar tem de bom.

Por que diabos Emma quer ir lá?

Eu tamborilo meus dedos na mesa, pensando, depois, envio a mensagem: *Se você estiver com vontade de italiana, conheço um excelente restaurante familiar em Bensonhurst. Eles têm a melhor pizza nos cinco distritos, e não é longe de onde você mora. Pego-a às 18h45?*

Os três pontos aparecem quase que instantaneamente, seguidos por: *Qual é o nome do lugar?*

Eu franzo a testa para o telefone. Na minha experiência, quando chamo uma mulher para sair, ela me deixa escolher o lugar e não questiona minhas sugestões, especialmente quando essa sugestão em particular é o mesmo tipo de comida que ela parece estar disposta.

Emma é uma maníaca por controle ou tem uma predileção muito forte por pizza.

Minha carranca se aprofunda, eu mando de volta o nome do lugar e espero.

Três minutos depois, recebo a resposta: *Ok. Estarei pronta.*

A onda de satisfação é tão intensa quanto quando fiz meu primeiro milhão. Rindo selvagemente, guardo o telefone e volto minha atenção para a tela do meu computador, onde os números finalmente estão fazendo sentido.

A primeira grande batalha da *campanha Emma* é vencida e eu mal posso esperar pelo resto da guerra.

13

 *mma*

QUANDO CONTO A KENDALL SOBRE O MEU ENCONTRO, ela engasga com o café. — Você o quê?

— Vou me encontrar com um gerente de fundos de investimentos para jantar esta noite — digo, colocando uma quantidade generosa de leite em minha própria xícara de café. — Então você vê, não sou mais a Senhora dos Gatos.

— Ok, uau. Rebobina a fita. — Ela se inclina para frente, seus olhos cor de avelã brilhando com a intensidade de um tubarão cheirando sangue. — Quando e como isso aconteceu?

Sorrindo, conto a história toda, começando com a confusão na identidade. — Então, sim — eu concluo —, tenho um encontro hoje à noite.

— Com Marcus, o gerente de fundos de investimentos — diz ela, incrédula. — Que praticamente te perseguiu até o seu apartamento e lhe enviou comida de gato. E lhe deu sonhos eróticos.

— Sim — Meu sorriso se alarga. — O primeiro e único.

Kendall e eu raramente nos vemos durante a semana, mas tenho essa quinta-feira de folga, então, decidi ir a Manhattan tomar café com ela.

Eu tinha que ver a reação dela pessoalmente.

Ela não decepciona. — Emma! — Meu nome sai em um grito agudo. — Puta merda, estou tão orgulhosa de você! Enlaçando o Sr. Fundo de Investimentos!

Os outros clientes no Café olham para o nosso lado, mas estou muito empolgada para me sentir envergonhada. Desde a mensagem de Marcus, tenho tentado sair desse torpor, mas não consigo. Estou tão adrenalisada que mal dormi na noite passada, mas não me sinto nem um pouco cansada.

Eu tenho um encontro com Marcus.

— Você sabe como a empresa dele se chama, ou o quão grande é? — Pergunta Kendall, tirando-me de um sonho febril que envolve as mãos de Marcus e outras partes do corpo. — Ou qual é o sobrenome dele? Em suma, você pesquisou sobre ele? Sabe se ele é casado, solteiro ou divorciado?

— Não e não — digo, lutando contra o desejo de corar com a inocente menção de Kendall de "grande". — Vou perguntar tudo isso hoje à noite. Tenho certeza de que ele não é casado, no entanto. Essa Emmeline parecia um encontro às escuras, e ele não estaria fazendo isso se já tivesse alguém.

— Oh, por favor. — Kendall bufa no café. — Não seja ingênua. Os homens fazem todos os tipos de coisas por uma boceta. Além disso, você acabou de conhecer o cara. Por tudo que você sabe, ele pode ser um adúltero em série.

— É verdade, mas não acho isso. — Eu poderia estar totalmente enganada, mas Marcus não parecia ser alguém que pudesse trapacear – não estaria em um relacionamento sério, pelo menos. Por um momento, me pergunto o que aconteceu naquele dia com Emmeline, mas depois, descarto o pensamento.

Se ele tivesse achado que era ela, duvido que tivesse me convidado para sair.

— Tudo bem — diz Kendall, sacudindo seu longo cabelo escuro por cima do ombro. — Lembre-se: faça sua devida diligência, porque os homens são cães. Ou, se a analogia felina funciona melhor para você, gatos safados. Você sempre namorou idiotas que não conseguiam duas mulheres se tentassem, então, você não tem muita experiência com isso...

— Caramba, valeu. Fico feliz em ouvir que você tem uma opinião tão alta sobre meus encantos.

Kendall tem a decência de parecer envergonhada. — Olha, eu não estou dizendo que você não é atraente – você apenas tende a gravitar em torno de caras que não fazem você se sentir ameaçada de alguma forma.

— Como é que é? — Esta conversa definitivamente tomou um rumo estranho.

Kendall suspira. — Emma... não leve a mal, mas você não é uma pessoa que se arrisca, ok? Você gosta de jogar pelo seguro, ter tudo confortável e rotineiro. É por isso que ainda está no Brooklyn ao invés de na ensolarada Flórida; está trabalhando naquela pequena livraria em vez de tentar algo melhor, e se esconde atrás de seus gatos e suas roupas gastas e seus livros – e escolhe homens que a veem do jeito que você se percebe, em vez de como realmente é.

— Espere, o quê? — Há tanta psicologia bizarra naquilo que eu não sei no que focar primeiro. Não posso acreditar que Kendall tenha essas opiniões a meu respeito. — Você mesma disse que eu me transformei em uma Senhora dos Gatos, então, como exatamente eu estou me entendendo mal? E eu me arrisco *para valer* – sou freelancer, lembra? — Minha voz se eleva com indignação. — E não mudei para a Flórida com meus avós, você sabe muito bem que a maior parte da indústria editorial está aqui, e se eu quero uma carreira nisso...

— Mas você não quer — Kendall me dá um olhar firme. — Uma carreira em publicação pode ter sido seu objetivo antes, mas você mesma me disse que o panorama da indústria está mudando e os grandes editores não são o que costumavam ser. É por isso que você pode conseguir todos esses trabalhos de revisão freelance – que, a propósito, é algo que você se contenta em fazer sem entusiasmo, em vez de realmente investir nisso. — Ela cruza os braços. — Encare isso, Emma: Você está no Brooklyn trabalhando no seu primeiro emprego porque você não gosta de mudar.

— Isso não é verdade...

— Sim, é. — Ela descruza os braços e pega sua xícara de café. — É por isso que você veste suas roupas até que elas literalmente pulverizem, e só namora caras que não têm chance com outra garota tão bonita quanto você. Quanto à coisa dos gatos, disse isso porque você estava negligenciando a si mesmo, e eu queria que fizesse algo a respeito – o que você claramente fez.

Ela sorri, obviamente esperando trazer o assunto de volta para Marcus, mas estou muito chateada para sorrir de volta. A pior parte da avaliação pouco lisonjeira de Kendall sobre mim é que ela está certa sobre uma coisa: a carreira que eu planejei nunca poderia acontecer, mas eu não mudei o curso para me adaptar, escolhendo esconder minha cabeça na areia. Quando comecei a trabalhar na Smithson Books, eu estava na faculdade, e considerava o trabalho como uma oportunidade temporária de meio período, uma forma de ganhar um pouco de dinheiro e estar vagamente conectada à indústria em que eu queria estar. Mas quando não consegui encontrar um emprego numa grande editora após a formatura porque todos eles estavam encolhendo e reestruturando, eu fiquei na livraria, o tempo todo dizendo a mim mesma que estava apenas esperando até que minha carreira real começasse.

Semanas se transformaram em meses, depois em anos, e aqui estou eu, ainda ganhando tempo.

Autorrepugnância é um nó grosso na minha garganta quando enfrento outro fato desagradável: Kendall está certa sobre a minha revisão freelance também. Eu tenho sido meio idiota, tratando mais como um hobby do que um negócio. Eu nem mesmo construí um site, embora eu saiba da importância disso em uma comunidade de livros em grande parte on-line.

Não admira que eu esteja me afogando em empréstimos estudantis e estressada sempre que como fora: estou morando em uma das cidades mais caras do mundo com o salário de caixa – tudo para que eu possa me apegar à ideia de uma carreira que eu *sei* que não faz mais sentido.

— Por que você não me disse isso antes? — Eu tento – falar e – não soar amarga. Ser forçada a encarar a realidade é uma merda. — Se você viu que eu estava sendo uma idiota, por que não falou nada?

A expressão de Kendall fica sombria. — Porque eu não achei que você estivesse pronta para ouvir isso e não queria que reagisse do jeito que está reagindo agora. Eu sei que você tem motivos para querer o conforto do familiar, e não é como se você estivesse fazendo algo perigoso ou autodestrutivo. Você simplesmente se deixa entrar em uma rotina, que é algo que eu sei que você pode mudar se definir sua mente para isso. Além disso, eu egoisticamente quero você aqui, não na Flórida, ou onde quer que você vá se tivesse um negócio de revisão em tempo integral de onde poderia fazer de qualquer lugar.

— Kendall... — Eu não sei se quero bater nela ou abraçá-la, então, me contento em não fazer nada disso. Em vez disso, pego minha xícara de café e tento administrar meus pensamentos girando enquanto engulo o líquido quente. Agarrando-me a uma inconsistência em seu discurso, eu pergunto: — Se você se sente assim, por que está tentando me manter longe de Marcus? Ele não é um passo na direção certa? Algo diferente... Algo arriscado?

— Sim, claro que ele é, e é por isso que estou tão orgulhosa de você. — A expressão tensa de Kendall é aliviada quando um sorriso brincalhão puxa os cantos dos lábios dela. — Você está se aventurando fora da sua zona de conforto e eu não poderia estar mais feliz com isso. Eu só não quero que você se apresse em algo cegamente e se machuque ao dar os primeiros passos de bebê. Nem todos os caras são tão inofensivos quanto seus geeks de estimação, você sabe.

Eu abaixei minha xícara. — Claro. Eu sei disso. — Inofensivo definitivamente não é como eu descreveria Marcus. Forçando um sorriso, digo: — Eu terei cuidado, prometo. Vou questioná-lo sobre tudo e ter certeza de que não há esposa à espreita. Na verdade, vou cavar tão bem que ele não vai saber o que o atingiu.

Kendall olha para mim, estreitando o olhar, e eu olho para ela. No instante seguinte, estamos rindo incontrolavelmente, e a tensão entre nós se dissolve sem deixar vestígios.

Depois que eu volto para casa, tomo banho, depilo minhas pernas e deixo meu cabelo secar para garantir que os cachos não fiquem muito crespos. Depois, passo uma hora inteira experimentando e descartando várias roupas. Eu finalmente coloco um jeans, meu novo par de botas de salto alto (apenas algumas temporadas antigas e ainda na moda boa parte do tempo), e minha blusa mais vistosa com um suéter sobre ele. Eu até coloco alguma bijuteria e uma camada completa de maquiagem, incluindo a base – que eu imediatamente lavo porque me faz parecer um palhaço. Acabo ficando com um pouco de rímel para escurecer meus cílios ruivos, uma leve camada de pó para deixar minhas sardas menos visíveis e uma simples aplicação de brilho labial – meu look habitual de primeiro encontro.

Na verdade, tudo o que vejo hoje é o de sempre, embora tenha gasto o dobro do tempo que levei para me preparar para o encontro com Mark. Eu não sei o que esperava conseguir com toda arrumação, mas depois que terminei, eu pareço do jeito que sempre fico, apenas com um pouco mais de polimento. Eu não sou uma daquelas meninas que têm habilidades para se transformar com algumas pinceladas de maquiagem; sempre que tento, acabo com cara de palhaço, como aconteceu antes. Normalmente, isso não me incomoda, mas esta noite, eu gostaria de saber como sombrear e contornar, como fazer meus olhos parecerem enormes e minhas maçãs do rosto mais proeminentes.

Esta noite quero ficar bonita para *ele*.

Pare de ser patética, Emma. Apenas pare.

Mesmo quando digo isso a mim mesma, sei que é inútil. A ansiedade que me impediu de dormir ontem à noite não está nem perto de diminuir, a mistura de excitação e antecipação nervosa me impedem de ficar imóvel por mais de um minuto. Tenho que fazer uma leitura beta de um conto para um cliente, mas sempre que eu me sento e tento me concentrar nele, as palavras dançam na página, e tudo o que vejo são seus frios olhos azuis olhando para mim.

Ótimo, maravilha. É por isso que eu deveria ter dito não. Talvez Kendall esteja certa, e eu tenho a tendência de ir para os caras seguros, mas é assim que eu gosto. Esse sentimento instável e inseguro – esse desejo desesperado de agradar um homem – não é algo que eu goste. Na faculdade, quando todas as minhas amigas estavam ficando loucas por atletas e bad boys, eu namorava caras legais e calmos – como Jim, meu último namorado sério. Com ele, nunca tive que me preocupar em me arrumar; ele gostava de mim tanto em meu pijama idiota e chinelos quanto em saias e saltos altos. Na verdade, ele muitas vezes não sabia a diferença entre os dois; para ele, uma garota era uma garota, independentemente do que ela estava vestindo. Acabamos nos separando porque ele se tornou muito grudento, exigindo muito tempo e energia, mas até então, namorá-lo era como estar com um dos meus amigos: fácil e confortável.

Olhando para mim mesma no espelho, vejo um

rubor rosa nas minhas bochechas e brilho febril nos meus olhos cinzentos. Esse jantar com Marcus não vai ser fácil e confortável, eu sei disso.

Também não será barato. O restaurante que Marcus escolheu está acima do limite do meu orçamento, por isso vou economizar nos mantimentos pelo resto da semana. Eu deveria ter insistido em ir ao Papa Mario, mas estava com medo de que Marcus odiasse, então, eu cedi – algo que eu não teria feito com Jim ou qualquer outro cara com quem namorei.

Por um momento, me pergunto se é tarde demais para desistir, mas depois me repreendo por ser uma covarde. Eu posso sobreviver a um jantar com um homem que me faz sentir assim. Se o que Kendall diz é verdade, deve ser bom para mim, me tirar da zona de conforto e tudo mais. Além disso, não é como se algo de longo prazo viesse dele. Quaisquer que sejam as razões de Marcus para me convidar para sair, tenho certeza de que ele perceberá imediatamente que temos muito pouco em comum e terminará aí.

Eu posso ter um encontro com o Sr. Fundo de Investimentos.

Na verdade, estou ansiosa por isso.

arcus

EU ESTOU NA PORTA DA EMMA ÀS 18H45 EM PONTO, apesar do tráfego habitual na hora do rush. Meu motorista regular, Wilson, é excelente nisso. Por meio de uma estranha combinação de aplicativos e instintos, ele sempre consegue me deixar no lugar na hora certa – uma impossibilidade virtual na cidade de Nova York.

Tomando fôlego para me acalmar, toco a campainha. Antecipação me atravessa quando ouço um miado alto, seguido de passos rápidos e leves.

— Pare com isso, Puffs. — A voz irritada de Emma é abafada pela porta. — Vamos, sua criatura maligna. Xô!

Um segundo depois, a porta se abre, e eu a vejo parada ali, corada e um pouco desalinhada. Instantaneamente, o calor me atinge, centrando-se na minha virilha enquanto as imagens de como ela ficaria após eu fodê-la passam pela minha mente.

Concentre-se, Marcus. Respire fundo.

É óbvio que ela fez uma tentativa de domar seus cachos ruivos, mas um cacho teimoso já está saindo para o lado, e seu casaco bege bem gasto está torto e coberto de pelo branco de gato – cuja origem deve ser os três gatos no corredor atrás dela. Um deles está lambendo calmamente a pata; o outro, balançando a cauda, e o terceiro – um gigante – está me dando o que só posso interpretar como uma encarada. No momento seguinte, o gato gigante corre na minha direção e Emma se abaixa para pegá-lo.

— Oi — diz ela sem fôlego, endireitando-se com o gato se contorcendo firmemente contra o peito. — Me desculpe por isso. Sr. Puffs fica com ciúmes quando os homens aparecem aqui.

— Sério? — Minha voz sai presa. Para o meu choque, eu entendo exatamente como a criatura fofa branca se sente, porque o pensamento de homens vindo ao apartamento de Emma me faz querer estrangular alguém. Engolindo o surto irracional de ciúme, eu forço meu tom a ficar mais leve. — Possessivo ele, hein?

— Oh, sim. Muita coisa. — Ela sopra outro cacho bagunçado para tirá-lo de seus olhos. — Espere, deixe-me pegar minha bolsa. — Esforçando-se para segurar o gato com um braço, ela pega a bolsa marrom que eu vi com ela antes, e eu a ajudo agarrando-a do gancho perto da porta.

— Obrigada — diz ela, abaixando-se novamente para pôr o gato no chão. Ele tenta me alcançar de novo, mas Emma habilmente o bloqueia com as pernas, tira a bolsa da minha mão e diz: — Vamos.

Eu saio, grato por estar fora do corredor infestado de gatos. Quando eu era menino, costumava gostar de cães e gatos, mas os animais de estimação não são mais para mim. Não gosto da idéia de cuidar deles, além disso, há todo o aspecto bagunça e não higiênico de ter animais dentro de casa.

Não é problema seu, penso, enquanto Emma consegue se livrar dos gatos e se vira para trancar a porta. Se eu estivesse realmente considerando Emma para um relacionamento, isso seria uma pedra no caminho, mas eu não estou.

Estou aqui para satisfazer esse desejo estranho e tirá-la do meu sistema.

Terminado com a porta, Emma se vira para me encarar e me dá um sorriso tímido. — Me desculpe por isso. Meus gatos podem ser um pouco demais.

— Não tem problema. — educadamente lhe ofereço meu braço, e meu estômago aperta quando sua pequena mão desliza através da curva do meu cotovelo. Ela é pequena ao meu lado, o topo de sua cabeça mal chega ao meu ombro, mas não há nada infantil sobre o balanço sensual de seus quadris enquanto eu a conduzo em direção ao carro.

Emma Walsh pode não ser o meu tipo, mas eu a quero demais para me importar.

Emma

MARCUS ME LEVA A UM CARRO PRETO CHIQUE estacionado no meio-fio e abre a porta para mim. Eu subo no banco de trás, meu rosto quente apesar do vento frio de novembro enquanto ele se senta ao meu lado. O carro é grande e espaçoso, mas com Marcus lá, parece sufocantemente pequeno. Não é apenas o seu tamanho enorme; é tudo nele. Ele ocupa o espaço de uma maneira que vai além do físico, comandando o próprio ar ao seu redor.

Ao lado dele, sinto-me como um asteróide preso na órbita de Júpiter – pequeno e impotente para escapar da força do planeta.

— O restaurante, por favor, Wilson — Marcus diz para o motorista, e eu vejo o homem acenando com a cabeça no espelho retrovisor enquanto o carro começa a se mover. O fato de Marcus saber seu nome me faz pensar se ele contratou o carro para a noite, ou se Wilson é seu motorista particular ou da empresa. As pessoas ainda têm motoristas particulares nos dias de hoje?

Antes que eu possa perguntar, Marcus transfere sua atenção para mim. — Então, Emma — diz, sua voz profunda me atraindo novamente. — Fale-me sobre você.

— O que você gostaria de saber? — Eu pergunto, esperando parecer uma mulher confiante em vez da garotinha nervosa de 12 anos que parece ter possuído meu corpo. Eu tenho a sensação perturbadora que estou em uma entrevista – uma impressão aumentada pelo fato de que Marcus está vestindo um terno e gravata sob seu casaco de inverno desabotoado. Eu sei que ele provavelmente veio do trabalho, e usar um terno não significa que eu esteja horrivelmente mal-vestida, mas me sinto assim: desajeitada, insegura e deslocada.

Pare com isso, Emma. Ele é só um cara. Sexy e intimidante, mas, ainda assim, apenas um cara.

— Você mora no Brooklyn há muito tempo? — Ele pergunta, seu pálido olhar sombreado no interior escuro do carro.

— Toda a minha vida — eu digo, lutando por um tom casual. — Nascida e criada. E você?

— Eu nasci em Staten Island — diz ele. — Então, sou nova-iorquino como você.

— Ah. Você é de uma família italiana, por acaso? Isso poderia explicar o tom moreno em sua pele.

— Pelo lado da minha mãe. — Suas palavras são curtas, como se eu tivesse tocado num assunto delicado.

— Sou majoritariamente irlandesa — digo voluntariamente, na esperança de amenizar qualquer erro cometido.

— Eu adivinhei isso. — A resposta de Marcus é irônica, e quando o carro para em uma rua, vejo uma sugestão de sorriso no rosto.

Eu instintivamente toco meu cabelo. — É bem óbvio, não?

— Foi apenas um palpite de sorte — diz Marcus, e eu sorrio para ele, um pouco do meu nervosismo diminuindo.

Continuamos a conversar durante o resto da viagem de quinze minutos, e fico sabendo que Marcus mora em Tribeca enquanto seu escritório fica em Midtown. Não estou surpresa; Se alguém pudesse se dar ao luxo de morar e trabalhar em Manhattan, seria um administrador de fundos de investimentos. Meu índice salarial de Wall Street é confuso, mas tenho certeza de que esses caras fazem dinheiro.

— Como sua empresa se chama? — Pergunto, lembrando-me da pergunta de Kendall quando o carro para em frente a um restaurante pequeno e aconchegante. Minha amiga, sem dúvida, me questionará sobre isso, então, é melhor reunir todos os fatos.

— Carelli Capital Management — Marcus responde quando ele abre a porta e sai, então, abre a porta para mim. Quando saio, ele gentilmente segura meu cotovelo, certificando-se de que eu não tropece, e o calor inunda minhas bochechas novamente. Mesmo com a lã grossa do meu casaco de inverno, sinto a força contida em seu aperto, o poder que poderia ser devastador se fosse solto.

Ele não solta meu braço quando estou fora do carro, e meu coração bate pesadamente enquanto olho para ele. As luzes da rua iluminam sua boca e o duro contorno de sua mandíbula, deixando seus olhos na sombra e, por um breve momento fantasioso, sinto-me como um pequeno animal apanhado na armadilha de um caçador. Algo quente e elétrico se forma entre nós, o momento repleto de tensão – então, ele solta meu braço e se vira, oferecendo-me seu cotovelo.

— Vamos? — Seu tom é calmo, como se ele não fosse afetado por qualquer coisa que tivesse acabado de passar entre nós, mas eu vejo sua mandíbula flexionada e sei que ele também sentiu.

Minha boca parece seca enquanto deslizo minha mão pela curva de seu cotovelo, tentando não pensar em quão grosso e sólido seu braço é. É como segurar um tronco de árvore curvado – embora um que esteja coberto por lã de caxemira cara.

— Você vem muito a este restaurante? — Pergunto, tentando não ofegar audivelmente quando caminhamos em direção ao restaurante. As pernas de Marcus são tão longas que tenho que dar dois passos para cada um dele, e o esforço, combinado com o calor que vibra sob a minha pele, me faz sentir como se eu tivesse acabado de subir três lances de escada.

— Eu já estive aqui algumas vezes — ele diz, abrindo a porta para mim. Entro e sinto com prazer o aroma rico e saboroso de manjericão, alho assado e massa recém-assada. Cheira como o do Papa Mario, mas o ambiente é infinitamente melhor. O restaurante é pequeno, mas limpo e acolhedor, com cerca de uma dúzia de mesas cobertas por toalhas brancas de linho e com vasos com flores reais. Mesmo sendo uma quinta-feira à noite, cada mesa está ocupada, exceto aquela no canto mais distante.

Este jantar tem que valer a pena para o meu orçamento.

Desabotoando meu casaco, eu sorrio para Marcus. — Parece um lugar muito legal. Obrigada por sugerir.

— O prazer é meu. Aqui, deixe-me pegar seu casaco. — Ele estende a mão e não tenho escolha a não ser deixá-lo me ajudar. Seus dedos roçam meus ombros no processo, e apesar do suéter, um arrepio de calor irradia do local onde ele me tocou.

Deus, se ele colocar as mãos na minha pele nua... Apenas o pensamento disso faz minhas entranhas se apertarem.

Um homem baixo e moreno de idade indeterminada se aproxima de nós. — Sr. Carelli, bem-vindo. — Seu sotaque italiano é forte e seus olhos escuros brilham intensamente em seu rosto magro. — Por favor, sigam-me.

Ele nos leva para a mesa de canto. Enquanto andamos, Marcus coloca a mão nas minhas costas, e eu respiro fundo, atordoada pelo gesto inesperadamente possessivo. Meu coração martela mais rápido, e o formigamento quente se espalha por todo o meu corpo, centrando-se no meu núcleo. O toque de Marcus é leve, solícito, mas não há dúvidas sobre a intenção puramente masculina por trás dele. Ele está reclamando, anunciando aos outros clientes do restaurante que, pelo menos esta noite, eu pertenço a ele.

É algo que um homem pode fazer com uma mulher com quem ele fez sexo – ou com quem ele pretende fazer sexo em breve.

Pare com isso, Emma. Ele está apenas sendo um cavalheiro. Mesmo quando digo a mim mesma isso, meu pulso aumenta ainda mais, e as imagens do meu sonho erótico retornam graficamente em toda a sua glória.

— Você está bem? — Marcus pergunta, olhando para mim, e percebo que meu rosto queimando deve combinar com o meu cabelo.

— Sim, claro — digo, tentando ignorar a sensação de sua grande palma descansando nas minhas costas. — Estou com um pouco de fome, só isso.

— Então, vamos te alimentar — diz ele, tirando a mão enquanto o garçom puxa uma cadeira para mim. Marcus contorna a mesa ao seu lado e eu me sento grata pelo alívio de sua proximidade devastadora.

— O que gostariam de beber? — O garçom pergunta, pairando ao lado de nossa mesa.

— Apenas água para mim, por favor — eu digo.

— O mesmo para mim — diz Marcus sem perder o ritmo.

Eu sorrio, satisfeita por ele não ter tentado forçar bebida alcoólica em mim. Alguns homens gostam de fazer isso, como se uma mulher que bebesse água pura de algum modo ofendesse sua masculinidade. Não sou contra álcool – já tive mais do que minha porção beber-até-vomitar na faculdade –, mas não gosto do sabor do vinho e da cerveja o suficiente para comer em todas as refeições.

Pegando o cardápio, eu o estudo cuidadosamente. A única coisa que parece estar dentro da minha faixa de preço é o aperitivo de pizza, de modo que facilita a minha escolha. Eu olho para cima para encontrar Marcus me observando com uma intensidade estranha.

— O que foi? — pergunto, sentindo-me autoconsciente.

— Nada. — Um sorriso de canto de boca aparece nele. — Você é muito fofa quando está se concentrando.

O calor traiçoeiro floresce em minhas bochechas novamente. — Hum, obrigada. — As palavras saem em um murmúrio desajeitado. Limpando minha garganta, pergunto em um tom mais firme: — O que você vai querer?

— Estou pensando na calamari para o aperitivo e no risoto de lula para o prato principal. Você é bem-vinda para compartilhar um ou ambos comigo — diz ele, fechando seu cardápio. — E você? Alguma coisa em particular lhe atrai? Se quiser, posso recomendar alguns pratos, dependendo do que você está com vontade.

— Oh, não, estou bem, obrigada. Eu vou pegar o aperitivo de pizza.

Ele sorri. — Boa escolha. É excelente aqui. E o prato principal?

— Eu não estou com fome, então, vou ficar com o aperitivo. — Não é mentira, porque comi um sanduíche de manteiga de amendoim antes de sair de casa. É a minha maneira de garantir que eu não tenha problemas com a fome enquanto espero a comida chegar – e que eu não desperdice meu orçamento mensal de comida em uma refeição.

— Tem certeza?

Ele está franzindo a testa para mim, então, dou a ele meu melhor sorriso não faminto. — Sim. O aperitivo de pizza é muito para mim.

— Ok, se é isso que você quer.

Ele faz um gesto para que o garçom se aproxime e pedimos nossa comida. O garçom sai, e somos apenas nós dois na mesa de canto semi-privada. Nós olhamos um para o outro, e eu sinto aquela tensão elétrica novamente, crescendo e expandindo até que ela nos engula em um tipo estranho de bolha. Estamos em um restaurante lotado, mas é como se estivéssemos completamente sozinhos. Eu tenho consciência dele a um ponto que me assusta; cada movimento de suas mãos, cada respiração que expande seu peito – sinto isso tão completamente que é como se uma corda invisível nos unisse. Desesperada para quebrar o feitiço, eu digo: — Então, Marcus...

— Então, Emma... — ele começa ao mesmo tempo, e nós dois começamos a rir, a bolha de tensão explodindo como um balão cheio demais.

— Você primeiro — diz Marcus, sorrindo, e eu quase derreto em uma poça no meu lugar. Ele tem o melhor sorriso, todos os dentes brancos fortes e sulcos sensuais em suas bochechas delgadas. Ele suaviza suas feições duras e aquece seus frios olhos azuis, levando-o de intimidadoramente bonito a sensualmente atraente. Também não é um exagero, porque eu realmente sinto minha calcinha ficando úmida. Se eu tivesse meu vibrador agora, levaria menos de dois minutos para gozar. Talvez três minutos, no máximo.

Deus, Emma, tire sua mente da sarjeta.

Lutando contra um rubor que ameaça colorir meu rosto de novo, eu digo: — Eu ia perguntar se você se encontrou com Emmeline. Você sabe, a mulher que deveria conhecer naquela noite?

O sorriso de Marcus desaparece. — Eu encontrei, sim.

— Oh? — Meu peito contrai por algum motivo. — E o que aconteceu?

Ele encolhe os ombros. — Acabamos jantando. E quanto a você? Já se encontrou com Mark?

— Não, eu não — digo, a tensão no meu peito se intensificando quando me lembro do aviso de Kendall.

— Acho que ele deve ter ficado chateado com o que aconteceu, porque ele nunca respondeu ao meu e-mail de desculpas.

— Entendo — Marcus toma um gole d'água. Seu olhar é inescrutável quando ele me estuda sobre a borda de seu copo. — Você está desapontada com isso? Quem era esse cara, afinal?

— Só alguém de um aplicativo de namoro — digo. Marcus está claramente tentando manter o foco em mim, mas com as palavras de Kendall soando nos meus ouvidos, não sou tão facilmente dissuadida. — E sua Emmeline? — Eu pergunto, mantendo meu tom casual. — Quem era ela, e como foi seu jantar?

— Ela também era de algo como um aplicativo de namoro — diz ele, inclinando-se em sua cadeira. Seu rosto é inexpressivo e isso, combinado com sua falta de resposta à minha segunda pergunta, me deixa ainda mais curiosa sobre o assunto.

— O que é 'algo como um aplicativo de namoro'? — Pergunto, pegando meu próprio copo d'água. Eu estava apenas brincando com Kendall sobre ir fundo com Marcus, mas algum instinto está me dizendo para continuar.

— Uma casamenteira — diz ele sem rodeios.

Eu engasgo com o gole d'água. Tossindo, eu cuspo fora: — Uma o quê?

— Uma casamenteira — ele repete, seu olhar azul frio novamente. — Não é tão diferente de um site ou aplicativo de namoro, apenas mais personalizado e exclusivo.

— Certo. — Eu engulo mais água para esconder o meu choque. Eu realmente não tinha pensado sobre por que Marcus deveria se encontrar com uma mulher que ele não conhecia. Eu meio que assumi que ele foi colocado num encontro às escuras por um amigo, ou que ele tem um perfil casual em um aplicativo de namoro, como eu. Muitas pessoas fazem isso nos dias de hoje; namoro on-line não é mais apenas para perdedores. Uma casamenteira, no entanto, é um assunto diferente.

Uma casamenteira implica que ele quer algo sério – e, possivelmente, bastante particular.

— Você, hum... — Porcaria, como posso expressar isso sem fazê-lo surtar? — Você está querendo se casar ou algo assim?

— É claro. — Sua expressão fica ainda mais séria. — Não é essa a definição do serviço que um casamenteiro oferece?

— Bem, sim... — Eu sei que pareço uma idiota, mas não posso evitar. Eu nunca conheci um macho da espécie procurando um relacionamento com o objetivo do casamento. Pelo que vi, se um cara propõe, é porque ele quer agradar a namorada, ou conhece a pessoa certa e percebe que é o próximo passo lógico. Tenho certeza de que há homens que querem casar por causa do casamento, mas nunca me deparei com essa criatura pessoalmente. Mesmo meu ex-super-pegajoso na faculdade não pensava muito na instituição; ele só queria que ficássemos juntos o tempo todo. Claro, minha experiência é com rapazes na adolescência e juventude. Marcus tem trinta e cinco anos – um homem no auge, não um garoto ainda tentando se encontrar.

Antes que eu possa inventar algo inteligente para dizer, o garçom traz nossos aperitivos. Ele coloca a pizza e a lula no meio da mesa, provavelmente assumindo que vamos compartilhá-las. Salivo piscinas na minha boca com o delicioso cheiro. Espero impacientemente até que o garçom saia, e, então, pego uma fatia da pizza, quase queimando meus dedos no processo.

— Então você *está* com fome, afinal? — Marcus pergunta, espetando um anel de lula com o garfo.

— Para pizza? Sempre. — Eu mordo a fatia e fecho os olhos, quase gemendo alto quando o gosto de queijo derretido e molho de tomate perfeitamente temperado enchem minha boca. Engolindo a mordida, abro os olhos para lamber a gota de molho dos meus dedos – e paro com o olhar faminto no rosto de Marcus.

— Quer uma fatia? — Ofereço, percebendo que estou sendo grosseira ao monopolizar a pizza inteira para mim. É pequena, mas isso não significa que eu não possa compartilhar. Marcus está me vendo comer tão intensamente que é como se quisesse me devorar em vez da pizza.

— Não, obrigado. — Sua voz é um pouco rouca quando ele pega seu copo d'água. — Você pode pegar a lula, no entanto.

— Estou bem, obrigada. — Eu mordo a pizza novamente. O sabor é tão orgástico quanto antes, mas consigo manter meus olhos abertos dessa vez – e vejo o maxilar de Marcus apertar quando ele me observa mastigar e engolir a mordida.

Ele não está comendo; está apenas olhando para mim e isso me deixa claramente desconfortável.

— Tem certeza que não quer um pouco? — pergunto depois de engolir minha terceira mordida. — Fico feliz em compartilhar, é sério.

— Não, eu estou bem. Por favor, aproveite. — Ele pega o garfo novamente e começa a comer a lula. Eu decido que a recíproca é justa, então, eu o olho abertamente enquanto ele consome sua comida. É incrível, mas ele de alguma forma faz com que mesmo o ato mundano de comer pareça poderosamente masculino. Os músculos de sua mandíbula flexionam enquanto ele mastiga, e sua garganta trabalha a cada gole, atraindo minha atenção para a coluna forte de seu pescoço. Eu nunca pensei em comer como um ato sexual, mas com Marcus, eu me sinto hipnotizada pela maneira como ele traz cada anel de lula à boca e o traça com seus dentes brancos e certos. Minha respiração acelera, e a umidade em minha calcinha se intensifica quando imagino sua boca engajada em outras atividades muito mais sujas.

Para me distrair do impulso bizarro de lamber uma migalha de pão do lábio dele, concentro-me em devorar minha pizza. Quando apenas a crosta permanece, eu olho para cima.

— Você nunca me contou como foi seu jantar com

Emmeline — digo. — A casamenteira fez um bom trabalho?

Marcus pousa o garfo e termina deliberadamente a sua lula. — Fez — diz ele, limpando os lábios com um guardanapo.

— E? — incentivo quando ele não elabora.

— E nada. — Seu rosto é inexpressivo. — Emmeline se encaixa em certos critérios que eu tenho, isso é tudo.

Isso é tudo? A pizza no meu estômago se transforma em um tijolo. — Se ela é tão perfeita, então, por que...

— Aqui está. O risoto de lula — anuncia o garçom, colocando o prato no meio da mesa com um floreio enquanto um ajudante de garçom tira os restos dos aperitivos. Eu fecho meus lábios, forçando-me a ficar em silêncio enquanto o garçom coloca pratos limpos na frente de cada um de nós.

Assim que ele se foi, eu abro minha boca para retomar meu questionamento, mas Marcus me choca ao alcançar a mesa e cobrir minha mão com a dele. Sua palma é macia e quente, e tão grande que eu me sinto engolida pelo calor dela. Minha respiração fica presa na garganta e meu batimento cardíaco aumenta ainda mais quando ele se inclina, seus olhos azuis fixos no meu rosto.

— Emma, me escute — ele diz baixinho. — Emmeline não tem nada a ver com isso. Eu só a encontrei uma vez e não há compromissos de qualquer tipo entre nós. Como você deve ter adivinhado, estou atraído por você – muito atraído – e, se não estou enganado, você também não é completamente indiferente a mim. — Seu polegar roça a pulsação no meu punho, que está martelando descontroladamente, corroborando suas palavras. Ele deve sentir também, porque seus olhos escurecem e sua voz se aprofunda, tornando-se baixa e sedutora enquanto murmura: — Por que não apenas aproveitamos esta refeição e vemos aonde as coisas vão a partir daqui?

Eu engulo em seco. Não sei o que dizer ou mesmo pensar. Uma parte de mim está bizarramente magoada por essa outra mulher se encaixar em alguns critérios predeterminados, mas o que ele diz também faz sentido. Um jantar não faz dela sua namorada, mais do que *me* dá direitos sobre ele. Na verdade, sua honestidade é um ponto a seu favor; ele poderia ter mentido sobre o encontro com Emmeline, e eu não teria como saber. Ao mesmo tempo, estou ciente de que não estou pensando claramente, que seu toque está me aquecendo por dentro e transformando meu cérebro em mingau.

— Eu, hum... — Puxando minha mão, luto para recuperar a compostura. — Eu acho que você deveria comer seu risoto. Provavelmente está esfriando.

Ele me observa ironicamente, e tenho a sensação de que ele sabe exatamente como está me afetando. — Claro, o risoto. Nós não queremos que ele fique frio — diz ele, e eu solto um suspiro de alívio quando ele pega o prato.

Pegando uma colherada de risoto, ele pega meu prato.

— Oh, não, eu estou bem, obrigada. — Eu movo o

prato fora de seu alcance. — É todo seu.

— Você não quer experimentar nem um pouco?

— Estou satisfeita, obrigada. — É uma mentira; minha boca está salivando pelos frutos do mar de aparência suculenta no risoto, mas eu não quero piorar a situação quando chegar a hora de pagar a conta. — É todo seu.

Depois de um momento de hesitação, ele coloca o risoto no prato e mergulha nele com evidente prazer. — Não é fã de frutos do mar? — Ele pergunta depois da primeira mordida, e eu dou de ombros em resposta. Eu amo frutos do mar, mas se eu admitir isso, minha recusa em experimentar o prato de Marcus irá confundi-lo ainda mais.

— Está tudo bem — eu digo quando ele levanta as sobrancelhas, silenciosamente pedindo-me para elaborar. — Eu como qualquer coisa, na verdade.

— Ah, uma onívora. Eu gosto disso. — Ele sorri, mostrando aquelas sensuais covinhas e eu sinto a atração magnética novamente. É injusto que os caras mais bonitos geralmente sejam aqueles que estão fora dos limites, seja porque são idiotas ou porque são gays. Marcus definitivamente não é o segundo, mas o júri ainda está no primeiro.

— Então — digo, inclinando-me para trás na minha cadeira para colocar uma pequena distância entre nós. — Qual é o seu critério? Você tem uma lista com todas as qualidades que quer que sua futura esposa possua?

Ele levanta as sobrancelhas. — Isso não acontece com todo mundo? Não há algo que você gostaria que seu futuro cônjuge fosse? Algumas qualidades que você gostaria que ele tivesse?

— Eu acho — digo depois de considerar por um momento. — Eu definitivamente quero que ele seja legal e gentil com os animais... especialmente gatos. Eu quero que ele ame gatos.

— Só isso? Apenas bom e um amante dos animais?

— Bem, seria bom se ele compartilhasse alguns dos meus interesses também. Quanto mais tivermos em comum, maiores as chances de que isso funcione a longo prazo.

Marcus me observa com um sorriso curioso. — Você não acredita em opostos se atraindo?

— Não, não de forma sustentável, pelo menos — digo quando ele pega mais risoto. — Acho que duas pessoas incompatíveis podem ser fisicamente atraídas uma pela outra, mas para um relacionamento duradouro se formar, você precisa de uma base mais forte. Deve haver valores e crenças, metas e interesses compartilhados... Se você não tem isso, o relacionamento será como um jogo: frágil e rápido de se esgotar.

Seu sorriso desaparece, sua expressão se tornando extraordinariamente séria. — Você está certa. Eu não poderia concordar mais. — Ele toma um gole d'água antes de buscar sua comida novamente, e eu assisto com espanto enquanto ele come uma parte considerável do risoto em tempo recorde.

— Então, você nunca me disse qual é o seu critério — eu digo quando o prato de Marcus está quase limpo. — É altura, peso, cor dos olhos... nível de escolaridade?

Ele abaixa o garfo, seu olhar preso no meu rosto. — A educação é definitivamente importante para mim. Assim como inteligência, educação e uma certa quantidade de ambição. Obviamente, quero sentir atração por ela, mas também estou procurando uma mulher que seja boa em funções sociais, alguém que se sinta à vontade para interagir com meus investidores existentes e potenciais e não se importe em fazer isso. E, acima de tudo, quero uma esposa que entenda que uma carreira de sucesso requer sacrifícios, que você tem que trabalhar duro para chegar a algum lugar na vida.

Eu olho para ele fascinada. Sua franqueza é refrescante e desanimadora. O que ele está descrevendo parece mais um parceiro de negócios do que um interesse amoroso. Por alguma razão, eu imagino a esposa de *House of Cards* – a legal e elegante Claire que é a metade feminina do casal de poder político intrigante naquele programa da *Netflix*. Marcus não é um político, mas suas exigências parecem semelhantes. Não sei que tipos de eventos ele frequenta, mas o fato de ele se referir a eles como "funções sociais" significa que eles não são churrascos no Brooklyn.

— E sobre sua personalidade e interesses? — pergunto, afastando meu desânimo. Não sei por que me sinto desapontada com as revelações de Marcus; não é como se eu não soubesse que éramos totalmente diferentes. Quando ele me convidou para sair, eu sabia que o jantar seria um caso único, e não deveria me chatear ao saber que ele quer uma mulher que é o meu oposto. Eu não sou mais tão socialmente desajeitada quanto era na adolescência, mas sou introvertida o suficiente para que uma reunião casual com amigos possa me cansar. Apenas o pensamento de algum grande evento formal me faz querer sair da própria pele, e eu não sei como começar a conversar com aqueles investidores dele.

Posso falar com estranhos sobre livros, mas só isso.

— Personalidade e interesses? — Marcus parece pensar um pouco enquanto o garçom tira os pratos e coloca um cardápio de sobremesas na frente de cada um de nós. — Sim, obviamente, esses também são importantes. Eu quero que ela seja equilibrada e razoável, não seja impetuosa. Também honesta. Honestidade e lealdade são muito importantes para mim.

— Para mim também — eu digo, assentindo. — Acho que a confiança é fundamental em qualquer relacionamento.

Marcus sorri. — Fico feliz em concordar com isso.

— E os interesses? — Eu pergunto. — O que você gosta de fazer no seu tempo livre?

— Eu não tenho muito disso, mas suponho que gosto de colecionar coisas, e também sou fitness. Gosto de me desafiar fisicamente, então, participo de algumas maratonas e triatlos todo ano, e treino artes marciais mistas quando posso.

— Oh, uau. — Isso explica sua constituição atlética – e confirma minha impressão geral dele. Marcus é de fato um Tipo A extremo, o tipo de homem que realiza mais em uma semana do que a maioria das pessoas faz na vida. — Isso é hardcore.

— E você? — Ele pergunta enquanto olho para o cardápio de sobremesas, mais por hábito do que por qualquer interesse real. — Você tem algum hobby?

— Eu gosto de livros — digo timidamente, olhando para cima para encontrar seu olhar. Eu gostaria de poder dizer a ele que faço algo legal e esportivo, como esqui ou escalada, mas caminhar é o meu exercício preferido. A única vez que corro é quando tenho que pegar o trem. — Quando não estou editando livros, geralmente estou lendo — eu explico quando ele continua olhando para mim. — Também gosto de programas de TV e filmes. Você sabe, coisas bem normais. Ah, e gatos. Eu amo meus gatos, obviamente.

— Obviamente — diz ele, um canto da boca levantado em um sorriso. — Eu também gosto de livros, a propósito. De fato…

— Gostariam de alguma sobremesa? — O garçom pergunta, aproximando-se da nossa mesa, e eu balanço minha cabeça.

— Estou bem, obrigada.

— Nenhuma para mim também, obrigado — Marcus diz ao garçom.

— Apenas queremos a conta — digo antes que ele possa escapar.

O garçom acena e desaparece, e me viro para encontrar Marcus me observando com uma carranca.

— Com pressa para sair?

— Não, mas imaginei que você poderia estar — digo honestamente. — Claramente, não temos muito em comum, e você é um homem ocupado, então... — Minha voz some quando a expressão de Marcus se aprofunda.

— Emma, me escute — ele começa, mas antes que possa terminar, o garçom retorna e discretamente coloca uma pequena pasta preta no meio da mesa. Em um movimento conhecido, agarro a pasta e a abro, rapidamente deslizando as linhas na nota para confirmar que minha parte é de fato o que eu esperava.

— O que você está fazendo? — Marcus pergunta quando eu pego minha carteira e tiro vinte e oito dólares – o custo do meu aperitivo de pizza, mais impostos e gorjeta.

Eu olho para cima para encontrar seus olhos azuis estreitados e sua mandíbula em uma linha dura.

— Eu sempre pago minha parte — eu explico, colocando o dinheiro na pasta. — Eu não acho certo o meu encontro pagar por mim quando sou perfeitamente capaz de comprar minha própria refeição. — Eu começo a mover a pasta de volta para o meio da mesa, mas Marcus se aproxima pelo outro lado da mesa e pega minha mão.

— Emma... — Seu aperto nos meus dedos é gentil, mas seus olhos brilham duramente quando ele diz em um tom uniforme — Eu te convidei para jantar, e eu estou pagando por isso. Fim da história.

Minha respiração acelera ao toque dele, e é tudo o que posso fazer para dizer com firmeza: — Eu entendo o costume, mas não me sinto confortável com isso. Eu prefiro pagar minha própria refeição.

Um músculo marca sua mandíbula. — Por quê? Um jantar não significa que você me deve. Você não precisa dormir comigo só porque estou pagando pela sua pizza.

A dor entre minhas coxas retorna quando suas palavras trazem as imagens do meu sonho. — Eu sei disso. — Minhas palavras saem estranguladas. Sua palma é quente e forte, mantendo minha mão presa no lugar sem nenhum esforço, e eu sinto que estou queimando com o calor dentro de mim. — É apenas minha política de encontro, só isso.

Ele olha para mim, seus olhos perfurando os meus e o resto do restaurante desaparece novamente. É como se estivéssemos completamente sozinhos, a tensão pulsando entre nós como um fio exposto. Eu me sinto presa, totalmente impotente para quebrar seu feitiço quando ele se inclina até que seu rosto esteja a poucos centímetros do meu.

— Isso não vai acabar aqui, Gatinha — diz ele suavemente. — Você sabe disso, certo? Não importa se você paga pelo seu jantar ou não, porque ainda vamos acabar no mesmo lugar.

Eu posso literalmente sentir minha calcinha ficando encharcada. — Q... Que lugar?

— Minha cama. — Seus olhos brilham mais escuros. — Ou sua cama, ou uma cama de hotel, se você preferir. Inferno, nem precisa ser uma cama. Eu te foderia na mesa ou no chão, ou na parede. Apenas me diga quando e onde, e eu farei acontecer.

Minha respiração para nos meus pulmões. Eu nunca fui abordada de maneira tão franca e, certamente, nunca nesses termos. A maioria dos homens tenta esconder sua intenção em termos de romance, ou evita falar sobre isso. Certamente, meu ex-namorado ficaria mais vermelho do que meu cabelo se essas palavras tivessem saído de sua boca. Eu provavelmente deveria estar insultada, mas estou muito excitada para mostrar qualquer indignação real. Algo sobre a sua grosseria sem remorso intensifica o calor úmido entre as minhas pernas, tornando minhas entranhas moles e líquidas. Eu quero exatamente o que ele está oferecendo: ele entrando em mim... Na cama, na mesa, no chão... Mesmo contra a parede, embora eu não consiga imaginar com a diferença de nossas alturas.

Ele é todo errado para mim e eu o quero. Eu o quero mais do que jamais quis alguma coisa.

— Eu... eu tenho que ir. — Minha voz soa embargada quando eu puxo minha mão fora de seu aperto e me levanto, quase virando a minha cadeira na pressa para fugir. Girando, corro para o guarda-volume como a covarde que sou, as cenas que ele evocou brincando em minha mente como um filme gráfico.

Quase alcanço meu casaco quando uma grande mão passa por mim, agarrando-me antes que eu fuja. Eu olho para cima, meu pulso acelerando ainda mais quando encontro esse olhar azul frio.

— Deixe-me levá-la para casa — Marcus diz calmamente, e eu olho para ele, incapaz de fazer qualquer outra coisa enquanto ele envolve o casaco em volta dos meus ombros, seus dedos quentes roçando minha clavícula. Meu pescoço dói de arquear para manter seu olhar, mas não posso desviar o olhar daqueles olhos magnéticos, não posso me concentrar em nada além da promessa sombria e aquecida dentro deles... e da minha própria resposta desamparada.

— Eu não vou pressioná-la a fazer qualquer coisa que não queira — ele promete baixinho, e eu acredito nele.

Engolindo meu coração de volta no meu peito, deixo-o abotoar o meu casaco e me levar para o carro.

Emma está quieta durante a curta viagem até a casa dela, o olhar dela direcionado às ruas, pela janela, e sua gostosa bunda posicionada tão longe de mim quanto a largura do carro permite. Eu a deixo quieta, embora a tentação de tocá-la, para lembrá-la da química abrasadora entre nós, seja quase impossível de resistir. Mas resisto a isso, porque prometi não pressioná-la em algo que ela não está pronta.

Já é ruim o suficiente eu me aproximar dela como um bárbaro, todas as minhas habilidades sociais duramente adquiridas dizimadas por uma mistura tóxica de luxúria e raiva confusa.

Eu a convidei para um encontro e ela pagou por sua parte.

Ela pagou por sua própria merda de pizza.

Mesmo agora, não consigo acreditar que ela fez isso – ou que eu deixei. É só que ela me pegou de surpresa, pegando a conta tão rapidamente e com tão pouca hesitação. Normalmente, quando uma mulher se oferece para dividir a conta ou pagar por sua própria parte, isso é feito mais como um gesto de cortesia, um aceno aos tempos modernos e ao movimento de libertação das mulheres. É a maneira de uma mulher mostrar que ela *realmente* não precisa de um homem para pagar por ela, embora, é claro, ela esteja secretamente satisfeita se ele não aceitar sua oferta desinteressada e pagar de qualquer maneira.

Pelo menos é assim quando eu era estudante e não tinha dois níqueis para gastar. Quando comecei a ganhar dinheiro de verdade, as ofertas tímidas se esgotaram e, quando fiz meus primeiros dez milhões, esqueci como era ter meus encontros dessa maneira. As mulheres agora supõem que eu pagarei, tanto porque sou homem quanto por ser rico demais, e não me importo. É como deveria ser: se estou com uma mulher, cuido dela.

Não com Emma, no entanto. Ela não fez essa suposição, nem parecia um jogo para ela. Ela não se ofereceu para pagar; ela simplesmente o fez, pegando o dinheiro antes que eu pudesse olhar a conta. Ela foi mortalmente sincera sobre isso também. Não foi uma piada; por qualquer motivo, era importante para ela.

Respiro fundo me acalmando e tento me convencer a desviar o olhar de seu perfil delicado. Ela ainda está olhando pela janela, suas pequenas mãos apertadas firmemente em seu colo e seus cachos selvagens e indisciplinados ao redor de seu rosto sardento. Eu não a entendo, e não entendo minha reação a ela. Eu quero estender a mão e pegá-la, colocá-la no meu colo para que eu possa sentir a curva suave de sua bunda bem feita contra a minha virilha. Eu quero emaranhar meus dedos naquele cabelo selvagem e arquear sua cabeça para trás, para que eu possa beijar a pele pálida de sua garganta, sentir o pulsar por baixo daquela pele de aparência translúcida.

Como não percebi o quanto as baixinhas e delicadamente curvilíneas podem ser sexies? Quando ela estava parada lá, no guarda-volume do restaurante, olhando para mim com aqueles olhos cinzentos assustados, precisei de todo o meu autocontrole para não me abaixar e agarrá-la. Apenas levantá-la e carregá-la como o delicioso pequeno prêmio que ela é. Nenhuma outra mulher jamais despertou esse impulso em mim – e certamente não Emmeline, com sua beleza refinada e elegante.

Eu respiro fundo e finalmente consigo arrastar meu olhar para longe de Emma. É inútil comparar as duas mulheres, porque o que eu quero delas é muito diferente. Emma é um capricho, uma anomalia em uma vida de autodisciplina e planejamento rígido, enquanto Emmeline é o que eu sempre quis, o que eu trabalhei desde que era um garotinho.

Desde que eu fiz uma promessa a mim mesmo de

nunca, nunca me apaixonar por uma mulher como a minha mãe.

Não que Emma seja como ela – pelo menos até onde eu sei pelo nosso breve relacionamento. Minha mãe era impulsiva e egoísta, e vejo pouca evidência desses traços na minha companhia. Nem Emma é uma alcoólatra. Tudo o que ela pediu para beber no jantar foi água – uma escolha que eu sinceramente aprovo. Não tenho nada contra bebida social moderada, mas não posso negar que, quando vejo uma mulher beber mais do que alguns copos de vinho, fico com lembranças desconfortáveis da minha infância ensopada em vodca e vômito.

Até hoje não suporto vodka, nem mesmo da variedade de luxo.

Meu celular vibra no meu bolso e eu o pego, olhando para a tela.

Caralho.

Minha caixa de entrada está explodindo com mensagens urgentes de Jarrod Lee, meu diretor de investimentos. Devo ter esquecido de verificar meu telefone durante o jantar porque há cinco e-mails seguidos. Uma oportunidade de investir em títulos municipais de alto risco caiu no nosso colo e ele precisa saber se devemos puxar o gatilho, dados nossos pontos de vista sobre as taxas de juros. Revejo rapidamente as especificações de títulos e envio uma resposta autorizando o investimento de US$700 milhões.

Nossos analistas esperam que o município tenha

um aumento de capital bem-sucedido antes da próxima reunião do Banco Central, o que significa que nosso investimento deve dobrar de valor antes que o mercado de títulos se aqueça na alta da taxa de juros.

Eu termino com os e-mails assim que o carro estaciona na calçada em frente ao apartamento de Emma. Saindo, abro a porta do lado dela e ajudo-a a sair. Sua mão toca levemente a minha enquanto ela sai do carro, e não posso deixar de fechar meus dedos em torno daquela pequena palma, segurando-a por um segundo a mais.

Seu olhar assustado voa para o meu novamente, e eu sinto um tremor passar por ela enquanto retira sua mão da minha. — Marcus ... — Sua voz está decididamente instável. — Eu realmente preciso...

— Claro. — Dou-lhe um sorriso enquanto a acompanho até a porta, embora o homem das cavernas recém-desperto em mim uive em frustração. — Você tem que ir. Compreendo.

Ela balança a cabeça, mexendo dentro da bolsa quando paramos na frente da porta. Extraindo suas chaves, ela olha para cima, adoravelmente corada. — Sim. Meus gatos precisam ser alimentados, e tenho que acordar cedo para o trabalho amanhã e...

— Emma. — Interrompo sua divagação com outro sorriso enganosamente calmo. — Não diga mais nada. Prometi não pressioná-la, e não vou.

Seu rubor se intensifica. — Oh. Bem, obrigada. Eu me diverti muito.

— Eu também. O que você vai fazer amanhã à noite?

Ela pisca para mim. — Amanhã?

— Sexta-feira — digo solícito. — Você sabe, o dia antes do fim de semana?

— Oh, eu... — Ela para e morde o lábio. — Você quer me ver amanhã?

— Sim — E no dia seguinte, e depois disso, percebo para minha surpresa. Esse jantar foi curto demais para satisfazer minha curiosidade sobre Emma e seu efeito em mim. Quero fodê-la, sim, mas também estou intrigado com ela.

Quero entender o que a faz funcionar e por que isso é importante para mim.

— Eu acho que... — Ela hesita, em seguida, deixa escapar: — Eu acho que estaria tudo bem.

— Excelente. — É preciso tudo o que tenho para esconder minha satisfação selvagem. — Alguma preferência de comida?

— Não sou exigente sobre comida, mas tenho uma preferência de orçamento — diz ela, e eu suspiro, percebendo que vamos brigar por isso mais uma vez.

Agora não é a hora para isso, então, apenas aceno e digo: — Vou manter isso em mente. Te pego às sete?

— Ok — Ela sorri para mim. — Às sete. Obrigada novamente.

E antes que eu possa beijar sua bochecha, ela se vira, abre a porta e desaparece num coro de miados indignados.

 _mma_

— VOCÊ ESTÁ SERIAMENTE ME DIZENDO QUE TEM UM segundo encontro com Marcus Carelli, da Carelli Capital Management? — Os olhos de Kendall parecem estar prestes a sair da tela do meu celular.

— Sim, por quê? Você o conhece? — Eu levanto o telefone levemente e olho em volta para ter certeza de que a livraria ainda está vazia. Meu chefe está fora num longo almoço, e embora teria sido inteligente usar essa pausa para editar o conto que tenho procrastinado, não pude resistir ao vídeo-chamada de Kendall sobre o meu encontro.

— Se eu conheço Marcus Carelli? — Sua voz se eleva. — Tá zoando com a minha cara? Você é tão alheia ao mundo assim?

— Hum...

— Deixa para lá. — Seu rosto cresce na câmera do telefone enquanto ela se inclina. — Eu deveria saber. Se não está em um livro ou não tem cauda, não existe para você.

Eu suspiro. Minha amiga não é nada senão a rainha do drama. — Apenas me diga logo. O que você sabe sobre Marcus? Porque vou vê-lo de novo esta noite e...

— Você não poderia ter se incomodado de pesquisar no *Google*?

— Eu não tive chance. Cheguei em casa bem tarde, tive que alimentar os gatos imediatamente e, depois, responder a alguns clientes de revisão. E hoje foi turno extra com um monte de entregas matinais, então, agora que estou recuperando o fôlego. — Eu também passei algum tempo de qualidade com meu vibrador ontem à noite, precisando aliviar a tensão do encontro, mas Kendall não precisa saber disso. Acho que eu poderia ter passado esse tempo pesquisando sobre Marcus on-line, mas honestamente isso não me ocorreu.

Eu nunca namorei alguém que tivesse algo interessante para eu encontrar.

Kendall revira os olhos, certificando-se de que a câmera capte isso. — Sim, tudo bem. Ouça, Srtª Mundo da Lua. — Ela se inclina até que seu nariz perfeito domine a tela. — Qualquer um que tenha dado uma olhada no *The Wall Street Journal* ou ligado a CNBC, como em todo mundo em Nova York, com a possível exceção de você e seus gatos, sabe sobre Marcus Carelli. Ele é uma das pessoas mais influentes de Wall

Street. Seu fundo tem um número insano de bilhões sob administração, e suas ações podem fazer ou quebrar o mercado. Você não se lembra daquela coisa com a empresa corrupta de pneus alguns anos atrás, onde um proeminente administrador de fundos de investimentos apostou que a ação chegaria a zero – e foi o que aconteceu? Foi notícia em todos os lugares, e eles até fizeram um documentário sobre isso na *Netflix*.

— Talvez. — franzo a testa porque isso soa um sino.
— Foi o fundo de Marcus?

— Sim. Ele apresentou o caso contra a empresa em uma dessas conferências de investimento de grande nome, e as ações caíram em 60% naquele dia. O CEO estava chorando por toda a notícia, mas os reguladores se recusaram a fazer qualquer coisa e, alguns meses depois, a empresa entrou com pedido de falência.

— Uau. — Eu me lembro da história agora. Estava em todos os jornais, a tal ponto que nem eu deixaria de ver. A empresa de pneus – um antigo e altamente respeitado líder do setor – havia sido acusada de um monte de coisas por algum fundo de investimento, desde defeitos de fabricação a condições de trabalho escravo em suas fábricas, e a publicidade resultante abateu as ações da empresa, acelerando seu fim.

E esse grande tacada foi de Marcus.

O homem que me chamou de "Gatinha" e me disse abertamente que quer me foder.

O homem com quem vou sair hoje à noite.

Pela segunda vez.

— ... tem estado nas listas de bilionários da *Forbes* —

continua Kendall, e eu pisco, percebendo que me distraí.

— Bilionários? — Minha voz soa embargada, mas não posso evitar. Eu sabia que Marcus era rico, é claro – tudo sobre ele exalava dinheiro –, mas há uma enorme diferença entre um gerente de ativos comum e um titã de um fundo de investimentos que pode derrubar uma grande empresa pública com alguns slides do PowerPoint.

Marcus não está apenas nas grandes ligas; ele é a Olimpíada toda.

— Sim, ele tem estado na lista há vários anos seguidos — diz Kendall. — Eu não posso acreditar que você não sabia. Ele deve ter levado você a algum lugar legal. Ele fez, certo? — Seus olhos estreitam.

— Sim, muito legal. — Eu ainda pareço ter engolido um sapo, mas estou orgulhosa pelo fato de poder falar. — Foi aquele lugarzinho italiano em Bensonhurst e...

— No Brooklyn? — As sobrancelhas de Kendall se juntam. — Você está falando sério?

— Sim, por que não? — Eu me mostro na defensiva, mas não posso evitar. Kendall é uma esnobe total quando se trata de bairros. Não importa que algumas áreas do Brooklyn sejam agora mais legais e mais caras do que certas partes de Manhattan; ela ainda acha que são roça.

Ela suspira e balança a cabeça. — Você não tem mais esperança. Só, por favor, me diga que não tentou arrastá-lo para aquele depósito de pizza perto de sua casa.

Eu posso sentir meu rosto ficando vermelho.

— Você tentou? Oh, meu Deus, Emma!

— Eu não sabia, ok? — Eu me queixo, sentindo-me estranhamente envergonhada. — Obviamente, eu não o convidaria para lá se soubesse. Mas nós não fomos para lá – fomos para um lugar que ele sugeriu – então, está tudo bem.

Ela aperta a ponte do nariz. — Diga-me, pelo menos, que o deixou pagar.

Eu a encaro, sem piscar.

— Emma!

— O quê? — Meu queixo tensiona. — Você sabe como eu me sinto sobre tirar vantagem de alguém.

— Não é tirar vantagem, é tradição um homem pagar quando ele convida uma mulher para sair, e ele provavelmente faz mais do que seu salário mensal pelo tempo que você levou para abrir a carteira.

Eu faço um cálculo rápido na minha cabeça. Ela não está longe.

— Eu não me importo com o quanto ele faz — digo. — Isso não é o importante para mim.

A expressão de Kendall suaviza. — Eu sei, Ems. Mas deixar um cara pagar pelo jantar não está nem perto de...

— Eu sei. Não sou uma idiota. Eu simplesmente não consigo... — Paro e respiro, depois, olho para o relógio. — Olha, eu preciso ir. Meu chefe retornará do almoço em breve.

— Ok, mas você tem que me contar como foi essa

noite, ok? Prometa que vai me ligar assim que chegar em casa.

— Faço, a menos que seja tarde.

Seus olhos se arregalam. —Você está planejando...

— Não! Quer dizer, eu não sei. Quero dizer, oh, não importa. Vou ligar para você assim que puder.

E desligo antes que Kendall me interrogue sobre *isso*.

ENQUANTO ARRUMO E ORGANIZO OS ROMANCES NA PARTE de trás da loja, não consigo deixar de pensar sobre o que eu não queria discutir com Kendall.

Estou planejando fazer isso?

Eu sei o que Marcus quer, o que ele procura.

Sexo. Eu e ele, corpos suados emaranhados – assim como as imagens mentais quando me masturbei na noite passada.

A questão é, eu vou fazer isso? Eu vou dormir com ele, sabendo que é mais provável que seja um lance único?

Mesmo que não houvesse Emmeline perfeita na área, um homem bonito e rico como Marcus estaria inundado de mulheres. Mulheres lindas, altas, de quadris esguios, cujos cabelos não sonham em frisar – e que o deixam pagar pela refeição sem receio.

Será que ele as chamaria de "Gatinha" também, naquela voz rouca de veludo dele, ou esse apelido é reservado apenas para mim? Como ele veio com isso, afinal? É porque eu gosto de gatos? Como com essa proposta, eu provavelmente deveria me sentir insultada, mas a maneira como Marcus disse isso, o jeito que ele olhou para mim...

— Emma? Você pode vir aqui, por favor?

Paro no meio de um novo romance fantasia e grito:
— Já vou, Sr. Smithson — então, corro para a frente, onde meu chefe está atendendo uma cliente.

— Por favor, você pode recomendar uma nova série de fantasia urbana para a Sra. Wilkins? — Ele diz, apontando para a cliente – uma velha tão pequena que Sr. Puffs poderia levá-la embora. — Ela gosta de leitores de mentes e tal.

— Ah, não há problema — eu digo, sorrindo para a mulher. — Sei o livro certo.

E deixando de lado todos os pensamentos do meu dilema, concentro-me no meu trabalho.

18

À MEDIDA QUE A TARDE DE SEXTA-FEIRA AVANÇA, ME VEJO observando o relógio, ao ponto de contar os minutos durante a revisão semanal do desempenho dos fundos com meus gerentes de portfólio. São quase cinco da tarde, o que significa que em duas horas verei Emma novamente.

Eu mal posso esperar.

— ... e, então, acho que isso será um grande passo para a sua apresentação da Zona Alfa no próximo mês — diz meu monitor de desempenho de telecomunicações, trazendo minha atenção de volta à reunião. — Se você quiser, meu analista lhe enviará uma pesquisa por e-mail.

Eu não tenho ideia de qual ação ele está falando,

tendo me distraído como um garoto sonhando acordado com sua paixão, mas não tenho como admitir isso na frente de todos. — Sim, mande o e-mail para mim — digo friamente. — Vou dar uma olhada no fim de semana.

A Zona Alfa é uma associação dos investidores mais influentes de Wall Street, e a conferência de dezembro é o alicerce. Lá, cada um de nós lança a sua melhor ideia – seja um título, um investimento em capital privado ou algo tão chato quanto comprar uma ação em particular – e o investimento de melhor desempenho recebe um prêmio no evento do ano seguinte. O prêmio em si não é nada importante – uma viagem a Bora Bora ou algo assim – mas o impulso para a reputação de alguém é inestimável.

É melhor que a proposta do monitor de desempenho de telecomunicações seja muito boa.

Jarrod, meu diretor de investimentos, me dá uma olhada estranha – ele não está acostumado a eu estar menos de 110% engajado – e eu me forço a me concentrar pelo resto da reunião, investigando as principais posições do fundo tão completamente quanto eu sempre faço. Embora a equipe de saúde tenha enfrentado um *big trade* ontem, o fundo global subiu mais meio por cento nesta semana, colocando-nos em quase noventa e três bilhões em ativos sob gestão.

Se essa sequência de vitórias continuar, saltaremos para cem bilhões em pouco tempo.

Normalmente, o pensamento me encheria de

grande expectativa, mas a única coisa em que foco agora é buscar Emma em duas horas. Eu já posso imaginar como esse encontro vai se desenrolar: vou tocar a campainha dela, e ela vai sair toda adoravelmente corada, enquanto foge de seus gatos. Vou segurar a mão dela na minha, puxando-a para mim em um beijo cuidadosamente controlado – o nosso primeiro – e, então, vamos entrar no meu carro. Lá, vamos nos agarrar enquanto Wilson nos leva ao meu restaurante grego favorito no East Village – um que por acaso tem preços razoáveis, conforme o pedido dela.

Quando chegarmos ao restaurante, a comida será a última coisa em nossas mentes, e assim que a refeição terminar, vou levá-la para a minha cobertura em Tribeca e fodê-la loucamente.

Passaremos o final de semana na cama e, na segunda-feira, vou tirá-la do meu sistema.

Vou me livrar desse desejo doentio para sempre.

19

Emma

Desligo a água e abro a cortina do chuveiro para encontrar o chão do banheiro parecendo estar coberto de neve. Alguns pedaços de papel são tão pequenos que flutuam no ar quando saio, gritando "Puffs!" a plenos pulmões.

Aquele maldito gato. Ele deve ter percebido que estou prestes a deixar ele e seus irmãos sozinhos pela segunda noite seguida, então, ele rasgou todo o rolo de papel higiênico enquanto eu estava no chuveiro.

Xingando, pulo num pé só, tentando tirar pedaços pegajosos de papel higiênico do meu outro pé com uma toalha. Leva uma eternidade para fazer isso, sem mencionar limpar o banheiro, e a campainha toca enquanto estou aplicando freneticamente meu rímel.

Porcaria. Eu ainda estou em roupas de baixo.

— Um segundo! — Grito enquanto corro pelo quarto para pegar minhas roupas no armário. Sr. Puffs resmunga da prateleira de cima, e Cottonball solta um miado lastimoso, batendo na minha perna com a pata e eu o acariciaria na frente da TV, como é nosso costume nas noites de sexta-feira.

— Desculpe, não esta noite, amigo. Eu tenho um encontro. — me inclino para coçar a cabeça dele, desculpando-me, quando o Sr. Puffs salta da prateleira de cima – direto em meus ombros.

— Ahh! — dou um passo para frente com um grito de surpresa, desequilibrada por quinze quilos de felino batendo em mim de uma altura de quase seis metros. Rainha Elizabeth pula da cama e corre, miando em óbvia preocupação quando eu aterrisso de quatro e, ao mesmo tempo, a campainha toca novamente, seguida por uma voz profunda chamando meu nome.

É Marcus e ele parece preocupado.

Sr. Puffs ainda está em meus ombros, de alguma forma se equilibrando sem afundar suas garras na minha pele, e eu me livro dele quando me levanto, gritando: — Já vou!

Exceto que tropeço em Cottonball e saio voando com um grito de pânico.

Eu caio de barriga, o impacto me faz perder o ar dos pulmões. Chiando, eu viro de costas e ouço a voz profunda de Marcus gritando: — Emma, você está bem? — Bem antes de algo bater na minha porta, fazendo com que ela chacoalhe em suas dobradiças.

Pelos céus. Ele acabou de tentar derrubá-la?

Outra batida dura, e as dobradiças da porta estalam, quase cedendo.

Quero gritar que estou bem, mas não consigo reunir ar suficiente. Tudo que posso fazer é um chiado patético de que estou bem, e com todos os três gatos miando alto ao meu redor, até eu não consigo ouvir o que estou dizendo.

Rolando de barriga de novo, tento me rastejar e pará-lo, quando o próximo chute ou corpo bate, ou o que quer que seja, e tira a porta completamente de suas dobradiças.

A porta voa, como um ataque da SWAT em um filme de ação, a seguir está Marcus, vestido de terno e outro casaco desabotoado de aparência cara. Seus olhos azuis se estreitam em mim com uma preocupação inconfundível, e ele corre, agachando-se ao meu lado enquanto Rainha Elizabeth e Cottonball fogem para debaixo da cama. Apenas o Sr. Puffs permanece ao meu lado, arqueando as costas e sibilando para o intruso antes de também correr para se esconder debaixo da cama.

— Você está bem? O que aconteceu? — Marcus demanda, segurando meus braços para me firmar enquanto tento me levantar. Com a ajuda dele, sou bem-sucedida, embora meu joelho esquerdo se queixe em voz alta – devo tê-lo batido no chão.

— Estou bem. Estou bem — resmungo quando ele começa a procurar por lesões. Suas grandes mãos são quentes em minha pele nua e, com uma onda de mortificação, percebo que sequer tive a chance de vestir roupas.

Estou de pé na frente dele em nada além do meu sutiã e calcinha de renda azul – o que, garantido, é o meu melhor conjunto, mas ainda assim.

— O que aconteceu? — Ele exige novamente quando eu recuo, as bochechas em chamas enquanto envolvo meus braços em volta de minha barriga – que está um pouco mais rechonchuda do que eu gostaria. Ele está, sem dúvida, acostumado com coelhinhas fitness com barriguinha dura e...

Espere um minuto. Por que estou pensando na minha falta de abdominais quando ele *arrombou minha porta*?

— Eu tropecei, ok? Eu tropecei. — Ainda pareço sem fôlego, mas não tenho certeza do quanto isso é da queda ou da maneira como ele está olhando para mim – com uma preocupação que está gradualmente se transformando em outra coisa.

Algo mais quente e infinitamente mais perigoso.

— Então, não está ferida? — Ele esclarece em um tom mais rouco, e eu balanço minha cabeça, meu rosto queimando enquanto o calor em seus olhos se intensifica. E não é apenas o meu rosto – todo o meu corpo parece estar em chamas quando ele dá um passo em minha direção, suas mãos poderosas se flexionam ao lado do corpo.

Não parece que minha falta de abdominais seja um problema para ele – pelo menos a julgar pela fome sombria naquele olhar.

— A porta... — Minha voz sai fina e alta. — Você...
Hum, arrombou a porta.

— A porta? — Ele não parece saber sobre o que eu
estou falando quando dá outro passo em minha
direção, seu olhar caindo para o meu sutiã – o que
eleva meus seios arfando, como se os oferecesse em
sacrifício.

Eu engulo quando ele se aproxima, uma mão
grande curvando ternamente ao redor do meu queixo
enquanto a outra pousa no meu ombro nu, apertando
levemente. Seu toque me queima, aumentando minha
pulsação e enviando um arrepio pela minha espinha.
Pairando sobre mim, ele é tão alto que tenho que
esticar o pescoço para encará-lo, e percebo que nunca
me senti tão pequena e vulnerável antes... ou tão
desejada.

— Emma. — Sua voz está baixa e grossa enquanto
seus dedos deslizam em meu cabelo, sensualmente
cobrindo meu crânio. — Gatinha, posso te beijar? —
Ele está inclinando a cabeça enquanto fala, e a última
palavra é murmurada contra os meus lábios, seu hálito
morno e doce misturado com minhas próprias
exalações superficiais.

Não tenho a chance de responder, porque minhas
mãos se esticam para agarrar seus ombros largos, e
meus olhos se fecham quando meus lábios se
pressionam contra os dele – aparentemente por conta
própria. Não há lógica na minha decisão, não há razão
alguma. Somos completamente errados um para o
outro, e eu vou me machucar se continuarmos, mas

pela primeira vez na minha vida, não me importo com o risco que estou correndo.

Não há espaço para medo na necessidade ardente que me consome.

Ele aprofunda o beijo, arqueando-me de volta no abraço, e meus seios se moldam contra o plano duro de seu peito enquanto minha cabeça cai para trás, apoiada apenas no berço de sua palma. Seus lábios são quentes e macios, sua língua explorando minha boca com habilidade sensual, e um pequeno gemido escapa da minha garganta enquanto seus lábios saem dos meus e trilham minha mandíbula para mordiscar o lóbulo da minha orelha – onde o calor de sua respiração envia arrepios ondulando pelo meu braço. Eu posso sentir o cheiro limpo e amadeirado de sua pele, como pinho misturado com brisa fresca de outono, e meu corpo se contrai, a tensão em espiral através do meu núcleo. Estou tão excitada que me sinto à beira do orgasmo, e minhas mãos puxam as lapelas do casaco dele, desesperadas para tirá-lo para que eu possa...

Um miado sibilante me assusta, me tirando da minha névoa sensual. Com os olhos se abrindo, eu empurro o peito de Marcus, e ele me deixa ir, embora seu olhar esteja com as pálpebras pesadas e sua pele normalmente uniforme esteja corada com uma onda de excitação.

Arquejando, olhamos um para o outro enquanto o Sr. Puffs serpenteia ao redor das minhas pernas, alternadamente sibilando para Marcus e miando para mim.

— Seu gato — diz Marcus com voz rouca. — Ele não vai fugir?

Eu olho para ele sem expressão, então, me lembro da porta quebrada. Meus gatos não têm o hábito de tentar fugir, mas novamente, eles nunca tiveram a tentação de uma entrada sem porta. — Ele não deveria — digo, mas só para garantir, me inclino e pego o Sr. Puffs, embalando-o contra o meu peito.

A fera maligna começa a ronronar e eu o acaricio, grato pelo escudo que seu grande corpo peludo provê. Ainda não tenho minhas roupas, e com o ar gelado de novembro soprando através da porta aberta, está rapidamente ficando frio no apartamento.

Além disso, há todo esse ser semi-nu na frente de Marcus.

— Então — digo sem jeito, avançando em direção ao meu armário com o Sr. Puffs em meus braços. — Sobre a porta...

— Vou consertar, não se preocupe. — Seu olhar me acompanha com a indisfarçada fome quando faço o meu caminho de volta para o armário, em seguida, solto o Sr. Puffs para que eu possa me vestir. — Parecia que estava bem gasta, de qualquer maneira.

— Você pode se virar, por favor? — Eu deixo escapar, segurando meu jeans na minha frente quando ele não mostra nenhum sinal de desviar o olhar. Eu sei que é bobagem – ele já me viu mesmo – mas não quero que ele veja minha bunda balançar enquanto eu faço as manobras necessárias para puxar meu jeans apertado.

Há muito bumbum flácido para o meu gosto.

Ele abre a boca para dizer alguma coisa, então, aparentemente pensa melhor e se vira. — Vá em frente — diz ele secamente. — Eu não vou olhar.

Eu rapidamente me contorço no jeans, em seguida, coloco minha segunda blusa mais bonita – a mais bonita sendo a que eu usei ontem. Eu termino a roupa com meu agasalho e botas novas, e quando olho para o espelho do corredor, percebo que minha roupa é idêntica à de ontem, a única diferença é a blusa. Pior ainda, com todos os meus esforços recentes, meu rímel ficou manchado, deixando uma mancha parecida a um guaxinim sob meu olho esquerdo, e meu cabelo parece que eu estava lutando com um gato selvagem – que, dado o tamanho do Sr. Puffs, não é longe da verdade.

Tanta coisa para impressionar um bilionário.

Estou murmurando xingamentos e tentando esfregar a máscara de rímel quando Marcus pergunta: — Posso me virar agora?

Porcaria. Eu aliso minhas mãos sobre o meu cabelo, espreito outro olhar no espelho e digo melancolicamente: — Vá em frente.

Eu precisaria de uma hora para consertar a bagunça que vejo no espelho, não alguns minutos – não que isso importe de qualquer maneira. Agora que não estou tão esgotada e meu cérebro não está nublado pela luxúria, um fato óbvio me ocorre.

Com a porta quebrada, não posso deixar meu apartamento e os gatos.

O encontro de hoje não vai rolar.

arcus

MINHA EREÇÃO AINDA ESTÁ AMEAÇANDO FAZER UM buraco em minhas calças quando me viro e olho para Emma – que, para minha grande decepção, está agora completamente vestida. Isso quase não importa, no entanto. A visão dela vestida com nada além de roupas íntimas rendadas está permanentemente gravada em meu cérebro – e vai estrelar todos os sonhos molhados e minhas fantasias daqui para frente.

"Sexy" nem sequer começa a descrever seu corpinho curvilíneo. Cada centímetro macio e feminino dela parece ser projetado com minhas preferências recém-descobertas em mente. Sua pele cremosa é pontilhada em alguns lugares com um caminho de sardas atraentes, e sua bunda é a melhor que já vi: cheia e em forma de coração, infinitamente deliciosa para se apertar. Ou, pelo menos, eu imagino que seja – de alguma forma eu consegui manter minhas mãos longe enquanto devorava sua boca.

E, então, é claro, há aqueles seios deliciosos dela, o mergulho sensual em seu umbigo e seus pequenos e perfeitos pés com unhas pintadas de vermelho.

Porra, até os dedinhos dela me excitam.

— Então, sobre a porta — ela começa novamente quando eu permaneço em silêncio, olhando-a com fome. — Devo chamar um faz-tudo ou...? — Ela deixa a pergunta no ar.

— Eu vou fazer isso — digo com voz rouca, e me forçando a desviar o olhar da tentação dela, pego meu telefone.

Meu mordomo, Geoffrey, atende no primeiro toque e eu o informo da situação. — Preciso de alguém aqui dentro de uma hora — digo a ele, e ele promete que isso será feito.

Desligo e vejo Emma olhando para mim com a boca aberta, o grande gato de volta em seus braços.

— Alguém vai vir em uma noite de sexta-feira? — Ela pergunta incrédula. — Tipo 'imediatamente'?

— Claro. Você não pode passar a noite sem a porta.

Faz todo o sentido para mim, mas ela está olhando para mim como se tivesse nascido um chifre na minha testa – e o gato dela também. — Em uma noite de sexta-feira — ela murmura, acariciando a criatura fofa. — Sim, ok, claro.

— Nós ficaremos aqui até que eles terminem —

digo, retirando o meu casaco. Mesmo com o frio chegando, ainda está quente demais dentro do apartamento para eu usá-lo. Colocando-o sobre a parte de trás da única cadeira que vejo, digo a ela: — Levará um tempinho para consertar, então, provavelmente devemos ir em frente e comer. Alguma preferência por entrega ou buscar no local aqui por perto?

Ela pisca. — Você... quer jantar aqui?

— Claro. — Eu franzo a testa. — A menos que você não esteja com fome?

— Oh, não, eu estou com fome — ela me garante, apoiando o gato em seu peito. — Eu só achei que, dado o que aconteceu, nós, você sabe, remarcaríamos ou o que quer que seja.

Ah, não. De jeito nenhum eu vou deixá-la sozinha em um apartamento no Brooklyn com uma porta quebrada que dá à rua. Com certeza, isso não é o que eu imaginei para o nosso segundo encontro, mas não me importo com esse acontecimento nem um pouco – embora ela quase tenha me dado um ataque cardíaco com todos os sons de queda e os gritos.

Pensei que ela tinha ficado seriamente ferida, e o medo que experimentei tinha sido totalmente fora de proporção pelo tempo que nos conhecemos.

Eu não quero analisar por que isso se deu, ou por que eu não tenho nenhum desejo de escapar de seu apertado estúdio no porão. Isso me lembra do apartamento em que minha mãe e eu moramos quando eu estava no Ensino Médio, e eu odiava aquele lugar, então, por toda a lógica, eu deveria odiar aqui também.

Mas eu tenho uma vibe completamente diferente aqui. Mesmo que a única janela no estúdio de Emma seja a mesma pequena fenda perto do teto que tínhamos, e a pintura em suas paredes também esteja descascando em alguns lugares, o cheiro de álcool e desespero não existem.

Seu apartamento é desgastado e minúsculo, mas é aconchegante. Uma casa, não apenas um lugar para dormir.

Claro, se não houvesse gatos, seria ainda melhor. Eu posso ver mais duas criaturas peludas brancas cutucando suas cabeças debaixo da cama, seus grandes olhos verdes olhando para mim. A julgar por todo o miado que ouvi quando Emma caiu, tenho uma forte suspeita de que eles – ou o enorme em seus braços – foram, de alguma forma, responsáveis.

— Nada de remarcar — digo a Emma com firmeza. — Estou aqui e você está aqui, e isso — aponto para a pequena escrivaninha — funcionará como uma mesa. Tudo o que precisamos é de comida, e se você me disser o que quer, posso pedir para entregar ou pedir ao meu motorista que o traga para nós.

Antes que ela possa responder, o grande gato mia, cauda fofa balançando de um lado ao outro enquanto ele me dá um olhar ameaçador de sua posição no peito de Emma. Eu olho de volta para ele. Sei que ele fez aquela coisa de assobio enquanto estávamos nos beijando, de propósito, para me atrapalhar.

Se não fosse por isso, Emma e eu talvez tivéssemos chegado até a cama estreita dela, e, agora, eu teria minhas bolas profundamente dentro de seu corpo doce e exuberante.

— Desculpe — diz ela, acariciando a criatura para acalmá-lo. — Ele é apenas...

— Possessivo, eu sei. — Eu também seria, se ela me acariciasse assim. Na verdade, só de ver sua pequena mão se mexer sobre o pelo branco do gato me deixa com ciúmes.

Eu quero que ela *me* toque assim, que passe as mãos macias por todo o meu corpo.

— Então, sim, sobre a comida — Emma diz quando o gato começa a ronronar. — Sou muito flexível. Há uma delicatessen na esquina que faz ótimos sanduíches, e também há um lugar para gyros que eu gosto, a alguns quarteirões. Nenhum deles entrega, mas...

— Wilson vai buscar; isso não é um problema. Então, sanduíches ou gyros?

Ela hesita e diz: — Vamos de gyros. O lugar chama-se Gyro World.

Tudo bem. Teremos uma refeição juntos.

Escondendo minha satisfação, pego meu telefone e passo as instruções para Wilson. Ele imediatamente responde que está a caminho, e eu afasto o telefone – só para ver Emma me olhando com uma expressão estranha.

— O quê? — franzo a testa para ela. — Fiz algo de errado?

Ela balança a cabeça, e declara: — É sempre tão fácil

para você? Sempre estala os dedos e as coisas acontecem?

— Você quer dizer, se posso sempre ter entrega de gyros? Sim, geralmente. Isso é uma coisa ruim?

Ela coloca o gato no chão. — Não, claro que não. É só que... não é o que eu estou acostumada, só isso.

Ela se senta na cama e os dois gatos saem de baixo para se enrolar no colo. O grande que ela acabou de largar me olha maldosamente por um momento, como se debatesse se eu daria uma boa refeição, então, se esgueira para se juntar aos outros na cama, a cauda erguida.

Eu decido ignorar seu desdém. É um gato, afinal.

Sentando na cadeira em que pendurei meu casaco, eu estudo Emma, tentando entender o que há nela que acho tão atraente. Sua aparência, com certeza, mal posso esperar para afundar meu pau profundamente em seu corpo pequeno e delicioso, mas sua aparência é apenas parte do pacote.

Há também algo quente e terno nela, algo que me incomoda de uma maneira que não entendo completamente.

— Quais os nomes deles? — Pergunto, imaginando que, como os gatos são uma parte tão importante de sua vida, posso pelo menos tentar conhecê-los. — Você disse que um é o Sr. Puffs, certo? — Aceno para o gigante mal-humorado, que está em um ponto em sua perna esquerda, empurrando seu concorrente muito menor.

Ela sorri, seus olhos se iluminando e suas covinhas saindo com força total. — Sim, está certo. Este aqui — ela olha para a perna direita, onde um gato de tamanho médio está ronronando alto — é Cottonball. E essa — ela balança a cabeça para a gata mais afastada, a menor do grupo, que agora lambe delicadamente a pata —, Rainha Elizabeth.

— Como você os conseguiu? — pergunto. — E por que três? Seu apartamento não é muito grande. — Mal há espaço suficiente para uma mulher pequena no que me diz respeito.

Ela faz uma careta. — Eu sei. Odeio que eles estejam confinados neste estúdio. Eles estão acostumados a isso, tendo crescido aqui, mas, ainda assim, não é bom. Espero ter um apartamento maior um dia, mas, por enquanto, tudo o que posso fazer é entretê-los o melhor que posso. — Ela olha por cima do ombro para a parede do outro lado da cama, e percebo que o que eu pensei ser uma estante vazia e estranha, na verdade, é um labirinto de gato que vai do chão ao teto — um luxo insano em um lugar tão restrito quanto este.

Ela está comprometida com seus animais de estimação.

— Então, você os tem desde que eram pequenos? — Eu pergunto, e ela balança a cabeça, sua expressão escurecendo por algum motivo.

— Eles tinham apenas duas semanas de idade quando os encontrei.

— Encontrou-os?

— Eles entraram na minha vida por acidente; não planejei nenhum animal de estimação quando consegui este lugar — diz ela. — Minha amiga Janie e eu estávamos dirigindo para Woodbury Common – você sabe, o grande shopping center no interior – e paramos em um posto de gasolina no caminho. Eu dei a volta pelos fundos para usar o banheiro, e ouvi esses fracos sons vindos da lata de lixo. Quando olhei para dentro, havia uma caixa de gatinhos lá – tão pequenos que mal tinham os olhos abertos. — Sua mandíbula delicada aperta, e um olhar feroz surge em seu lindo rosto. — Algum idiota os jogou fora, como se fossem lixo.

Idiota, de fato. Eu não me considero um amante de animais, mas minhas mãos coçam com o desejo de espancar quem faz essa coisa de merda com um bichinho. — Então você os levou? — pergunto, fazendo o meu melhor para manter a raiva longe da minha voz, e ela balança a cabeça novamente.

— Claro. O que mais eu poderia fazer? Janie é alérgica e ninguém no posto de gasolina iria reivindicá-los. Pensei em trazê-los para um abrigo – o veterinário que eu os levei disse que eles são persas puros e seriam adotados rapidamente – mas eles estavam começando a se afeiçoar a mim, e eu não queria causar mais nenhum trauma a eles. E isso aconteceu por eles não terem sido adequadamente desmamados de sua mãe, continuaram tentando sugar tudo à vista nos dois primeiros anos de suas vidas. Só recentemente que eles se acalmaram. — Ela olha para eles com um sorriso terno, toda a ferocidade desaparece quando ela coça uma criatura peluda atrás da orelha, depois, pega os outros dois.

Todos os três fazem um ronronar alto e eu novamente luto contra uma onda de ciúmes por ela estar tocando *neles*, não em *mim*.

Caralho.

Eu posso precisar consultar um psiquiatra. Isso não pode ser saudável.

Estou prestes a lhe fazer outra pergunta quando ouço uma batida no batente da porta e um aroma picante e saboroso enche o apartamento.

É Wilson com a nossa comida.

Ando para pegar os pacotes dele, e quando estou agradecendo, Emma se aproxima.

— Aqui está — ela diz brilhantemente, enchendo a mão dele com o que parece ser uma nota de vinte — Isso deve cobrir minha parte.

E ignorando o olhar atordoado no rosto do meu motorista, ela volta para se juntar a seus gatos na cama.

Emma

Marcus está olhando para mim como se nunca tivesse visto uma mulher devorar gyros antes – e talvez não tenha visto. Aposto que todos os tipos de supermodelos que ele namora sobrevivem com suco de couve e brócolis. Então, novamente, ele está me olhando assim desde que paguei minha parte, talvez tenha algo a ver com isso.

Seu motorista certamente ficou chocado quando eu dei a ele os vinte.

Claro, também é possível que ele não esteja acostumado a ver uma mulher comendo em sua cama, cercada por gatos que não têm escrúpulos em roubar pedaços de carne diretamente de seu gyro. Eu tento empurrá-los para longe do meu prato, mas é inútil.

Há três deles e a comida tem muitos pontos de acesso.

— Tem certeza de que não quer se sentar aqui? — Ele pergunta de novo do seu lugar na minha mesa, e eu balanço a cabeça, minha boca muito cheia para responder verbalmente. A mesa é onde eu sempre como, e além do balcão da cozinha, é a única superfície de mesa no meu apartamento. Se eu sentasse lá, na única cadeira que eu tenho, ele teria que ficar de pé ou comer na minha cama, e no último caso, os gatos atacariam a comida *dele* – não seria uma boa situação.

Eu já me sinto mal, estou sujeitando-o à bagunça apertada que é o meu apartamento.

— Eles ficariam em cima de você — explico depois de engolir. — Eles realmente gostam de gyros.

— Quem não ficaria? Estes aqui são ótimos — diz ele e dá outra grande mordida no suculento pão pita em sua mão.

Sinto-me um pouco aliviada. — Não são? — Estava preocupada que ele sentisse que esse tipo de comida estava abaixo dele – o buraco na parede onde fazemos os pedidos é apenas um pouco melhor que um food truck – mas ele parece estar genuinamente se divertindo. Em geral, ele parece muito mais confortável em meu apartamento do que imaginei que um bilionário ficaria – embora sua grande estrutura de ombros largos pareça ridícula em minha minúscula cadeira *IKEA*.

— Sim, boa escolha — diz ele, comendo seu gyro, e eu dou-lhe um grande sorriso.

Talvez esse encontro não seja um desastre total, afinal.

Ele terminou sua comida em tempo recorde. Levantando-se, ele leva seu prato para a cozinha, e então, ouço a pia ligar.

Ele está realmente lavando a louça?

Antes que eu possa me maravilhar com o fenômeno – meu ex-namorado não sabia que um detergente existia – há outra batida na entrada.

O faz-tudo chegou.

Há dois deles. Um se parece com o irmão mais novo de Papai Noel, cheio de bochechas rosadas e uma barba quase branca, enquanto o outro é um cara latino de boa aparência, da minha idade. Ele tem um sorriso contagiante no rosto, e eu sorrio de volta quando me levanto e coloco meu gyro meio comido na mesa.

— Olá — digo, caminhando para cumprimentá-los. — Sou Emma. Muito obrigada por virem tão rapidamente.

Estendo minha mão, e o mais jovem agarra-a avidamente, apertando vigorosamente. — Juan — diz ele, seu sorriso se alargando. — Prazer em conhecê-la, Emma.

— E eu sou Rodney — diz o irmão do Papai Noel, apertando minha mão em seguida. — Esta é a porta que precisamos consertar? — Ele olha para a porta no chão, em seguida, estuda o quadro, onde eu noto rachaduras consideráveis perto de onde as dobradiças estavam presas.

Deus, quão forte é Marcus para ser capaz de causar tanto dano?

— A própria — digo, tentando não estremecer quando imagino o dano à minha conta bancária com este reparo. — Tem alguma idéia de quanto isso vai custar?

— Oh, hum... — Juan olha para Rodney em confusão.

— Nada — diz Marcus, saindo da cozinha. Sua voz é dura, absolutamente intransigente – como é a expressão dele quando olha para mim. — Vai custar-lhe absolutamente nada, já que fui eu quem quebrou.

— Mas você fez isso para *me* salvar, porque pensou que *eu* estava em apuros — argumento, mas Marcus não está escutando.

— Você vai enviar a conta para mim — ele ordena, dando a Rodney um olhar penetrante, e o homem rapidamente balança a cabeça.

— Sim, claro, Sr. Carelli.

Ugh... Estou tentada a lutar mais, mas não tenho nem cem dólares para gastar agora, e suspeito que a conta deles será maior do que isso. Seria muito embaraçoso se eu insistisse em cuidar do pagamento e depois implorasse por uma prorrogação. Além disso, Marcus tem um ponto: foi o seu complexo salvador que nos colocou nessa bagunça.

Ainda assim, meu peito parece desagradavelmente apertado quando volto para a minha comida, deixando-o falar com os caras. Sei que deixar Marcus pagar pela porta que ele quebrou não me faz como a minha mãe – logicamente, eu sei disso – mas não posso deixar de me sentir como se estivesse me aproveitando dele.

Como se eu estivesse usando-o, do jeito que ela sempre usou seus amantes e qualquer outra pessoa que se importasse com ela.

Sacudindo as memórias, sento-me à escrivaninha e afasto o Sr. Puffs do que resta do meu gyro – o que não é muito. Os gatos roubaram a maior parte da carne enquanto eu estava distraída. Suspirando, rapidamente engulo o resto e levo o prato sujo até a cozinha, onde a pia está de fato limpa.

Marcus não apenas lavou o prato, ele também o secou e guardou.

Eu faço o mesmo com o meu e, em seguida, coloco um pouco de café, caso ele queira uma xícara. Também pego meu último pote de sorvete de caramelo salgado e duas tigelas, imaginando que devo a ele ao menos uma sobremesa.

Ele entra na cozinha assim que começam os ruídos de martelar na entrada.

— Sorvete? — ofereço, pondo uma porção generosa em uma tigela, e ele balança a cabeça.

— Nenhum para mim, obrigado.

— Você não gosta?

Ele encolhe os ombros. — Eu realmente não como doces.

Claro que não. Sorvete é para os vagabundos comuns como eu, e não super-empreendedores como Marcus, que consideram a "boa forma" como um de seus hobbies. Estou surpresa que ele tenha comido o gyro; ele é provavelmente tão disciplinado em sua dieta quanto parece ser em todo o resto.

— Que tal café? — pergunto, e ele concorda com isso.

Preto, claro – sem açúcar ou leite para ele.

Sirvo um copo para cada um de nós e, em seguida, levo o café e o sorvete para o quarto. Os gatos não podem ser vistos a princípio, mas depois noto a ponta de uma cauda branca fofa saindo de debaixo da cama.

Eles devem estar se escondendo do barulho, que agora inclui martelar e perfurar.

Colocando meu café na mesa de cabeceira, me sento na cama para comer meu sorvete, e para minha surpresa, Marcus se junta a mim com seu café em vez de tomar seu lugar na mesa. Ele se senta ao meu lado, a menos de um metro de distância, e, apesar de estarmos totalmente vestidos, sinto a proximidade de seu grande corpo tão intensamente como se estivéssemos nus. Minha mente pisca para o beijo que acabamos de compartilhar, e um rubor quente cobre minha pele, meu coração pulando como se eu tivesse começado uma corrida.

Oh, Deus. Aquele beijo.

Tenho tentado não pensar sobre isso, assim, não me torno uma bagunça corada e gaguejante, mas não posso evitar mais. Beijar Marcus foi a única experiência mais gostosa da minha vida, melhor do que qualquer sexo que já tive – ou fantasiei. Tudo era tão errado, mas incrivelmente certo. O jeito que ele me segurou, como se ele nunca quisesse me deixar ir, o jeito que seus lábios sentiam e saboreavam... Ele não me tocou em qualquer lugar além das minhas costas e minha cabeça, mas eu estava à beira de entrar em combustão, tão excitada que ainda podia sentir a umidade na minha calcinha.

Não adianta, quando nos sentamos na cama, o peso dele no meu velho colchão, criando um vão na superfície macia que dificulta que eu fique ereta, me inclina para ele. É como as ilustrações da gravidade, em que um grande corpo celeste cria um recuo no espaço-tempo que impede que um corpo menor escape de sua órbita.

Isso é Marcus para mim.

Eu não consigo escapar de sua atração – nem tenho certeza se quero.

Nossos olhos se encontram e o barulho da perfuração se intensifica, impossibilitando qualquer tentativa de conversa. Ainda assim, nenhum de nós olha para o outro lado. Com os homens consertando a porta, não temos privacidade, mas o trabalho poderia estar acontecendo a quilômetros de distância. Tudo o que vejo é ele, sua proximidade e o calor crescente em seu olhar.

Minha mão está instável enquanto coloco minha colher na tigela e tomo um pouco de sorvete. Levando-o à minha boca, fecho os lábios em torno do frescor cremoso e salgado e deixo-o deslizar pela minha garganta quando os olhos de Marcus escurecem, suas feições endurecem quando ele me alcança e coloca sua caneca de café ao lado da minha. Eu posso sentir seu desejo por mim, sentir sua atração perigosa e potente, e minha respiração acelera, meus mamilos endurecem dentro dos limites do meu sutiã.

— Emma... — Sua voz é baixa e rouca, de alguma forma audível sobre o ruído. — Eu acho que... quero o sorvete, afinal.

Minha garganta fica seca. — Você quer que eu vá pegar um pouco?

Segurando meu olhar, ele lentamente balança a cabeça. — Dê-me um pouco do seu.

Oh, Deus. Não há como ele estar falando sobre o sorvete – não com aquele olhar.

Ainda assim, eu me movo para entregar a tigela para ele, mas ele me para, colocando uma grande mão no meu joelho.

— Me dê você — ele ordena com voz rouca.

Meu corpo todo agora parece estar em chamas, formigamentos de eletricidade subindo pela minha perna de onde a palma da sua mão está descansando. Os ruídos de perfuração param, substituídos por mais marteladas, mas o barulho do reparo não é nada comparado ao rugido do meu pulso nos meus ouvidos.

Dê você a ele.

Certo, tudo bem.

Minha mão treme quando pego uma colherada de sorvete e levo à sua boca.

Sua boca dura, masculina, ai-tão-boa-de-beijar.

Seus lábios se fecham ao redor da colher, limpando todo o sorvete, e minha respiração fica presa na minha garganta enquanto sua língua se retira para lamber a gotinha cremosa deixada no cabo – a menos de meia polegada de onde meus dedos estão tremendo segurando a colher.

— Delicioso — ele murmura, seu olhar me queimando viva, e me lembro tardiamente que tenho que respirar.

Sugando audivelmente o ar, puxo a colher de volta, quase derrubando a tigela de sorvete.

— Uau, cuidado aí... — Sua mão cobre a minha, firmando a tigela em minhas mãos, e o brilho de diversão sombria em seus olhos me diz que ele sabe exatamente como está me afetando – e que ele está curtindo tudo isso.

Idiota.

Quero ficar brava com ele, mas não consigo mostrar indignação suficiente. Nunca estive tão excitada. Nunca. Minha calcinha está encharcada, e meu sexo está literalmente latejando no filme erótico que está passando pela minha cabeça. Posso imaginar sua boca hábil se fechando sobre o meu mamilo, em seguida, arrastando beijos ardentes pelo meu estômago antes que aqueles lábios quentes e flexíveis fechem em torno do meu clitóris e...

— Com licença, Sr. Carelli? Tudo pronto.

A voz de Rodney é como um balde de água gelada no meu rosto.

Esqueci completamente que os trabalhadores estavam aqui.

Mortificada, pulo de pé, segurando a tigela na

minha frente como se pudesse esconder o rubor queimando minhas bochechas. O que diabos eu estava pensando? Mais alguns minutos, e Marcus e eu estaríamos na horizontal, sorvete e nosso público esquecido.

Os pensamentos de Juan devem estar alinhados com os meus, porque ele está sorrindo enquanto está ao lado de Rodney.

Marcus não parece perturbado. Caminhando até a porta consertada, ele inspeciona o trabalho e depois balança a cabeça bruscamente. — Bom trabalho, obrigado.

— Sim, obrigada — faço eco, lutando contra o meu constrangimento quando os homens pegam suas ferramentas e partem, dando um tchau amigável em minha direção.

Fico aliviada quando a porta se fecha atrás deles – isto é, até que percebo que Marcus e eu estamos sozinhos no meu apartamento.

Um apartamento com uma porta que fecha e trava.

MEU CORAÇÃO ESTÁ ACELERADO COM UMA ANTECIPAÇÃO sombria enquanto tranco a porta e me viro para encarar Emma, que está de pé ao lado da cama, me observando com enormes olhos cinzentos, o sorvete derretendo na tigela que ainda está segurando com as duas mãos.

É isso.

Finalmente, ela é minha.

Sei que estou presumindo muito, mas a atração vai nos dois sentidos. Eu pude sentir sua resposta quando a beijei, pude ver o rápido latejar do pulso em seu pescoço quando coloquei minha mão em seu joelho.

Ela me quer.

Ela precisa disso tanto quanto eu.

Segurando seu olhar, atravesso a sala e paro na frente dela. Meu pau está dolorosamente duro, mas meus movimentos são cuidadosamente contidos quando pego a tigela de suas mãos trêmulas e coloco na mesa de cabeceira ao lado de nossas xícaras de café. Então, aperto suas pequenas mãos e a puxo para mim.

Ela olha para mim, seus olhos arregalados e sua respiração rápida e superficial.

Linda.

Ela é linda pra caralho.

Sua pele levemente sardenta é tão delicada que é quase translúcida, o rubor da excitação pintando suas bochechas com um brilho quente de frescor. Seus lábios de botão de rosa se abrem, revelando pequenos dentes brancos, e seus cachos são como espirais de fogo em volta de seu rosto bonito e suavemente arredondado.

Tudo nela é suave e bonito, tão delicioso quanto aquela colherada de sorvete que acabei de comer.

Colocando uma mão em sua cintura, curvo minha outra palma ao redor do rosto dela e mergulho minha cabeça, prestes a beijá-la, quando outro miado alto interrompe o silêncio.

Oh, pelo amor de Deus... Levo meus olhos para o lado e vejo o grande felino, que emergiu de debaixo da cama e está sentado em sua bunda peluda, a cauda espessa balançando de um lado para o outro enquanto olha para mim com olhos em uma fenda verde.

Volto minha atenção para Emma, determinado a

ignorar a besta empata-foda, mas ela já começa a se afastar, parecendo desconfortável.

Não vai rolar.

Não vai mesmo.

Eu pego suas mãos antes que ela possa se afastar. — Venha para a minha casa. — É uma ordem, não um pedido, mas não consigo evitar. Nunca quis tanto uma mulher, nunca me senti tão fora de controle como agora. É impossível ser suave e sedutor com a violenta fome que se abate em mim, exigindo que eu a leve, que eu faça o que for preciso para fazê-la minha.

Se fossem tempos mais primitivos, eu já a teria jogado por cima do ombro e levado para a minha caverna.

Seus olhos cinzentos redondos em choque. — Para... Para a sua casa?

— Sim. — mantive seu olhar, não me incomodando em esconder a luxúria negra se formando dentro de mim. — Para a minha casa. Agora.

Há uma maneira melhor de fazer isso, eu sei. Eu poderia levá-la para sair e tomar uma bebida; então, uma vez que estivéssemos ambos relaxados, eu poderia oferecer para mostrar a coleção de livros raros na minha cobertura. Nós dois saberíamos o que realmente aconteceria quando chegássemos lá, mas não precisaríamos discutir isso. Ela poderia fingir que iria ver alguns livros, e tudo seria bom e civilizado, propriamente romântico.

Exceto que não sou capaz de ser civilizado agora. Todas as minhas boas maneiras parecem ter me abandonado novamente, o verniz da civilidade desaparecendo. Por alguma razão, eu não posso enrolar com Emma, não posso ser suave e elegante como sou com outras mulheres.

Com ela, sou movido por puro instinto, e esse instinto exige que eu a coloque na minha cama *rápido*.

Sua pequena língua se ergue para molhar os lábios e eu quase gemo com a tentação. — E... — Ela engole visivelmente. — E quanto a Emmeline?

Merda. — O que tem ela? — rosno, puxando-a para mais perto. — Eu disse a você que não há compromisso entre nós. — E não haverá, não até eu tirar Emma do meu sistema.

Eu não sou o tipo de homem que trai.

— Mas você ainda... quer namorá-la, certo? — Sua voz ofega quando a parte inferior do corpo se molda contra a minha, e minha ereção pressiona sua barriga macia. — Então, você poderia casar com ela?

— Isso é um grande talvez — murmuro, e incapaz de resistir mais um segundo, aperto o rosto dela entre as palmas das minhas mãos e inclino a cabeça para beijá-la.

Seus lábios são tão macios quanto a primeira vez que os provei, macios como pelúcia e tão fodidamente doces que todo o sangue deixa meu cérebro e vai diretamente para o meu pau. Distante, eu ouço outro miado, mas não dou a mínima para o gato – ou Emmeline e minhas ambições ao longo da vida. Todos os meus sentidos estão cheios de Emma... Com o úmido e quente deslizar de sua língua contra a minha e o leve cheiro de caramelo em sua respiração, com o jeito que suas curvas suaves me tocam e como suas mãos se agarram a mim enquanto eu a encaminho em direção à cama dela.

Foda-se ir à minha casa. Aqui vai servir também.

As costas das pernas dela tocam o colchão, e de repente ela fica rígida. Agarrando meus pulsos, ela se afasta do meu beijo. — Espera!

Eu congelo no lugar, usando cada grama da minha força de vontade para permanecer parado enquanto ela sai do meu aperto e recua, sem parar até que esteja tão longe da cama – e de mim – quanto possa.

— Ouça, Marcus — diz ela trêmula, empurrando os cachos do rosto com a mão trêmula. — Eu não sou... Isso não é... — Ela engole em seco. — Estamos obviamente atraídos um pelo outro, mas isso não vai dar certo.

E enquanto eu a encaro sem acreditar, ela pega o gato do chão e diz baixinho: — Saia, por favor. Eu quero que você vá embora.

Emma

— Você fez o quê? — A voz de Kendall salta uma oitava enquanto ela olha para mim, seu croissant meio comido agarrado em sua mão.

— Eu disse a ele para partir — repito, esfregando minhas têmporas enquanto a dor de cabeça do inferno piora.

Eu mal dormi depois que Marcus saiu ontem à noite – minha segunda noite sem dormir esta semana – e embora eu tenha tomado cafeína suficiente para acordar um cavalo esta manhã, meu crânio parece estar sendo espremido em um torno. Considerando isso, eu provavelmente não deveria ter ido ao apartamento de Kendall para o café da manhã, mas eu precisava de alguém, além dos meus gatos, para conversar.

— Ok, volta tudo. — Kendall deixa cair o croissant em seu guardanapo e gira seu banquinho para me encarar completamente. — Vamos repassar a história. Ele arrombou a sua porta para salvá-la depois que você tropeçou no seu gato, e vocês mandaram ver enquanto você estava quase nua. Ele, então, comeu gyros com você enquanto os caras consertavam a porta. Depois disso, vocês se beijaram novamente, e ele te convidou para ir à casa dele. *E você disse a ele que não daria certo e que ele deveria ir embora?*

— Tecnicamente, ele me beijou depois de me convidar para sua casa, mas sim, essa é a essência de tudo.

— Emma! Que diabos?

Eu pisco. — O quê? Ele ainda está planejando sair com Emmeline e foi você quem me disse para ter cuidado. 'Homens são cachorros', lembra?

— Sua boba! Isso foi antes de sabermos que ele é um bilionário.

— Kendall...

— Não, me escute. — Ela se inclina na bancada, seu cotovelo quase esmagando o croissant. — Este não é um idiota aleatório de Wall Street – é Marcus-maravilhoso-Carelli. E ele está interessado em você o suficiente para arrombar sua porta e comer gyros em seu pequeno estúdio de merda.

— Certo. Porque ele quer entrar nas minhas calças. — Eu massageio minha testa como se isso fizesse com que a pressão por trás dela diminuísse. Eu definitivamente não deveria ter vindo aqui, vejo isso agora. Se eu tivesse tirado uma soneca esta tarde, estaria melhor preparada para lidar com Kendall e suas visões insanas sobre namoro. Como se...

— E daí? — Kendall salta do banquinho e olha para mim, as mãos apoiadas em seus quadris. — Você quer entrar nas calças dele, não?

— Bem, sim, mas...

— Sem desculpas! Ele é rico, ele é gostoso, ele quer você e você o quer. E — ela se inclina até que seu nariz quase toque o meu — ele foi totalmente sincero com você sobre essa coisa de Emmeline. Eles não são casados nem namoram ainda, então, quem se importa que ele possa sair com ela um dia?

Ugh! Fecho meus olhos e desejo estar em casa com meus gatos. Não sei o que eu esperava quando apareci no apartamento do Kendall com os croissants e café do carrinho de baixo, mas tomar esporro por não dormir com Marcus não estava na lista.

Já é muito ruim eu passar a noite toda pensando na minha decisão e me sentindo um lixo cada vez que me lembrava da expressão no rosto de Marcus quando o mandei embora. Por um segundo, ele parecia quase ferido, mas, então, seu olhar endureceu, seu rosto se transformando em uma máscara de pedra. Sem uma palavra, ele se virou e foi embora, e foi tudo o que pude fazer para permanecer no lugar, em vez de correr atrás dele.

Em vez de implorar para ele voltar e terminar o que começamos.

— Emma, me escute — continua Kendall, e eu

relutantemente abro os olhos enquanto ela senta de volta no banco do bar. — Marcus claramente gosta de você. E se você não se encaixa nas exigências de uma esposa? Isso não significa que você não possa se divertir com ele. Você tem tido sonhos eróticos com o homem, pelo amor de Deus. E só pense nisso: *Marcus Carelli*. Você sabe que tipo de portas estaria aberta para você se estivesse ao lado dele? Os lugares que ele poderia te levar, as pessoas que você poderia conhecer? — Quando olho para ela sem expressão, ela revira os olhos e diz incisivamente: — Esse trabalho da indústria editorial que você queria para sempre? Ele poderia fazê-la ter as conexões em um momento. Inferno, seu fundo provavelmente poderia *comprar* qualquer editora que você quisesse com trocados.

Estremeço. — Kendall...

Ela levanta a mão. — Eu sei, eu sei. Você está determinada a conseguir sozinha, e isso é admirável. Mas adivinhe, Ems? O chão sob seus pés pode ser um gramado verde ou um pântano, e nós não podemos escolher qual – a menos que tenhamos muita sorte e o destino nos dê uma maneira de atravessar. E você, minha querida, acabou de receber o equivalente à ponte Golden Gate. Marcus Carelli pode levá-la aos pastos mais verdes imagináveis; tudo que você tem a fazer é dizer sim.

No metrô de volta para casa, faço o que posso para

esquecer as palavras de Kendall, mas o gosto amargo da minha boca permanece. Eu disse a ela sobre a minha infância mais de uma vez, mas ela ainda não entende, não de verdade. Para ela, o status de bilionário de Marcus é uma vantagem, ao passo que, para mim, é uma enorme desvantagem. O dinheiro e as conexões dele são a última coisa que quero, e esse fato por si só teria condenado qualquer relação que pudéssemos ter iniciado.

Não que ele queira mesmo um relacionamento comigo. Tenho certeza que teria sido um negócio de uma ou duas noites, no máximo. E enquanto pensava na ideia, e no que isso daria – quando ele não negou que poderia se casar com Emmeline – eu não poderia continuar com isso, não importa o quanto meu corpo me implorasse.

Eu estava muito impressionada com a maneira como ele me fazia sentir – e absolutamente aterrorizada de como seria quando ele inevitavelmente saísse da minha vida.

Então, foi o melhor o que fiz ontem, antes que me apegasse mais. Certamente foi. E daí se eu me sentia tão mal depois de rejeitá-lo que sequer conseguia dormir? Foi demais para mim – ele era demais para mim – e é bom conhecer as limitações.

Ou, pelo menos, é o que eu tenho dito a mim mesma desde o momento em que Marcus saiu, fechando a porta consertada atrás dele. Sem sua presença, meu estúdio imediatamente pareceu mais frio, mais vazio... menos vital de alguma forma.

Não, isso não é verdade. Eu me recuso a pensar assim. Por mais vulcânica que seja nossa atração, somos completamente incompatíveis. Eu fiz a escolha certa, não importa o que Kendall ou qualquer outra pessoa pense.

Tudo o que preciso fazer é acreditar nisso.

EU PASSEI O RESTO DA NOITE DE SEXTA-FEIRA TENTANDO me convencer de que o que aconteceu foi o melhor, que estou feliz que Emma tenha desistido dessa insanidade antes de ir mais longe. Com certeza, teria sido bom transar com ela e aliviar a tensão que se apoderou de mim desde o momento em que pus os olhos nela, mas no final, isso não poderia ter ido a lugar algum.

Emmeline – ou outra mulher como ela – é o que eu preciso, e Emma seria apenas uma distração. Já havia sido uma distração, na verdade, mexendo com meu foco no trabalho e em outros lugares.

Apesar desse raciocínio perfeitamente racional, mal durmo na sexta à noite, sentindo-me tenso e inquieto, apesar de duas duchas frias e um encontro com a minha mão. Toda vez que fecho os olhos, vejo Emma em sua calcinha rendada e meu corpo arde com a necessidade de tê-la, sentir suas curvas suaves sob as palmas das minhas mãos e a doçura de seus lábios.

Finalmente, desisto do sono e vou para uma corrida de dezesseis quilômetros. O ritmo difícil que estabeleci é suficientemente cansativo, e quando me sento para tomar o café da manhã gourmet que meu mordomo preparou para mim, parte da minha frustração diminuiu. Ainda assim, decido ligar para Emmeline para realmente focar minha mente em outras coisas.

Nós temos outra conversa agradável. Descobri que ela virá para Nova York em uma viagem de negócios em dezembro e concordamos em nos encontrar para o jantar na noite em que ela estiver livre. É tudo muito apropriado e civilizado, e quando eu desligo o telefone, não sinto a menor vontade de persegui-la ou arrastá-la para uma caverna.

E é assim que deve ser, digo a mim mesmo quando entro em meu escritório em casa para fazer algum trabalho. Com Emma, eu estava constantemente à beira de perder o controle e esquecer o que é realmente importante. A fome que a pequena ruiva despertou em mim era muito potente, muito perigosa. Quero me sentir atraído pela mulher com quem estou, mas não assim.

Não ao ponto de ela ser tudo o que importa.

Eu trabalho pela manhã e a maior parte da tarde, e

então, porque minha inquietude está retornando, eu chamo meu amigo Ashton para uma sessão de luta em nossa academia de MMA.

Ele está livre e nos encontramos uma hora depois. Ele é tão bom em artes marciais mistas quanto eu, e depois de uma hora de luta sem parar, a pontuação é equilibrada e estamos ambos suando.

— Aceita uma cerveja depois que nos trocarmos? — Ele oferece enquanto caminhamos para o vestiário, e eu de bom grado concordo.

Qualquer coisa para me impedir de pensar em Emma.

— Então, a casamenteira deu certo para você? — Ashton pergunta enquanto nos sentamos no bar. São apenas seis da tarde, então, mesmo que seja um sábado, o lugar é tranquilo o suficiente para continuar uma conversa. — Minha tia me disse que você entrou em contato com Victoria — ele continua enquanto o barman nos entrega nossas cervejas. — Ela já encontrou uma esposa para você?

Eu levanto minha cerveja e tomo um longo gole em um esforço para não estourar em cima dele. Esta é a última coisa que quero falar agora, mas como foi ele que me falou sobre Victoria Longwood-Thierry, eu lhe devo uma resposta.

— Ela me colocou em contato com uma candidata

promissora – uma mulher chamada Emmeline Sommers — digo, solto a minha cerveja. — Mas ela está em Boston, então, vamos ver como isso se dá.

— Viu? Eu te disse. — Ele sorri, mostrando seus dentes perolados. — Essa merda funciona – pelo menos se você quiser. Você não poderia me pagar o suficiente para ficar com uma garota pelo resto da minha vida, mas se é isso que está procurando, é melhor se certificar de que a boceta é de primeira qualidade.

Ele soa como o idiota que é, mas as duas mulheres em pé no bar parecem ofuscadas pelo sorriso dele. É sempre assim com ele. Ashton Vancroft vem do dinheiro de família – muito dinheiro – e mostra isso. Sua arrogância inata de garoto rico, combinada com seu físico atlético e sua aparência dourada de surfista, atraem as mulheres como um ímã, e isso acontece desde que o conheço – que em breve será bem mais de uma década.

Nós nos conhecemos na escola de administração, onde estávamos recebendo nossos MBAs – eu, para conseguir convencer os investidores a confiar em mim com o dinheiro deles, e Ashton, porque era esperado dele. Como ele me explicou uma vez, suas opções de carreira eram advogado, médico ou banqueiro de investimentos; qualquer outra coisa era considerada inaceitável para um Vancroft. Ele finalmente se rebelou abandonando a escola de negócios para se tornar um personal trainer, mas o estrago estava feito.

Ele adquiriu muita experiência em negócios para viver a vida pobre e despreocupada que sempre quis.

O que começou com alguns clientes nos fins de semana, rapidamente se transformou em um negócio rentável, graças ao boca-a-boca sobre sua abordagem hardcore e prática para o fitness e o aplicativo que Ashton criou para treinar seus clientes remotamente durante suas viagens. Em pouco tempo, ele tinha milhares de clientes em todo o mundo e, à medida que suas fotos de antes e depois inundaram o *Instagram*, seu aplicativo de treinamento explodiu em popularidade, atingindo o topo de todas as lojas de aplicativos. Agora, ele é multimilionário, mesmo sem o dinheiro dos pais – e está em negação da coisa toda.

— Como vai o negócio? — Pergunto, porque sei que isso vai aborrecê-lo – o que é justo, considerando o quanto sua intromissão em minha vida amorosa me aborreceu.

Previsivelmente, ele faz uma careta. — Horrível. As receitas aumentaram em outros vinte por cento no mês passado e estou sendo inundado com ofertas de patrocínio. Eu não quero nada disso, mas eles ouvem? Não. Eles estão convencidos de que eu devo estar morrendo de vontade de vender seus suplementos de merda ou equipamentos de ginástica ou qualquer coisa que estejam oferecendo. Não importa que nenhuma dessas besteiras de correção rápida funcione. É tudo sobre nutrição adequada e desafiar seu corpo e...

Eu automaticamente me desligo quando ele se lança em seu discurso habitual sobre sedentários à procura de soluções mágicas para sua preguiça, e meus pensamentos voltam para Emma. Eu me pergunto o que ela está fazendo no sábado à noite. Ela está de pijama afagando os gatos, ou está em algum lugar?

Talvez em um encontro?

Minha mão aperta a caneca de cerveja enquanto a imagino sentada em um restaurante com um babaca, sorrindo para ele com seu sorriso bonito e com covinhas. Ele estaria ofegando por ela, salivando enquanto ela come sua fatia de pizza barata ou o que fosse, e então, eles dividiriam a conta amigavelmente antes de irem juntos para a casa dela e...

Porra, não. Não vou pensar nisso.

Eu já estou me sentindo homicida só com isso.

Ela não é sua, digo a mim mesmo enquanto tomo minha cerveja. Ela tem todo o direito de ver quem quiser e fazer o que quiser. Nós não estamos mais juntos – não que já estivemos. Dois encontros não fazem um relacionamento, nem dois beijos... Pelo menos uma vez que você esteja fora do Ensino Médio.

Então, não faz sentido para mim sentir que isso é um verdadeiro rompimento, como se eu realmente tivesse perdido alguma coisa quando ela disse que acabou e me mandou embora. No máximo, meu orgulho deveria estar ferido por sua rejeição, nada mais.

No entanto, quando as duas mulheres no bar se aproximam de nós, flertando e batendo os longos cílios, tudo em que consigo pensar é em Emma e seu sorriso com covinhas. E quando eu me desculpo para ir para casa, são suas curvas exuberantes que eu imagino enquanto estou no chuveiro, minha mão em volta do meu pau dolorido.

É o rosto dela que vejo em minha mente quando gozo.

OS PRÓXIMOS ONZE DIAS SE ARRASTAM NO RITMO DE UM caracol. Vou para o trabalho, venho para casa e trabalho no meu site de edição. Financeiramente, as coisas estão melhorando: recebi alguns novos clientes por meio de referências, um dos meus regulares acabou de me enviar um novo romance para trabalhar, e um autor que estava passando por dificuldades financeiras finalmente pagou o que me devia editando seu romance épico de mil páginas. Meus gatos não tiveram viagens caras ao veterinário, então, pelo menos uma vez, o saldo da minha conta bancária está nos quatro dígitos. Até paguei uma pequena parte dos meus créditos estudantis, fazendo com que o recente aumento da taxa de juros doesse um pouco menos.

Então, não há razão para sentir que estou caminhando por um pântano com um peso de 50 quilos nas minhas costas.

— Ligue para ele — Kendall me pede novamente na manhã de quarta-feira, quando reclamo que tenho me sentido triste e com problemas para dormir. — Diga a ele que você mudou de ideia e quer vê-lo novamente. Ou, pelo menos, envie um rápido olá. Talvez ele ainda esteja interessado e responda.

Eu descarto a sugestão dela, alegando que o meu mau humor não tem nada a ver com isso, mas a quarta-feira inteira meu telefone me insulta, a capa rosa brilhante tão chamativa quanto uma capa vermelha para um touro. Eu não ligo – heroicamente, eu resisto ao desejo – mas naquela noite, eu sonho que cedi ... e que Marcus imediatamente veio.

Eu acordo molhada e dolorida, pegando fogo do meu sonho ainda mais erótico. Sentando-me, acendo a lâmpada de cabeceira, e os gatos me encaram do meu travesseiro, aborrecidos por serem perturbados do sono profundo.

— Sim, tanto faz, lembra do vaso que você quebrou no meio da noite na semana passada? — Eu murmuro para o Sr. Puffs, e ele balança o rabo, reconhecendo o meu argumento.

Os gatos prontamente voltam a dormir, mas levanto-me, agitada demais para ficar parada. O telefone está na minha mesa de cabeceira, me provocando, chamando por mim. Eu o alcanço, mas puxo a mão de volta no último momento, dizendo a mim mesma que isso é uma má ideia.

Uma ideia muito ruim.

Ainda assim, não consigo tirar meus olhos do aparelho e estendo a mão para pegá-lo novamente.

Não faça isso, Emma.

Eu congelo, tentando atender a voz da razão, mas um segundo depois, meus dedos estão se movendo por conta própria, passando pela tela para localizar minhas mensagens com Marcus. Meu coração bate furiosamente no meu peito enquanto eu digito "Ei..."

Não envie. Apague, apague, apague!

Eu mordo meu lábio, olhando para a tela, meu dedo pairando sobre o botão 'deletar'. Enviar ou não enviar?

Um miado suave me tira do meu dilema existencial, e eu olho para cima para ver Rainha Elizabeth graciosamente fazendo seu caminho até mim através do cobertor.

— Você acha que eu deveria enviar? — pergunto a ela, e ela mia novamente. — Mesmo?

Ela me dá um olhar que diz que eu estou sendo burra falando sobre isso com um gato.

— Bem, com quem mais eu vou falar no meio da noite?

Ela se senta e começa a lamber sua pata.

— Ok, tudo bem, que seja. — Irritada, olho para o meu telefone e meu estômago se aperta.

De alguma forma, enquanto eu estava falando com o gato, meu dedo escorregou e pressionou 'enviar'.

arcus

MEU TELEFONE TOCA ÀS 2H49 DA MANHÃ DE QUINTA-
feira, acordando-me menos de duas horas depois de eu
chegar em casa do trabalho. Amaldiçoando, pego e vejo
que é uma mensagem de texto.

De Emma.

Estou instantaneamente acordado, todo o meu
corpo fervilhando de adrenalina enquanto me ajeito na
cama, sentando, e deslizo a tela.

Ei...

Isso é tudo que a mensagem diz.

Eu tiro meu cobertor e acendo a luz. Posso ver os
três pontos dançando na tela, me dizendo que Emma
está prestes a enviar uma segunda mensagem.

Ei ... Você quer vir?

Ei ... Senti sua falta.

Ei ... Percebo que cometi um erro.

Ei, o que você está fazendo hoje?

As possibilidades são infinitas, e eu estou morrendo de vontade de ver o que ela vai dizer.

Os três pontos desaparecem, como se ela tivesse parado de digitar e excluído sua mensagem. Cinco segundos depois, eles reaparecem.

Eu olho para o telefone, meu coração batendo com antecipação predatória. Mal posso esperar que ela admita que me quer, que mudou de idéia sobre me mandar embora. Eu tenho uma importante reunião de investidores logo de manhã, mas se ela quiser que eu vá agora, estarei lá.

Se eu pudesse, me teletransportaria para o Brooklyn, para que pudesse aparecer em sua porta assim que eu recebesse a mensagem.

Ela está tomando seu doce tempo compondo isso, então, eu me levanto, incapaz de ficar parado. Agarrando o telefone, vou para o banheiro para me preparar para o caso de isso ser, como espero, um telefonema.

Estou quase terminando de fazer a barba quando o telefone finalmente toca com uma nova mensagem. Largando a navalha, eu passo a mão pela tela com um dedo semi-seco.

Desculpe, enviado para a pessoa errada.

Reli as palavras em descrença – e crescente fúria.

Que porra é essa?

Ela estava mandando mensagens para *outra pessoa* às três da manhã?

Lutando contra o impulso de esmagar o telefone contra a bancada de mármore, enxugo as sobras do creme de barbear e jogo a toalha na pia. Teoricamente, esse alguém poderia ser um amigo ou um parente, mas as chances disso são praticamente nulas.

Há apenas uma pessoa para quem você envia uma mensagem de texto a esta hora e é alguém que você está fodendo – ou pensando em foder.

E esse alguém não sou eu.

A fúria me atravessa enquanto imagino o cara – provavelmente algum babaca recém-saído do Corpo da Paz que possui um milhão de gatos. Ele não teria a mínima idéia de como agradar uma mulher, mas poderia estar na cama de Emma porque ele é um amante de animais e é um babaca "legal".

Bem, eu não sou legal – e nunca desisti de algo que realmente quero. Nos últimos doze dias, eu fiz o meu melhor para esquecê-la, para me convencer a seguir em frente, mas todas as noites, eu sonhei com ela, e todas as manhãs, acordei duro e frustrado, incapaz de me concentrar até que eu tenha me aliviado com o meu punho. Goste ou não, essa nova obsessão não vai embora, e é hora de eu aceitar.

Sombriamente, abro meu e-mail e escrevo uma mensagem para o investigador particular que uso para ficar de olho nos executivos de nível C nas empresas em que estamos investindo. Ele opera exatamente desse lado da lei e pode farejar um escândalo anos antes de qualquer trapaça vir à tona. Eu nunca o fiz investigar uma mulher em que estou interessado antes, mas sempre há uma primeira vez.

Ser um stalker ou não, tenho que saber com quem Emma pode estar se encontrando – porque estou de saco cheio de jogar de acordo com as regras.

De um jeito ou de outro, a ruivinha será minha.

As flores chegam quinta-feira à tarde, no momento em que meu chefe está me contando sobre sua nova dieta. O vaso é tão grande que o entregador se esforça para erguê-lo no balcão, e quando ele finalmente consegue, o enorme buquê de tulipas rosas, amarelas e vermelhas quase bloqueia o caixa.

— Hoje é seu aniversário? — Pergunta Smithson, olhando as flores, confuso, enquanto eu procuro um cartão na floresta de caules e folhas. — Eu poderia jurar que foi em setembro.

— Hum... É definitivamente em setembro. — Meu rosto fica vermelho brilhante quando encontro o cartão e leio a mensagem de uma palavra. Meu chefe ainda está olhando para mim intrigado, então, eu minto: — Isso é apenas algo dos meus avós. Eu amo tulipas, e elas fazem isso de vez em quando, para me dizer que estão pensando em mim.

— Oh — O Sr. Smithson pisca. — Ok, bem, aproveite.

Ele vai embora para reabastecer a seção de terror, e eu exalo, minha mão tremendo com uma mistura de ansiedade e excitação quando levanto o cartão e releio a mensagem.

É apenas uma palavra simples.

Ei.

ESTOU QUASE CALMA QUANDO CHEGO EM CASA DO trabalho, tendo me convencido de que o buquê era o retorno de Marcus para minhas mensagens idiotas na noite passada. Foi definitivamente um movimento covarde da minha parte afirmar que eu tinha enviado aquele "ei" para a pessoa errada, mas entrei em pânico e não sabia mais o que fazer.

Não havia motivo para eu mandar mensagens para ele às três da manhã, além do óbvio – e não estou pronta para admitir isso ainda.

Estou tentada a ligar para Kendall e contar a ela sobre as mensagens e as tulipas – que, por alguma estranha coincidência, são minhas flores favoritas –, mas resisto. Ela faria uma grande confusão, e o próximo passo seria eu pensar que Marcus ainda está interessado em mim, em vez de estar bem em seu caminho para se casar com Emmeline ou alguma outra mulher igualmente perfeita.

Não, eu preciso esquecer tudo sobre Marcus e sua estranha mensagem-resposta. Não significa nada – e, certamente, não que ele ainda esteja interessado. Essa coisa entre nós acabou, e agora que ele me deixou saber o quão estúpidas minhas mensagens foram, tenho certeza de que não vou ouvir mais nada dele.

Minha convicção se mantém até que a campainha toca enquanto estou alimentando os gatos.

— Um segundo! — grito, tentando não tropeçar em Sr. Puffs enquanto largo sua vasilha e corro para a porta. Eu não preciso de uma repetição da outra semana.

Não há ninguém na porta quando abro, mas há um pacote no capacho.

Meu pulso salta.

Não estou esperando uma entrega.

A caixa é pequena e leve, por isso não tenho dificuldade em levantá-la. Coração batendo, eu carrego para a cozinha e coloco no balcão, então, pego uma faca para cortar a fita.

Dentro há outra caixa, muito mais bonita, com a logo da *Saks Fifth Avenue*. Abrindo, eu fico boquiaberta com o conteúdo.

Um cachecol de caxemira branco, um igual ao de uma marca chinesa barata que coloquei na minha lista de desejos da *Amazon* para o Natal – exceto que é de algum estilista italiano e parece mil vezes mais caro.

Que diabos?

Eu vasculho a caixa e encontro um bilhete.

De sua pessoa errada, diz.

— OK, ENTÃO DEIXE-ME VER SE ENTENDI — DIZ Kendall na manhã de sexta-feira, quando eu me rendo e a chamo do trabalho depois de outra noite mal-dormida. — Você mandou uma mensagem para ele acidentalmente às três da manhã de quinta-feira, e ele já lhe enviou dois presentes?

— Sim! — Uma mulher que anda pela seção de mistério me dá um olhar irritado, e eu afundo na minha cadeira, então, estou meio escondida atrás do balcão. — Por que ele faria isso? — Eu continuo em um tom mais baixo. — E com esses bilhetes? Você acha que ele está apenas brincando comigo?

— Por que ele brincaria com você? Emma, tire a cabeça da sua bunda. Ele obviamente ainda quer você. Ele te enviou... O quê? Flores e um cachecol?

— Sim. Um enorme buquê de tulipas e um cachecol de caxemira branca, exatamente como aquele que eu esperava que meus avós me dessem no Natal, mas infinitamente mais extravagante. Como ele sabia que eu precisava de um cachecol? Ou que eu amo tulipas, para princípio de conversa?

— A maioria das pessoas gosta de tulipas, e ele deve ter visto você sem cachecol. De qualquer maneira, o que importa? — A voz de Kendall se eleva em exasperação. — Ele lhe enviou presentes. Isso significa que ainda está realmente na tua. Você, pelo menos, mandou uma mensagem de agradecimento?

Eu mordo meu lábio. — Eu queria, mas...

— Ok, sério? Você precisa resolver isso. Tipo 'agora mesmo'. Envie-lhe um agradecimento e diga que quer vê-lo novamente.

— Kendall...

— Não me venha com 'Kendall'. Mande mensagem para ele e me ligue de volta depois de tudo feito.

— Desculpe-me. — A mulher que estava na seção de mistério se aproxima do balcão, seu rosto largo franzido em uma carranca de desaprovação. — Não consigo encontrar o mais recente de James Patterson.

— Claro. — Desligando de Kendall, eu pulo, feliz pela interrupção. — Deixe-me mostrar-lhe onde está.

Enquanto conduzo a mulher pela livraria, tento esquecer tudo sobre as instruções de Kendall – e o homem que é a causa de minha agitação.

EU AINDA NÃO CRIEI CORAGEM PARA LIGAR OU MANDAR mensagens para Marcus quando chego em casa. Parcialmente é porque não tenho ideia do que dizer. Ele está brincando comigo, ou isso é real? Eu deveria estar louca ou grata? Os presentes que ele me enviou são escandalosamente caros – eu sei porque pesquisei o custo do cachecol on-line – então, eu deveria recusá-los, no mínimo. Mas isso significaria entrar em contato com Marcus, o que me traz de volta ao meu dilema sobre suas intenções.

O que ele procura?

Ele ainda quer me namorar, ou isso tudo é apenas um jogo para ele?

Alimentei os gatos e já estava na metade do meu jantar quando a campainha toca novamente.

Eu pulo e corro, mas o cara da *FedEx* que deixou o pacote na minha porta já está entrando em sua caminhonete.

A caixa é pesada para o tamanho que tem. Eu trago para a cozinha e corto a fita, minhas mãos tremendo.

Dentro há livros, cada um numa bolsa de plástico hermeticamente fechada.

Viagens de Gulliver, E o Vento Levou e *O Conde de Monte Cristo.*

Minhas três histórias favoritas de todos os tempos – e cada uma delas, uma primeira edição assinada.

Pela primeira vez, eu entendo pessoas que correm quando estão estressadas.

Eu não posso ficar parada – não consegui pela última hora. O mesmo vale para terminar meu jantar. Estou andando pelo meu pequeno apartamento, indo da cozinha para o quarto, para o banheiro e voltando. Meus gatos estão olhando para mim como se eu tivesse perdido a cabeça, e é possível que eu tenha.

Não há como um calhamaço de dólares em livros

raros estar no meu balcão da cozinha, junto com um bilhete que diz: *Pego você hoje à noite às sete.*

É uma brincadeira. Tem que ser.

Pela vigésima vez, pego meu telefone e começo a escrever uma mensagem para Marcus.

Muito obrigada por seus presentes insanamente generosos, mas receio não poder aceitá-los – e tenho outros planos para esta noite. Além disso, você está brincando comigo?

Apago o texto antes de poder enviá-lo, assim como apaguei as dezenove tentativas anteriores.

Nada que escrevo parece certo. Posso editar um romance com precisão implacável, sugerindo palavras e frases que transmitam o significado perfeitamente, mas não consigo escrever essa mensagem.

Nunca estive tão desequilibrada. E o pior de tudo, o tempo está passando, ficando inevitavelmente mais perto das sete. Em dezessete minutos, Marcus virá me buscar, e eu ainda não consegui criar coragem para ligar ou mandar uma mensagem para ele para ter certeza de que isso não acontecerá.

Provavelmente é melhor que eu fale com ele sobre isso pessoalmente, raciocino, tentando me fazer sentir melhor sobre minha covardia inexplicável. Talvez, se eu puder ver sua expressão, eu saiba o que ele procura, em vez de fazer suposições idiotas. Porque nada disso – os presentes, os bilhetes ambíguos – faz algum sentido.

Obviamente, eu não tenho intenção de sair com ele – se "pego você" significar um encontro. E se isso acontecer, que tipo de idiota diz a uma mulher que ele está pegando ela em vez de perguntar? E se eu tivesse outros planos? Não tenho, mas ele não tem como saber disso, tem?

Então, novamente, como ele sabe quais são meus livros favoritos, ou flores? Ou que tipo de cachecol eu queria? Nós nunca conversamos sobre isso.

Minha cabeça está começando a doer por pensar demais; eu paro na minha cama para pegar Cottonball – que imediatamente começa a ronronar.

— Eu sei, querido. — Embalando-o contra o meu peito, acaricio seu pelo macio. — Eu não afaguei você esta noite, me desculpe. Talvez Marcus não apareça. Tudo poderia ser uma grande piada, sabe? Os livros podem até não ser reais, mas algum tipo de reprodução – embora eu não tenha ideia de por que ele se incomodou.

Rainha Elizabeth levanta a cabeça do meu travesseiro e me lança um olhar de olhos estreitos.

— Você não acha que é uma piada? — pergunto sobre o alto ronronar de Cottonball, e ela boceja demonstrativamente.

— Tá ok, talvez não seja tão engraçado assim, mas o que mais poderia ser? Eu disse a ele que não vai dar certo entre nós, e tenho certeza de que ele tem um milhão de mulheres na fila para namorá-lo.

Ela boceja novamente e coloca a cabeça de volta no travesseiro.

— Eu sei. É tudo tão confuso, não? — Suspiro e me sento na cama ao lado dela – o que o Sr. Puffs toma como um convite para empurrar Cottonball do meu colo. Ele fica com ciúmes quando eu interajo com seus irmãos, daí, coço atrás de suas orelhas, sabendo que se eu não o fizer, meus acessórios restantes estarão na mira dele.

Continuando a acariciar Sr. Puffs, eu olho para o meu celular.

18h53.

Se fosse um encontro, eu estaria enlouquecendo com o fato de que ainda estou vestida com minha velha calça de moletom e uma camiseta coberta com pelo de gato, mas não estou. Realmente não. Porque isso não é um encontro. Mesmo que Marcus apareça na minha porta como prometido, vou devolver-lhe os livros insanamente caros e explicar calmamente que não vou a lugar nenhum. Vou dizer a ele para parar de me mandar presentes com mensagens de zombaria e – ah, a quem estou enganando?

Ignorando o uivo ofendido de Sr. Puffs, eu o empurro do colo e corro para o armário, puxando freneticamente uma roupa atrás da outra. Não estou me vestindo para Marcus; é para mim, eu digo a mim mesma. Eu quero estar apresentável porque é a coisa civilizada a fazer. Eu faria isso por qualquer um, até mesmo Kendall. Especialmente Kendall, pensando nisso. Iria ouvir dela até dizer chega se me visse parecendo uma vagabunda.

É claro que, por sorte, este sábado é dia de lavar roupa, e eu não tenho quase nada no meu armário. Mas qualquer coisa é uma atualização sobre o que tenho usado atualmente, então, eu me contorço em meu jeans skinny – assim chamado porque preciso estar para lá de magra para usá-lo confortavelmente – e puxo um suéter cinza que só tem um pouco de pelo de gato nele.

Pronto. Feito. Não importa que eu mal possa fechar o botão do jeans ou que puxar o suéter tenha criado estática, fazendo meu cabelo parecer como se tivesse sido atingido por um raio. Eu aliso minhas palmas sobre os cachos enlouquecidos, belisco minhas bochechas para dar-lhes um pouco de cor e passo um gloss rosa – apenas para não parecer tão pálida.

A campainha toca quando estou prestes a colocar botas em vez de minhas pantufas.

Merda, merda, merda..

Eu estava esperando que ele não aparecesse.

Não, isso é mentira. Eu ficaria desapontada se ele não aparecesse, mas apenas porque quero dizer a ele exatamente o que penso. Quem diabos ele pensa que é? Me dar aqueles presentes escandalosamente caros – aquele buquê também deve ter custado uma nota – e me mandar sair com ele?

Estou tão agitada que vou até a porta e a abro – e só então me lembro dos chinelos rosa que ainda calço.

— Oi — Marcus murmura, olhando para mim, e eu esqueço tudo sobre a minha indignação e meus chinelos, minha respiração presa no calor sombrio daqueles olhos azuis frios.

De alguma forma, ao longo das últimas duas semanas, esqueci o tamanho dele, e o quão impressionantes são suas características masculinas.

Em seu traje intimidador de terno perfeitamente cortado, camisa azul, gravata sutilmente listrada e casaco desabotoado até a altura dos joelhos, ele é como uma espécie de rei moderno, exalando riqueza e poder – e mais do que seu quinhão de potente magnetismo animal. Eu posso literalmente sentir meu sangue correndo mais rápido em minhas veias, aquecendo cada centímetro da minha pele até que as rajadas geladas do vento lá fora pareçam uma brisa amena de verão.

— O-oi — gaguejo, percebendo que estou olhando para ele com a boca aberta. — Quero dizer... Olá. — A incapacidade de usar palavras que me afligiram com as mensagens de texto não foi embora, noto com a pequena parte do meu cérebro que ainda está funcionando. O resto da minha mente está em branco. Não consigo me lembrar de nenhum dos discursos que preparei enquanto andava pelo meu quarto, ou por que os preparei em primeiro lugar. Tudo o que posso pensar quando olho para ele é como aquelas mãos grandes e quentes tocaram minha pele e como aqueles suaves lábios masculinos mordiscaram minha orelha, enviando arrepios de prazer pelo meu corpo.

— Emma — Sua voz é baixa e profunda, tão aveludada que é como uma massagem com um final feliz para os meus ouvidos. — Gatinha, você está pronta?

— Pronta? — *Oh, Deus, recomponha-se, Emma! Ele não quer dizer isso sexualmente!* A menos que ele queira, nesse caso a resposta é sim, mil vezes sim. Talvez outras fêmeas humanas não entrem no cio, mas isso é exatamente o que parece acontecer comigo quando estou com Marcus. Minha calcinha já está úmida, e é tudo o que posso fazer ao ficar parada em vez de me inclinar e me esfregar contra ele como um gato marcando seu território.

— Para ir — ele esclarece, olhando para baixo, e eu sigo seu olhar para os meus chinelos, que ainda são tão rosa e peludos como sempre.

Com uma enorme força de vontade, eu recomponho minha mente embaralhada. — Ir aonde? Eu não estou…

— Para o restaurante grego, nunca tivemos a chance de experimentar na outra semana — diz ele suavemente. — É muito bom, eu prometo – e não é caro.

— Mas…

— É muito casual também — diz ele. — Mas você ainda deveria colocar seus sapatos. Aqui, esses servem. — Ele dá um passo à frente e, instintivamente recuo, deixando-o entrar no apartamento e fechando a porta atrás dele no piloto automático.

Ignorando o Sr. Puffs sibilando para ele, Marcus passa por mim e pega as botas que tirei do armário. Então, ele retorna e se ajoelha na minha frente, como um vendedor numa loja de sapatos. Apertando meu tornozelo com uma mão grande, ele tira meu chinelo e começa a colocar meu pé de meia na bota.

O que resta do meu cérebro entra em curto-circuito, a sensação de seus dedos duros e quentes no meu tornozelo é tão erótica, como se ele tivesse começado a chupar meus dedos dos pés. Oh, Deus, isso é uma nova fantasia minha? Porque, de repente, não consigo pensar em nada que eu queira mais do que em Marcus tirar a meia e pressionar os lábios no meu tornozelo, depois, dar beijos quentes e molhados no meu pé antes...

— Aqui, me dê seu outro pé — ele murmura, me tirando do meu devaneio depravado, e eu pisco, um rubor quente subindo pelo meu pescoço quando percebo que uma bota já está no meu pé – e que foi ele quem a colocou.

Sentindo-me como uma Cinderela pervertida, deixo escapar: — Eu posso fazer isso — e me inclino para interceptá-lo quando ele alcança meu outro pé. Exceto pelo erro de cálculo, e meu pé aparece assim que estou abaixando a cabeça.

Com um grito de surpresa, me inclino para frente, apenas para me segurar nos ombros largos de Marcus. Suas mãos imediatamente se fecham em volta da minha cintura, me firmando, e terminamos nariz a nariz, tão perto que posso sentir o hálito quente dele em meus lábios e o leve toque de brisa e pinho frescos – sua loção pós-barba, provavelmente.

Seus olhos não são apenas azuis, percebo aturdida quando ele me puxa para uma posição ajoelhada ao lado dele. Suas íris têm partículas de prata, algumas leves o suficiente para serem quase brancas. Elas são lindas, e a forma como suas pupilas estão dilatando me hipnotiza, mesmo quando a excitação crescente acelera minha respiração e inunda meu sexo com o calor líquido.

— Emma. — O timbre suave e profundo de sua voz vibra através de mim, adicionado ao efeito hipnótico quando uma de suas mãos sai da minha cintura para curvar em torno de minha mandíbula, o gesto terno e possessivo. Inclinando-se em mais um centímetro, ele murmura com voz rouca: — Gatinha, se você não quiser isso, me diga agora.

Sim, diga a ele. Só que minha boca se recusa a cooperar para formar as palavras necessárias para acabar com essa insanidade. Porque eu quero isso. Eu quero tanto que sofro. Sei que existem razões pelas quais isso não é uma boa ideia, mas, pela minha vida, não consigo me lembrar quais são.

Ele interpreta corretamente o meu silêncio, e seus lábios pairam ao lado dos meus por apenas um momento a mais antes de pressionarem contra eles em um beijo ternamente exigente. Sua língua varre a linha fechada dos meus lábios, procurando entrada, e eu deixo-o entrar com um gemido suave, meus olhos se fechando e minhas mãos agarrando as lapelas de seu casaco como foguetes de prazer aquecido através do meu corpo.

Distante, eu ouço um miado irritado, mas ele não pode penetrar a névoa sensual que envolve meu cérebro. A tensão está crescendo em meu núcleo, envolvendo mais forte com cada carícia habilidosa de sua língua, e minhas mãos deslizam por seu pescoço para se entregar à sensação de seu cabelo espesso e sedoso. Meu toque parece agradá-lo, e um gemido ronca baixo em sua garganta quando ele me puxa para os meus pés e nos leva para a cama, jogando seu casaco e jaqueta no caminho.

Há mais miados ultrajados quando os gatos pulam da cama, abrindo espaço para nós, e, então, estou esticada de costas, com Marcus acima de mim, seus lábios devorando os meus enquanto suas mãos vagam avidamente sobre o meu corpo vestido. Uma grande mão aventura-se sob meu suéter, a palma da mão quente e áspera em minha pele nua, e estremeço de prazer quando seus dedos se fecham sobre o meu seio esquerdo, apertando-o através do meu sutiã com uma pressão firme. Seu polegar roça meu mamilo pontudo, e eu arqueio em seu toque, desejando mais, precisando de mais.

Precisando de tudo.

Isso deve ser o que é ser levado pela paixão, percebo vagamente, mesmo quando minhas mãos puxam o nó de sua gravata cara, desesperada para tirá-la dele para que eu possa arrancar sua camisa e sentir seu peito nu. Eu sempre achei que ser arrebatada era apenas uma expressão poética, um exagero romântico. Mas é exatamente assim que parece: como uma onda incontrolável, um tsunami de sensações das quais não tenho controle. Meu corpo inteiro está em chamas, meus mamilos tensos e doloridos, meu clitóris latejando à medida que a necessidade se agita cada vez mais em meu núcleo.

Não sei como consigo tirar a gravata e a camisa dele

nesse estado, mas o faço, e o calor dentro de mim cresce em uma conflagração enquanto minhas mãos deslizam pelos amplos e musculosos planos de seu peito e costas. Ele está quente e duro por toda parte, sua pele lisa apenas áspera pelo tufo de pelo grosso perto de seus mamilos planos e a trilha feliz correndo pelo seu abdômen trincado. Seus abdominais parecem ter sido esculpidos em pedra, cada um delineado tão perfeitamente que eu quero desacelerar as coisas para que eu possa olhar para ele e babar. Mas ele já está tirando meu suéter e jeans muito apertados, junto com minhas meias e a única bota, e todos os pensamentos de desacelerar evaporam enquanto ele enterra a mão no meu cabelo e me beija novamente, sua língua varrendo minha boca com fome feroz e sua mão livre desliza pelo meu corpo e mergulha debaixo da minha calcinha encharcada.

Sim, oh, Deus, sim, bem aí. Eu quero gritar a plenos pulmões enquanto ele infalivelmente encontra meu clitóris latejante, mas tudo o que posso fazer é um suspiro áspero contra seus lábios, minhas cordas vocais se contorcendo junto com cada músculo do meu corpo. Meus olhos se fecham e arqueio contra ele, contorcendo-me e ofegando, minhas unhas se afundando nele enquanto seu polegar pressiona o inchado feixe de nervos e começa a se mover em um círculo cruelmente provocador. Estou perto, muito, muito perto.

— Olhe para mim — ele ordena, levantando a cabeça, e meus olhos se abrem, encontrando seu olhar enquanto seu dedo indicador mergulha mais baixo, manchando a umidade ao longo da borda da minha entrada, enquanto seu polegar continua seu requintado tormento no meu clitóris. Seus olhos estão escuros e com fome, quando ele diz com voz rouca: — Eu quero ver você gozar.

Sim, sim, por favor. A nota possessiva em sua voz profunda aumenta a tensão insuportável em mim, e eu fico na borda por um delicioso segundo antes que a pressão de seu polegar aumente e eu a ultrapasse com um grito abafado.

O alívio é como uma bomba explodindo dentro do meu corpo, implodindo tudo em seu caminho. O prazer pulsa violentamente através das minhas terminações nervosas, ondas de sensação batendo em todas as células. E o tempo todo ele me observa, seu olhar fixo no meu com um triunfo sombrio – e sua própria necessidade ferozmente crescente.

OS TREMORES AINDA ESTÃO MARTELANDO MEU NÚCLEO quando Marcus estende a mão e solta meu sutiã, depois, abaixa a cabeça para fechar os lábios em volta do meu mamilo direito assim que meus seios estão à mostra. O chicote de sensações é quase cruel, sua boca quente e molhada sugando tão forte que eu grito, agarrando seu cabelo em prazer agonizante enquanto meus olhos se fecham mais uma vez. Mas ele é implacável, e para meu choque, um latejar renovado começa em meu núcleo, a tensão crescendo novamente. Eu nunca gozei duas vezes antes, só com meu vibrador, mas percebo que isso é possível com Marcus.

Na verdade, é inescapável.

Ele volta sua atenção para meu outro seio, chupando meu mamilo com fortes puxões enquanto sua mão viaja mais baixo, até minha calcinha encharcada. Ele puxa a calcinha pelas minhas pernas; seus dedos retornam para as minhas dobras. Só que desta vez ele não provoca. Lavando meu mamilo com a língua, ele me penetra com um dedo longo e grosso, empurrando profundamente enquanto seu polegar pressiona meu clitóris.

Eu explodo. Não há outra palavra para isso.

De alguma forma, meu primeiro orgasmo só me preparou para isso, e meu corpo inteiro entra em espamos de puro prazer enquanto eu grito, arqueando-me embaixo dele. O calor úmido de sua boca em meu peito, a sensação de seu grande dedo tão fundo dentro de mim, o peso pesado dele pressionando minhas pernas – é demais e não o suficiente ao mesmo tempo.

Eu preciso de mais.

Eu preciso dele em mim.

— Sim, precisa — ele rosna, e meus olhos se abrem para encontrar o seu olhar ardente.

Eu devo ter dito as palavras em voz alta. Normalmente, o conhecimento me faria corar por inteiro, mas estou muito aérea para me importar – e, a julgar pelas feições duras de Marcus, zombar de mim é a última coisa em sua mente.

Ele ainda está usando a calça e o cinto, e nossas mãos colidem enquanto alcançamos a fivela ao mesmo tempo. Seria engraçado, exceto que estou tão excitada que o atraso é o pior tipo de tortura. Sinto como se os dois orgasmos tivessem apenas aguçado meu apetite, como se tivesse sido apenas um tiragosto, eu não posso parar até devorar o prato principal.

E que prato é esse. Minha respiração gagueja quando ele abre a calça, finalmente liberando sua ereção, e tira um preservativo do bolso. Eu senti aquela protuberância pressionada contra mim na outra semana, e definitivamente parecia impressionante, mas eu ainda não esperava *isso.*

— Você já fez pornô?

As palavras saem da minha boca antes que eu possa pensar melhor, e desta vez, eu fico vermelha – porque eu não queria parecer como a semi-virgem que sou. Ele está, sem dúvida, acostumado a mulheres com experiência sexual tão extensa quanto a dele, e não a gatas de vinte e seis anos que dormiram com dois namorados em toda a vida.

Suas sobrancelhas escuras franzem a testa, mas para meu alívio, ele não parece inclinado a rir de mim. Em vez disso, ele murmura "Não" e termina de colocar o preservativo. Ele se move sobre mim, me cobrindo com seu grande corpo. Enquadrando meu rosto com uma palma da mão, ele reivindica meus lábios em outro beijo profundo e demorado, e, ao mesmo tempo, seu joelho se cinge entre as minhas coxas, afastando-as. A cabeça larga de seu pênis roça na parte interna da minha coxa, e eu sinto a pressão brusca dele na minha entrada.

Puta merda, isso parece grande, mesmo no meu estado hiper-excitado.

Grande demais.

Eu arranco meus lábios dos dele. — Hum, Marcus...

Ele para imediatamente, a ponta do seu pênis a menos de um centímetro dentro de mim. Escorando-se em um cotovelo, ele pergunta asperamente: — Estou machucando você?

Eu engulo, encontrando seu olhar. — Um pouco.

Sua mandíbula se flexiona. — Você quer que eu pare?

— O quê? Ah, não. Apenas... vá devagar, ok?

Um intenso alívio brilha em seus olhos azuis. — Pode deixar — ele promete, e então, ele abaixa a cabeça e me beija novamente. Ao mesmo tempo, seus quadris começam a se mover para frente e para trás, trabalhando em mim um milímetro de cada vez. O alongamento ainda queima, mas estou tão excitada que não me importo com a leve ardência de dor – e a sensação da língua dele se misturando com a minha aumenta a suavidade que facilita seu caminho.

No começo, sou grata pelo ritmo lento, mas um minuto depois, quando ele ainda está na metade do caminho, eu estou pronta para, selvagemente, arranhar-lhe as costas.

Eu preciso dele em mim. Por inteiro. Agora.

Afundando meus dentes em seu lábio inferior, levanto meus quadris, absorvendo mais alguns centímetros – e minha respiração para em meus pulmões quando ele surge em mim com um gemido baixo, me penetrando todo o caminho.

Caralho. Isso é *grande.*

Eu devo ter dito em voz alta novamente porque ele congela em cima de mim e levanta a cabeça. — Eu te machuquei? — Sua voz está tensa, cada músculo em seu grande corpo tenso enquanto ele se mantém completamente imóvel. — Emma, Gatinha... me diga. Você quer que eu pare?

Eu consigo negar a cabeça levemente. — Não. Não pare. — Meus músculos internos estão tremulando em pânico, ainda tentando se acostumar com o tamanho avassalador dele, mas a recém-despertada ninfomaníaca em mim está exigindo mais.

Eu quero esse terceiro orgasmo, e eu quero agora.

Ele olha para mim, sua pele levemente bronzeada coberta por uma fina camada de suor, e sinto o momento exato em que seu autocontrole esvai. Com um rosnado baixo, ele sai e volta em mim, empurrando com tanta força que eu soluço. Mas ele não para desta vez. Com os olhos estreitos e o olhar fixo no meu, ele define um ritmo rígido e acelerado.

O fogo dentro de mim inflama cada vez mais, cada golpe de seu pau enorme me trazendo mais perto daquela borda deliciosa. Ofegante, eu afundo minhas unhas nele e sigo seu ritmo de entra e sai, a tensão erótica aumentando a níveis insuportáveis. Estou prestes a gozar, e parece diferente, mais intenso com ele dentro de mim. Meu coração bate violentamente, minha pele queima, e todos os meus músculos estão tão tensos que estou tremendo. É como se um trem estivesse vindo em minha direção, e não posso parar, não posso atrasar. Toda vez que ele se afunda dentro de mim, sua pélvis aperta meu clitóris inchado, e os gritos ofegantes rasgam minha garganta. É muito, muito intenso, mas eu quero mais.

— Goze comigo — ele ofega, seu rosto se contorce enquanto martela impiedosamente em mim, e a liberação me atinge com tanta força que eu grito. Meus músculos internos se agarram a ele enquanto o prazer explode em cada terminação nervosa do meu corpo, e eu sinto seu pênis sacudir e pulsar profundamente dentro de mim enquanto se aperta em mim, seus olhos fechados e sua cabeça jogada para trás com um gemido orgástico.

Os tremores secundários são como uma série de mini terremotos no meu corpo quando ele cai em cima de mim, daí, rola para o lado dele, me segurando ancorada contra ele em um abraço possessivo conforme seu pênis lentamente se desliga para fora de mim. O suor cola nossa pele junto, e nossa respiração irregular é audível na sala silenciosa enquanto um único pensamento circula em minha mente.

Estou tão fodida.

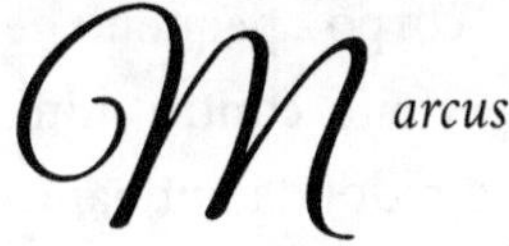

29

EU APERTO AINDA MAIS EMMA QUANDO ELA SE MOVE, tentando se afastar. Eu deveria deixá-la ir, poderia remover o preservativo e me limpar, mas não consigo fazer isso. Meu coração está bombeando como um motor a vapor sobrecarregado, e apesar do relaxamento induzido pelo orgasmo se espalhar através dos meus músculos, estou vibrando com um excesso de adrenalina.

Eu nunca, em toda a minha vida, experimentei algo assim – nunca me perdi em uma mulher tão completamente. A partir do momento em que ela agarrou meus ombros, fui impelido por um único impulso primitivo: entrar nela, reivindicá-la e torná-la minha. Eu esqueci tudo sobre os meus planos para uma sedução encenada, como eu ia usar o que o investigador descobriu para convencê-la a me dar outra chance.

Eu ia cortejá-la hoje à noite como um cavalheiro, mas ao invés disso, eu a ataquei com toda a sutileza de um condenado com fome de sexo, não recuando mesmo quando senti sua extrema tensão e sabia que estava machucando-a.

— Você está bem, Gatinha? — murmuro, puxando-a para mais perto até que ficamos em conchinha, com uma mão segurando seu seio e o outro braço estendido debaixo do pescoço dela. Seu corpo pequeno e exuberante parece tão certo, tão perfeito contra mim. Sua bunda é deliciosamente cheia e redonda enquanto esfrega contra a minha virilha, e o globo macio de seu peito enche minha palma como se fosse feito para isso.

Ela realmente me faz lembrar um gatinho doce, caloroso e afável.

— Estou bem. — Um rubor visível invade sobre o ombro nu dela, colorindo sua pele com um delicado tom de pêssego enquanto ela tenta fugir de novo, murmurando: — Eu deveria me lavar.

Desta vez, não tenho escolha a não ser deixá-la ir. Relutantemente, tiro o braço e ela se levanta e sai da cama, com todos os cachos ruivos e curvas pálidas caminhando para o banheiro. Eu também me sento e pego um lenço da caixa na mesa de cabeceira. Bem na hora também – o preservativo já está saindo de mim. Ao enrolar o lenço usado com o preservativo dentro, noto dois dos gatos – os menores – olhando para mim, seus olhos verdes acusatórios. Seu irmão maior não está, felizmente, em nenhum lugar para ser visto.

Talvez ele tenha se ofendido por eu ter tomado o seu lugar na cama?

— O que foi? — rosno para eles quando continuam olhando, então, percebo que estou falando com a merda dos gatos.

Levantando-me, fecho a calça e caminho até o banheiro, onde ouço um chuveiro ligado.

— Emma? — Eu bato. — Posso entrar?

Sem resposta.

Eu tomo isso como um sim e abro a porta. Como a maioria das pessoas que mora sozinha, ela não está acostumada a trancar a porta do banheiro.

No interior, o pequeno cômodo está cheio de vapor, o espelho todo embaçado. Através da cortina azul semi-transparente pendurada sobre sua banheira, vejo o contorno do corpo de Emma sob o esguicho d'água, e embora eu ainda esteja recuperando o fôlego do poderoso orgasmo que acabei de ter, meu pênis se contrai com interesse renovado.

Porra. Era para eu ficar melhor uma vez que a tivesse tomado.

Hesito, olhando para ela por um momento, retiro meus sapatos, minha calça e cueca. Pendurando as roupas sobre a barra de toalha, puxo a cortina para o lado. — Posso me juntar a você?

Ela congela no meio da lavagem do corpo em sua mão, seus olhos se contorcendo em choque. — O quê?

— Posso me juntar a você? — repito, minha voz

áspera enquanto mais sangue surge na minha virilha. Com os lindos caracois do cabelo presos frouxamente no alto da cabeça e a água escorrendo sobre a pele lisa e pálida, ela é a coisa mais foda que já vi. Estou acostumado com mulheres raspadas ou depiladas, mas ela está bem aparada, e o pequeno pedaço de pelo brilhante entre suas pernas atrai meus olhos como um farol.

Uma ruiva natural – não que eu tenha duvidado disso.

Sua pele deliciosa fica bonita quando percebe onde estou olhando. — Hum... Sim. — Ela parece sufocada, e quando olho para cima, vejo-a olhando para o meu pênis endurecendo rapidamente. — Você pode... entrar se quiser.

Ah, eu quero. Ao entrar na banheira, puxo a cortina para fechar, inclino o chuveiro para que o jato não esteja tão forte e pego o frasco de sabonete de seus dedos nervosos. — Aqui, permita-me.

Ela pisca para mim, sem entender.

— Eu quero te lavar — explico, colocando o líquido na minha mão antes de colocar a embalagem no canto da banheira. — Vire-se.

Ela obedece, e eu espalho a espuma sobre os ombros pálidos, depois, passo minhas mãos sobre a pele macia de suas costas, meu ritmo cardíaco acelerando com crescente excitação. Ela tem as covinhas mais sensuais na base da espinha, onde sua cintura fina segue em uma bunda deliciosa. Minhas mãos deslizam para baixo para lavar aqueles globos suaves e curvos, e não consigo me impedir de apertá-los possessivamente.

Minha.

Esta bundinha doce agora é minha, assim como todas as outras partes deliciosas dela.

É um pensamento totalmente atávico – transar com uma mulher não significa que você a possua – mas eu não posso controlar isso. É uma convicção que vai até o osso.

Emma agora é minha. Eu fiz uma reivindicação sobre ela e não vou recuar.

A banheira em que estamos é apertada, especialmente para alguém do meu tamanho, mas eu consigo me ajoelhar atrás dela enquanto coloco o sabão nas suas pernas, meu pau endurecendo ainda mais quando os músculos da panturrilha se flexionam ao meu toque. Aquela deliciosa bunda dela está agora mais perto do nível dos meus olhos, e minha boca se enche de desejo de morder aquela carne cremosa e flexível, para afundar meus dentes nela como se fosse uma maçã.

— Vire-se. — Minha voz está tão rouca de luxúria que mal a reconheço. Eu não entendo o que está acontecendo comigo, porque eu estou sentindo essa enorme necessidade de marcá-la, de marcá-la como minha. Eu nunca tive a menor vontade de machucar uma mulher, mas algo sombrio em mim – algo que eu não sabia que estava lá – gosta da idéia de estragar sua pele pálida, de ver sinais da minha posse em sua pele macia.

Suprimindo a inclinação bizarramente sádica, espero que ela se vire e, quando o faz, aperto seus quadris e a puxo para mim. Mesmo com minhas pernas dobradas, sou muito alto – ou ela é muito pequena – para eu alcançar meu objetivo. Então, levanto a perna dela, até que ela esteja equilibrada na ponta dos pés, segurando a parede de azulejos para apoio, e me inclino para trás até que sua boceta esteja bem em cima do meu rosto.

Seus olhos cinzentos estão arregalados quando olha para mim. — O que você está...— ela começa, mas eu já estou mergulhando no meu banquete, lambendo suas dobras cor-de-rosa como se eu não tivesse o suficiente. E não tenho. É como se o sabor dela houvesse sido criado especificamente para mim. Preciso prová-la, sentir sua carne macia e escorregadia sob a minha língua.

Ela grita, sua perna enrijece quando chego ao seu clitóris, e eu gosto de sua excitação enquanto mais umidade corre para cobrir sua entrada.

Ela me quer.

Porra, sim, ela me quer.

Esquecendo toda restrição, eu como sua boceta, estimulado pelos gritos eróticos e gemidos que emanam de sua garganta. Ela é tão doce quanto eu imaginava, sua carne macia e sedosa sob a minha língua. Seu clitóris está inchado de meus cuidados anteriores, e eu chupo, sentindo sua coxa tremer com cada puxão dos meus lábios. Um líquido mais delicioso reveste minha língua, e uso minha mão livre para penetrá-la com dois dedos, pressionando as pontas dos dedos contra o ponto G esponjoso em sua parede interna.

Seus gritos aumentam, todo o seu corpo tremendo agora, e sinto o momento preciso em que isso acontece. Seus músculos apertam meus dedos e um violento tremor passa por ela. Eu relaxo com o chupar em favor de lambê-la suavemente enquanto ela estremece com os tremores secundários, eu retiro meus dedos, abro a perna e volto para uma posição ajoelhada na frente dela.

Ela balança um pouco, como que fraca de seu orgasmo, e eu aperto seus quadris para firmá-la quando me levanto, girando para que ela esteja de volta sob o chuveiro. O gosto dela está em meus lábios, e meu pau está tão duro que dói. Mas eu não tenho camisinha à mão, e ela pode estar dolorida de nossa primeira transa, daí, eu me forço a soltá-la e envolvo meus dedos em volta do meu pau.

Com ela me observando aturdida, eu bombeio meu punho para cima e para baixo, deixando meus olhos vagarem por seu corpo curvilíneo.

É preciso apenas alguns golpes rápidos para eu gozar, marcando sua coxa pálida com grossas linhas brancas de meu sêmen.

$\mathcal{E}$*mma*

Minha mente ainda está grogue, meus pensamentos emaranhados de endorfinas pós-sexo enquanto olho para minhas pernas, onde o sêmen de Marcus está escorrendo lentamente pela frente da minha coxa esquerda, misturando-se com a água que me banha. Sinto que de alguma forma encenei um filme pornô – um filme particularmente longo e envolvente, com o ator mais gostoso que já vi.

Marcus gozou em mim.

Na minha perna.

Enquanto eu o observava.

Foi tão sujo – e incrivelmente erótico. Assim como os sonhos eróticos que tenho tido, só que melhor, porque esse foi o meu quarto orgasmo. *Quarto.* Eu nunca gozei quatro vezes seguidas, nem mesmo com o meu vibrador. E eu estava certa sobre sua língua ser loucamente habilidosa. *Deus, como é habilidosa.* A maneira como ele atacou meu clitoris...

— Você está bem? — Ele murmura, e eu pisco, corando quando olho para cima.

— O quê?

— Você está bem? — Ele repete, arqueando as sobrancelhas grossas, e percebo que estou completamente zonza, de pé ali como se estivesse sozinha no chuveiro.

Assim é um desses meus sonhos pervertidos, em vez de um encontro sexual real com o homem que eu ia despachar tão logo ele aparecesse à minha porta.

— Os livros — deixo escapar, minha mente finalmente se prendendo a algo diferente do fato de que eu tenho o sêmen dele em mim.

Que ele estava em mim, tão profundo que ainda me sinto sensível por sua posse.

— O que tem eles? — Ele soa divertido enquanto pega o sabonete novamente e coloca um pouco na palma da mão, e começa a se ensaboar, seus movimentos tão casuais quanto os de um atleta em um vestiário.

— Eu não posso... — Eu engulo, meus olhos caindo para seu sexo amolecido enquanto ele se lava completamente. Mesmo assim, ele é de tamanho impressionante, maior do que qualquer um dos meus dois ex. Com esforço, eu me forço a olhar para cima. — Não posso aceitá-los.

Sua expressão endurece. — Por que não? Você gosta de livros, não gosta?

— Claro. Mas essas são as primeiras edições. Eles devem custar mais do que o meu apartamento. E o cachecol – não posso aceitar também. É muito.

Pronto, falei. Sinto-me bizarramente orgulhosa de mim mesma – pelo menos até ele se aproximar, ficando debaixo da água comigo, e lembro-me o que ia falar a ele *antes* que algo desse tipo acontecesse.

O ponto principal era afastá-lo para que eu não cedesse a essa atração perigosa.

Ele deve estar pensando a mesma coisa porque um canto de sua boca se curva sarcasticamente enquanto ele inclina o chuveiro para que a água o atinja mais diretamente. — Eles são presentes, Gatinha. Você está familiarizado com o conceito, certo?

Ele está tão perto agora que meus mamilos estão roçando nos pelos ásperos de seu peito, e minha respiração suspende quando ele se abaixa com aquele toque casualmente inquietante e retira o resto de seu sêmen da minha coxa, levemente roçando meu sexo no processo.

— Pronto — diz ele com voz rouca. — Tudo limpo agora.

Virando-se, ele rapidamente lava a espuma restante de seu corpo e sai do chuveiro, deixando-me ficar sob o jato, recolhendo o resto da minha compostura.

EU MEIO QUE ESPERO QUE MARCUS TENHA IDO EMBORA quando saio do banheiro – afinal, ele conseguiu o que queria – mas ele está lá, sentado na minha cama em seu traje de negócios, parecendo que nada aconteceu.

Isto é, se alguém ignorar o calor possessivo em seus frios olhos azuis enquanto eles viajam sobre meu curto robe cor-de-rosa e as pernas nuas debaixo dele.

Caralho. Ele quer mais sexo?

Comigo?

Isso vai se transformar em algo agora?

Eu paro no meu armário, olhando-o incerta enquanto o Sr. Puffs mia do seu poleiro na prateleira de cima. — Então — eu começo, ignorando o gato —, sobre o...

— Eu disse a Wilson para atrasar nossa reserva em uma hora. — Marcus se levanta, sua figura alta e grande fazendo meu estúdio parecer ainda menor. — Chegaremos a tempo se você não demorar muito para se vestir.

Eu fico boquiaberta. — Você ainda quer sair para jantar?

Ele franze a testa. — Por que eu não faria isso?

Porque você acabou de me foder de todas as formas possíveis sem precisar me levar a lugar algum, eu quero dizer, mas engulo as palavras a tempo. — Sem motivo — eu murmuro, pegando uma calcinha limpa do armário antes de fazer o meu caminho até a mesa, onde o jeans, suéter e sutiã que eu estava usando estão dobrados, com Rainha Elizabeth e Cottonball em cima deles.

Marcus deve ter pegado minhas roupas do chão ou

da cama – ou onde quer que elas tenham acabado quando ele as tirou de mim.

Por toda lógica, eu deveria me recusar a ir jantar com ele. Tão ardente quanto o sexo foi, isso não muda nossa incompatibilidade – nem o fato de que ele já conheceu a mulher com quem poderia se casar. Por enquanto, eu ainda posso cortar o mal pela raiz, acabar com a loucura antes de me machucar gravemente. Essa seria a coisa racional a fazer, a mais inteligente, mas eu já sei que não vou fazer isso.

Eu quero mais de Marcus.

Eu quero que a loucura continue.

— Dê-me um segundo — digo sem fôlego, e enxotando os gatos da minha mesa, pego minhas roupas e corro de volta para o banheiro para me vestir.

arcus

TODOS OS TRÊS GATOS DELA PARECEM DESCONTENTES que ela está saindo comigo, com o grande miando alto enquanto eu conduzo Emma para fora do apartamento, minha palma descansando em suas costas.

No local preciso onde ela tem aquelas covinhas sedutoras.

Porra, essas pequenas marcas são sexies – assim como tudo nela. Eu estava errado em pensar que tê-la algumas vezes acabaria com esse desejo. Se fez alguma coisa, é mais forte agora, quando a realidade superou a minha imaginação. Pegue aquelas covinhas sensuais na base de sua coluna, por exemplo – eu nunca fantasiei sobre elas, e agora, mal posso esperar para olhar para elas enquanto eu a tomo por trás... fodendo sua boceta e sua bunda gostosa.

Para meu choque, meu pau se agita novamente, e me forço a me concentrar em algo diferente das coisas imundas que eu quero fazer com ela.

Como alimentá-la com comida grega decente.

Isso está definitivamente no topo da minha lista de atividades não imundas.

— Você os alimentou, certo? — pergunto enquanto a levo para o banco de trás do carro. — Eles vão ficar bem esta noite?

Ela pisca quando eu entro ao lado dela e levanto a divisória entre nós e Wilson. — Os gatos? Sim, eu os alimentei assim que cheguei em casa.

Bom. Isso significa que ela não poderá usar isso como desculpa para não ir para minha casa depois do jantar. Porque eu não terminei com ela – nem de longe.

— Então, sobre esses livros — ela começa novamente quando o nosso carro entra no tráfego. — Falei sério antes... não posso aceitá-los. Eles também são...

— Eles são um presente, Emma, assim como as flores e o cachecol. — mantenho meu tom suave, mas inflexível. Os livros realmente valem mais do que o apartamento dela, mas não tenho intenção de levá-los de volta. Tendo visto o relatório do investigador, eu entendo o que está por trás de sua feroz autoconfiança, e sua reação aos presentes caros é exatamente o que eu pensava que seria.

Eu suspeitava que ela me veria apenas para devolver os presentes, e eu estava certo.

— Mas onde você conseguiu esses livros? — Ela pergunta, franzindo a testa. — E como você sabia que essas são minhas histórias favoritas?

Dou de ombros. — Você mencionou isso nas mídias sociais em algum momento. — Na verdade, era parte de seu ensaio de admissão na faculdade, que o investigador encontrou quando invadiu os registros da faculdade. Eu li e reli várias vezes nos últimos dois dias, junto com os contos que ela compôs para a aula de Escrita Criativa.

Acontece que Emma não é apenas uma excelente editora, mas também uma escritora brilhante. Suas palavras fluem de tal maneira que as frases mais simples se tornam atraentes, o próprio ritmo de sua escrita contando sua própria história. No entanto, é o conteúdo de suas histórias – e o ensaio de admissão – que me mantiveram colado às páginas.

Há muito mais do que aparenta em minha ruivinha, tanta escuridão em seu passado que eu não teria adivinhado. Se eu era fascinado por ela antes, estou duplamente agora que tive um vislumbre de sua mente. Um par de noites para saciar minha luxúria não será suficiente, eu vejo isso agora.

Ainda não processei o que isso significa, mas não posso mais negar isso.

Minha obsessão por Emma Walsh não é mais sexual.

— Você me perseguiu nas redes sociais? — Ela parece chocada.

Eu faço uma nota mental para nunca mencionar o investigador na frente dela. — Claro. Não é para isso que servem? Para que mais você coloca sua vida lá para todo mundo ver?

— É para meus amigos verem, não estranhos. — Ela morde o lábio. — Isto é ruim. Preciso rever minhas configurações de privacidade.

— Essa é uma boa ideia — digo, e estou falando sério. Embora não a mantenha segura de mim, perseguidores medíocres – ou repórteres intrometidos que podem vir a farejá-la como resultado de nosso relacionamento – não poderão acessar seu perfil com tanta facilidade.

Ela olha pela janela, ainda mastigando o lábio inferior, depois se vira para olhar de novo para mim. — Foi assim que soube do cachecol? Através das minhas redes sociais? Porque eu não me lembro de mencionar isso on-line, nunca.

Eu dou-lhe um sorriso plácido. — Você pode querer verificar as configurações de privacidade em sua lista de desejos da *Amazon*.

Ela geme e cobre o rosto com as palmas das mãos. — Deus, você *é* mesmo um stalker.

Você não faz ideia. Sei uma coisa sobre mim mesmo – que sou mais implacável, mais determinado do que a maioria – mas até conhecê-la, toda a minha energia era direcionada à minha carreira. Para ter sucesso, fiz coisas que outras pessoas poderiam ter recusado, e não tenho arrependimentos. Eu sempre fui desse jeito, impulsivo e impiedoso, e se não fosse pelo meu professor de segunda série, Sr. Bond, encorajando minha aptidão para a matemática, eu poderia ter escolhido construir minha fortuna no submundo do crime em vez de Wall Street.

Teria sido um caminho mais lógico para a riqueza numa criança como eu.

De qualquer maneira, quero Emma do jeito que uma vez quis meu primeiro bilhão: com uma intensidade obstinada que não fique nada em meu caminho. Fico feliz que ela tenha me mandado uma mensagem, me dando essa abertura – porque eu não teria sido capaz de ficar longe dela por muito mais tempo.

— O que posso dizer? Sou um homem que vai atrás do que quer — digo levemente, como se isso fosse uma piada. Mas pelo olhar que Emma me dá quando abaixa as mãos, sei que ela está levando a sério minhas palavras.

Garota esperta.

— Por que eu? — Ela exige sem rodeios. — Por que você não vai atrás dessa Emmeline? Ela não é como a mulher dos seus sonhos?

— Não no momento. — Não gastei um único pensamento em Emmeline nos últimos dois dias – nem na semana passada, penso. Ainda teremos nosso encontro quando ela vier a Nova York em sua viagem de negócios, mas não tenho qualquer entusiasmo com o pensamento.

Na verdade, a idéia de sair para jantar com Emmeline parece uma obrigação desagradável.

— Então você não a viu desde a primeira noite que nos conhecemos? — Emma pergunta, seus olhos cinza focados atentamente no meu rosto, e eu nego com minha cabeça.

— Não. Não vi. — E não verei, percebo com uma pressão peculiar no meu peito – não enquanto essa obsessão por Emma continuar. Não só não tenho a menor inclinação para fazê-lo, mas também não seria justo para nenhuma das mulheres.

Emma e eu podemos ter começado a namorar agora, mas eu destruiria qualquer homem que se aproximasse dela – o que significa que, enquanto durar o que quer que exista entre nós, eu não posso ver ninguém mais.

Hipócrita é uma coisa que eu não sou.

A expressão tensa de Emma alivia, mas depois seus olhos se estreitam. — E as outras mulheres? Sua casamenteira te apresentou a mais alguém?

Se eu fosse Ashton ou a maioria dos outros caras que conheço, poderia ter recusado a pergunta – porque soa muito como uma demanda por exclusividade, um passo sério muito cedo no relacionamento. Mas dado o que acabei de decidir, respondo calmamente: — Não. Não há mais ninguém.

— Oh — Ela olha para mim. — Está bem então.

— E você? — Eu pergunto, embora já saiba a resposta. — Está se encontrando com o cara que trocou mensagens na outra noite?

Um adorável rubor cobre suas bochechas sardentas.
— Hum, não. Isso é... Eu poderia ter mentido sobre
isso.

Eu sabia disso, é claro – seu status de namoro foi a
primeira coisa que meu investigador verificou –, mas
estou gostando muito do desconforto dela para deixar
passar. — Você quer dizer que quis me mandar uma
mensagem às três da manhã?

Ela olha para mim. — Foi um erro, tudo bem? Eu
estava conversando com meu gato e meu dedo
pressionou "enviar" acidentalmente. Eu não quis fazer
isso.

— Entendo — pego a mão dela. Brincando com seus
dedos delicados, pergunto: — Seu gato escolheu o meu
número e digitou aquele 'ei'?

Uma cor mais deliciosa invade seu rosto e sua mão
se enrola em um pequeno punho em meu aperto. —
Talvez. Não tenho certeza do que aconteceu. Apenas
deixe estar, ok?

Um sorriso sombrio alcança meus lábios. — Você
gostaria disso, não é? Que tal eu contar o que
aconteceu? — Inclino-me, minha voz se
aprofundando enquanto murmuro: — Lá estava você,
no meio da noite, sozinha em sua cama e incapaz de
dormir. Talvez você tenha lido uma história sexy à
noite... ou talvez, apenas talvez, você teve um sonho.
— Sua mão se contorce ao meu alcance e meu sorriso
se torna mais perverso. — Ah, sim, foi um sonho. Eu
estava nele, Gatinha? O que eu estava fazendo com
você? Te fodendo? Lambendo sua boceta doce?

Dedilhando seu pequeno rabo apertado? Ou talvez tudo isso?

Enquanto eu falo, a cor dela aumenta ainda mais, e um pulso visível aparece em seu pescoço. — Quieto — ela sussurra, seus olhos correndo para a divisória que nos separa de Wilson. — Ele vai ouvir você.

— Então, me diga se estou certo. — trago a mão dela para a minha boca e deslizo os nós dos dedos para trás e para frente em meus lábios. — Era eu com quem você estava sonhando naquela noite? Era eu...

— Sim! — Ela agora está toda corada, sua respiração rápida e desigual quando puxa a mão para longe. — Você está certo. OK? Você está certo. Feliz agora?

Caralho. Ouvi-la admitir isso é como ter o Viagra injetado diretamente no meu pau. Estou tão duro, é como se eu não tivesse feito sexo em anos, em vez de meros minutos.

Se não fosse pelo fato de que eu prometi o jantar a Emma, eu diria a Wilson para nos levar para a minha cobertura, então, eu poderia ir direto para a minha sobremesa.

— Sim — digo com voz rouca quando consigo falar de novo. — Muito feliz.

E quando ela se vira para olhar pela janela, suas bochechas vermelhas, eu respiro fundo, tentando esfriar o fogo no meu sangue.

32

Emma

— OH, MEU DEUS, ISSO É TÃO BOM — GEMO EM TORNO de uma boca cheia de queijo que estava pegando fogo alguns momentos atrás. Eu nunca experimentei *halloumi* antes, e eu estava seriamente perdendo. Não só foi divertido ver o garçom atear fogo ao bloco de queijo quando o trouxe, mas o resultado é delicioso – rico, salgado, um pouco crocante por fora e derretido por dentro.

Provavelmente um milhão de calorias em cada mordida, mas vale a pena.

— É uma das minhas coisas favoritas aqui — Marcus diz com a voz rouca, seus olhos azuis fixos no meu rosto, e uma nova onda de cor me toma quando percebo que minha reação quase orgástica à comida o está excitando novamente.

O homem é um viciado em sexo, claramente – e eu também, quando estou perto dele.

Ainda assim, depois que ele conseguiu essa confissão embaraçosa de mim, nós, de alguma forma, conseguimos uma conversa normal pelo resto do caminho, comigo balbuciando sobre o meu trabalho na livraria e Marcus ouvindo atentamente. Eu não sei se ele estava realmente interessado ou meramente sendo gentil, mas não posso negar que foi bom ter sua atenção total. E ainda mantenho-a – apesar de pelo menos duas mulheres neste lugar fazerem o possível para que ele as note.

Eu não tenho ideia se elas sabem quem ele é ou se estão apenas atraídas por sua boa aparência, mas, de qualquer forma, eu não gosto disso.

Para seu crédito, Marcus parece alheio à sua existência, mesmo quando a supermodelo loira propositalmente deixa cair sua bolsa na frente de sua cadeira, para que ela possa se curvar e mostrar sua bunda pequena e tonificada em seu vestido minúsculo. Eu fico boquiaberta com ela, atordoada por sua audácia, mas Marcus sequer a observa. Ele também não olha para a linda morena a duas mesas, que já desfilou na frente de nossa mesa duas vezes, sacudindo suas longas e lisas mechas por cima do ombro a cada vez e sorrindo para Marcus como se ele fosse Thor reencarnado.

— Você vem muito aqui? — pergunto, sufocando a

vontade de fazer tropeçar a morena quando ela anda pela nossa mesa mais uma vez, balançando seus quadris estreitos como se ela estivesse em uma passarela. — Neste restaurante, quero dizer.

Ele acena a cabeça, cortando sua própria porção do halloumi. — Fica apenas a alguns quarteirões da minha casa, então, venho aqui pelo menos uma vez por mês.

Isso explica tudo. Aposto que as duas descobriram que um bilionário frequenta este restaurante, e estão aqui especificamente para conhecê-lo. Talvez até tenham subornado um garçom para saber mais sobre a reserva de Marcus.

Por que mais a loira estaria sentada à uma mesa sozinha? As mulheres, especialmente mulheres lindas, não vão a restaurantes agradáveis por conta própria. A morena, pelo menos, parece estar com uma amiga – que, ao pensar nisso, está me encarando como se quisesse pedir ao garçom para me incendiar.

Eu olho para longe, a última mordida de queijo se tornando amarga na minha boca quando percebo que ela provavelmente acha que eu sou como sua amiga – uma interesseira.

Ata, eta, ita, ota, uta, sua mãe é uma puta!

Eu pego meu copo d'água com uma mão instável, a provocação infantil soando em meus ouvidos como se tivesse passado minutos em vez de anos desde que ouvi.

— Emma. — Uma palma grande e quente cobre minha mão livre. — Você está bem?

Eu aceno e forço um sorriso em meu rosto. — Sim, claro. Por que não estaria?

— Talvez porque você de repente parece como se alguém cuspiu no seu prato — Marcus diz secamente, retirando a mão.

— Não, eu só... — Eu tomo um gole d'água e solto o copo. — As pessoas aqui sabem quem você é, não?

— Ah. — Seu olhar se abre, como se estivesse resolvendo um mistério. — Sim, eles sabem – pelo menos o dono e a equipe. É isso que está incomodando você? Está preocupada que alguns deles possam pensar que você está comigo pelo meu dinheiro?

Eu recuo instintivamente. Marcus é assustadoramente perceptivo, ou meus problemas são mais óbvios do que eu pensava. A menos que... — Você acha que estou com você pelo seu dinheiro? — Eu digo, horrorizada. — Porque eu juro a você, não é isso que...

— Não, claro que não. — Sua mandíbula se aperta. — Não acho nada disso.

— Ah, tudo bem. — mordo meu lábio, estudando sua expressão fechada. — Você tem certeza? Porque entendo por que você se preocuparia, e posso garantir que nunca...

— Eu sei, Gatinha. — Seu rosto duro suavizando, ele se aproxima, do outro lado da mesa, para cobrir a minha mão novamente. — Eu sei que você nunca me usaria assim.

Me usaria.

Olho para ele, o ar em meus pulmões espesso até parecer que estou sugando água.

Aproveitadora.   Piranha.   Sociopata.   Cadela manipuladora.

— Como você sabe? — Minha voz soa tão embargada quanto me sinto, todos os xingamentos lançados contra a minha mãe brincando em minha mente em ondas. — O que te faz tão certo?

— Você. — Seu olhar é firme no meu rosto enquanto seu polegar esfrega um círculo no interior do meu pulso. — Do jeito que você é.

— Mas você realmente não me conhece. Acabamos de nos conhecer e...

— Eu sei o suficiente.

Eu olho para ele, a pressão nos meus pulmões se intensificando. Sua confiança é ao mesmo tempo comovente e esmagadora. Porque ele não sabe – não de verdade. Se ele soubesse toda a verdade, ele não seria tão rápido em ignorar essa possibilidade.

Eu certamente não ignoraria no lugar dele.

Tremendo, eu retiro minha mão do seu aperto. — Minha mãe... Ela era uma aproveitadora — eu digo, forçando as palavras além do aperto na minha garganta. Não sei por que me sinto compelida a dizer isso a ele, mas o faço.

Se ele for embora, quero que seja agora, antes que eu possa cair mais fundo sob seu feitiço.

Seu olhar se torna inescrutável. — O que você quer dizer com isso?

— Quero dizer que ela usava pessoas – todas as pessoas, mas especialmente homens que estavam interessados nela. — Eu engulo o nó crescente na minha garganta. — Uma vez, quando eu tinha nove anos, ela dormiu com meu professor de ciências para que ele não me desse uma nota ruim em um teste. E antes que você pergunte, não, ela realmente não se importava com minhas notas. Ela só queria mostrar um boletim escolar decente para seus pais – meus avós – para que parassem de acusá-la de me negligenciar enquanto ela festejava por toda a cidade, arrastando-me da casa de um namorado para outro sempre que ficava entediada.

A expressão de Marcus não muda, então, continuo decidida a fazê-lo entender. — Eles disseram que ela tinha um transtorno de personalidade anti-social, carecia de empatia e tudo isso. Uma sociopata, mas não particularmente inteligente, sabe? Porque os espertos avançam muito na vida, e ela não – embora ela não tenha se detido por nada, como moral e ética. A única pessoa com quem ela se importava era ela mesma, e ela fazia o que fosse necessário para conseguir o que queria – mentir, trapacear, roubar... e sempre, sempre usando pessoas.

— Você incluída? — Ele pergunta baixinho, e dou de ombros, embora minha garganta fique ainda mais apertada.

— Acho que sim, embora fosse jovem demais para ser de muita utilidade para ela. Ela gostava de me vestir e me exibir na frente de seus namorados – meio que como um animal de estimação. Mas, na maioria das vezes, ela me ignorava, mas esse não é o ponto. —

Respiro fundo. — Olha, Marcus, a razão pela qual eu estou dizendo isso é...

— Você não é como ela. — Seu olhar me perfura. — Está me ouvindo? Você não é nada como ela.

Eu olho para ele, assustada com a intensidade em sua voz. — Eu sei, mas...

— Você não é nada parecida com sua mãe — ele repete em um tom mais suave, e algo dentro de mim – um nó frio que eu nunca soube que estava lá – começa a derreter, um sentimento calmante invadindo.

— Obrigada — digo com voz embargada, e então, tenho que desviar o olhar quando nosso garçom vem, trazendo o prato principal.

Eu não quero que ele ou Marcus vejam o brilho das lágrimas nos meus olhos.

33

Marcus

Culpa, forte e desconhecida, saboreio cada mordida do branzino amanteigado que é o meu prato principal. Emma pediu uma salada grega, e meu peito dói quando a vejo comer, sua atitude incomumente subjugada.

Ela se abriu para mim.

Ela me contou sobre seu doloroso segredo – e tudo o que pude fazer foi deixá-la continuar, como se eu estivesse ouvindo pela primeira vez.

Como se eu já não soubesse de toda feiura.

Ela não me contou tudo, é claro – como o fato de a mãe dela ter sido presa por prostituição, ou que ela morreu em um acidente de carro enquanto era perseguida por um amante cuja conta bancária esvaziara mais cedo naquele dia. Mas o que ela me disse foi o suficiente.

O suficiente para saber que seu medo de ser como sua mãe – o medo que ela falou em seu trabalho da faculdade – ainda esteja lá, tanto uma parte dela quanto o cabelo ruivo e a pele levemente sardenta.

E eu, idiota que sou, usei esse medo contra ela, enviando-lhe presentes caros para que ela não tivesse escolha a não ser me ver pessoalmente.

De certo modo, sou como a mãe dela, disposto a fazer o que for preciso para conseguir o que quero.

— Eu sinto muito — digo baixinho quando ela continua a comer sem falar. — Emma, Gatinha, sinto muito por você ter passado por tudo isso.

Meu celular vibra no meu bolso, mas eu o ignoro. O trabalho pode esperar.

Ela olha para cima do seu prato, piscando. — Quê? Oh, não, tudo bem. Minha mãe não foi abusiva nem nada, e em todo caso, ela morreu em um acidente quando eu tinha onze anos, e meus avós me criaram a partir daquele momento. Eu estava apenas contando tudo isso para o caso, você sabe... — Ela para, uma cor bonita se espalhando por sua pele clara.

— No caso de ficarmos sérios?

Seu rubor se aprofunda. — Eu não estava...

— Tudo bem. — Porra, é mais do que bem. Eu gosto da ideia. Amo, na verdade.

Para minha surpresa, percebo que *quero* que ela pense em ficarmos sério, nos imagine juntos no futuro... Porque eu mesmo já estou fazendo isso.

Empurrando o pensamento inquietante, concentro-me no tópico em questão. — Emma, me escute — digo quando ela recomeça a comer. — Eu não dou a mínima para a sua mãe. Bem, eu dou... Adoraria voltar no tempo e ter tirado você dela muito antes de você ter onze anos, mas eu não me importo com o tipo de mulher que te deu à luz. Isso não determina quem você é, não muda minha opinião sobre você de qualquer maneira.

Ela pousa o garfo, seus lábios se curvando em um leve sorriso. — Você não acha que o sangue fala alto?

— Não, eu não acho. — Como eu poderia, com pais como os meus? Hesito por um momento e depois digo sem rodeios: — Meu pai foi morto na prisão quando eu tinha dois anos – ele estava lá por assalto à mão armada e agressão – e minha mãe era alcoólatra. Não o tipo funcional – do completo, vinte e quatro por sete bêbada. Ela morreu de insuficiência hepática quando eu tinha dezoito anos.

Eu não contei a ninguém isso em décadas; na verdade, eu me esforcei bastante para apagar meu passado da mídia assim que tive recursos para isso. A única coisa que meus amigos e conhecidos atuais sabem sobre minha infância é que fui criado em Staten Island por uma mãe solteira, que faleceu de uma doença hepática rara.

Sem feiura, sem drama, apenas a educação medíocre de classe média baixa.

Por alguma razão, porém, quero que Emma saiba tudo – para entender com que tipo de homem ela está lidando. Porque se há algum fundo de verdade para todo o negócio do "sangue fala", o meu é muito mais manchado do que o dela.

Seus olhos se arregalam com as minhas revelações, mas para meu alívio, ela não parece nem repugnada nem enojada. — Sinto muito — ela diz baixinho, estendendo a mão sobre o meu braço. — Isso deve ter sido tão difícil para você, crescer dessa maneira. Você teve alguém a quem pudesse pedir ajuda? Avós? Outros membros da família?

Há uma simpatia genuína em sua voz, e sei que ela, entre todas as pessoas, entende como é crescer basicamente sozinho, cuidar de si mesmo desde cedo.

Saber que sua mãe, a pessoa que deveria ter seus melhores interesses no coração, não é confiável.

— Nenhum dos meus pais veio de uma família unida, mas eu tive muito apoio na escola — respondo, imaginando que ela também deveria saber tudo. — Meu professor da segunda série, Sr. Bond, foi particularmente instrumental em me guiar pela escola primária e além. Foi graças a ele que escolhi me concentrar em meus estudos, em vez de fazer dinheiro rápido nas ruas.

— Oh?

Eu sorrio com a curiosidade em seu olhar. — O dinheiro era pouco, como você pode imaginar, então, quando eu tinha oito anos, fazia o que fosse necessário para colocar comida na mesa - fazendo pequenos trabalhos para as gangues locais, vendendo maconha nas ruas, roubando material escolar. Nesse ultimo, fui pego e quase expulso. O Sr. Bond entrou no último momento, atestando por mim, então, ele me sentou e me contou sobre algumas maneiras legítimas de ganhar dinheiro – começando com a orientação de crianças cujas habilidades matemáticas não eram tão boas quanto as minhas. Ele também me deu várias edições da revista *Forbes* e me contou tudo sobre as pessoas ricas na capa, sobre como elas chegaram lá e como eu poderia chegar lá também.

Um sorriso suave curva seus lábios. — E você chegou, não?

— Eu cheguei — Eu não tento esconder a satisfação em minha voz. — Eles escreveram uma reportagem sobre mim pouco depois de eu ter feito meu primeiro bilhão.

— Uau. — Seu sorriso se alarga, revelando as covinhas fofas. — Sr. Bond deve estar tão orgulhoso de você. Você ainda mantém contato com ele?

— Mantive. Infelizmente, ele faleceu há alguns anos. Câncer de pâncreas — explico, minha garganta se contraindo.

Fiz tudo o que estava ao meu alcance para ajudá-lo, mas nem os médicos mais famosos mundialmente que contratei nem os tratamentos experimentais pelos quais paguei puderam deter a doença mortal.

Foi a maior impotência que senti quando adulto.

O sorriso de Emma desaparece. — Eu sinto muito. Deve ter sido uma perda terrível para você.

— Obrigado — digo de maneira contida. — Ele era um bom homem.

Meu único consolo é que seus filhos e netos nunca terão que lutar financeiramente, graças ao fundo de setenta milhões de dólares que estabeleci em seu nome, justificando aos advogados que foi uma loteria que ele ganhou pouco antes de sua morte.

O garçom vem para limpar nossos pratos e trazer o cardápio de sobremesas, e eu uso a distração para afastar o luto prolongado. Nunca falei sobre isso com ninguém, mas de alguma forma, parecia certo confiar em Emma, fazê-la conhecer o meu verdadeiro eu, não a máscara polida que mostro ao mundo.

O garçom sai e Emma olha para o cardápio de sobremesas por um segundo antes de colocá-lo de lado.

Eu sorrio ironicamente. — Deixe-me adivinhar. Não está com fome? — Agora que eu sei que ela está tentando manter a parte da conta no mínimo, posso prever o que ela fará, e não será o pedido.

— Na verdade, jantei – bem, a metade – antes de receber seu último presente — diz ela. — Falando nisso…

— Se você não se importa, vou pedir a baklava — digo, como se não a tivesse ouvido. Ela vai tentar recusar os livros novamente, e não vou deixar isso acontecer. — É incrível o daqui, o melhor que já comi.

Ela pisca. — Claro, vá em frente.

Eu sorrio mais amplamente e chamo pelo garçom. — A baklava, por favor — digo a ele quando ele se apressa. — E traga dois pratos. Vamos compartilhar.

— Oh, eu não vou... — Emma começa, mas eu levanto minha mão enquanto o garçom se afasta.

— É justo. Eu compartilhei seu sorvete, então, devo a você pelo menos uma mordida da minha sobremesa — digo com total seriedade.

— Mas...

— Sem desculpas. E vou pagar a sobremesa na minha parte da conta. Você não é a única que acredita em justiça.

— Oh. — Seus pequenos dentes brancos encontram seu lábio inferior. — Ok, então, acho que posso experimentar.

Escondo um sorriso satisfeito. Isso pode ser uma coisa pequena, fazer com que ela compartilhe minha sobremesa, mas é um passo na direção certa. Em pouco tempo, pretendo pagar por todas as nossas refeições, além de qualquer outra coisa que ela possa querer ou precisar.

Primeiro, porém, tenho que curá-la de seu medo de ser como sua mãe, uma mordida de baklava de cada vez.

O garçom volta, trazendo a sobremesa. Antes que ela possa dizer qualquer coisa, corto um pedaço e o coloco no prato dela. — Experimente — peço, empurrando o prato em sua direção, e ela leva o garfo com massa em camadas de mel na boca.

Não obtenho a reação orgástica que o halloumi teve, mas meu pau ainda endurece quando ela mastiga e engole com uma expressão feliz no rosto.

Porra. Eu realmente tenho que levá-la para minha casa antes que a ataque em público como o maníaco sexual em que estou me transformando.

A baklava é pequena, por isso fazemos um trabalho rápido e, então, aponto para a conta. Emma pega de novo, e eu a deixo, embora me doa vê-la contar cuidadosamente a despesa de sua porção.

No relatório do investigador, havia uma seção sobre suas finanças – cujo estado miserável torna ainda mais insano o fato de ela estar fazendo isso.

Finalmente, a conta é paga, e eu a levo para fora do restaurante, minha mão descansando na parte baixa de suas costas.

— Onde está Wilson? — Ela pergunta, olhando em volta pelo carro. — Ou vamos pegar um táxi? — Então seus olhos se arregalam, suas bochechas coram quando ela percebe o que está implícito. — Não importa, eu esqueci que você mora perto. Vou pegar o metrô para casa e...

— Estamos a menos de quatro quarteirões da minha casa, então, dei a Wilson o resto da noite — digo, virando-me para encará-la. Capturando suas mãos pequenas nas minhas, olho para o seu rosto virado para cima. — Emma, Gatinha... Quero que você venha para casa comigo.

EU NÃO SEI O QUE EU ESPERAVA DA RESIDÊNCIA DE UM bilionário, mas a cobertura de Marcus em Tribeca é como algo de outro mundo – um mundo que eu só vi em revistas e programas de TV sobre o estilo de vida dos ricos e famosos.

Ultra-moderno e decorado em tons de cinza e branco, o lugar é enorme – pelo menos para a cidade de Nova York. Talvez no sul ou no meio-oeste, onde a terra é barata, um apartamento deste tamanho não seria nada especial, mas no coração de Manhattan, é o equivalente a um diamante de cinquenta quilates. Enquanto Marcus me guia, vejo uma enorme sala de estar com uma elegante escada em espiral no meio, uma sala de mídia parecida com um cinema, uma academia totalmente equipada, uma sala de jantar com uma mesa grande o suficiente para vinte pessoas e um cozinha espaçosa com aparelhos reluzentes que não ficariam fora de lugar em uma nave espacial.

E uma piscina.

Uma piscina retangular de doze metros de comprimento separada do resto do apartamento por uma grossa parede de vidro e parcialmente protegida da vista por vasos de plantas de dois metros de altura com folhas do tamanho da minha cabeça.

— Elas são reais? — pergunto em voz baixa, estendendo a mão para tocar uma folha brilhante, e Marcus acena, sorrindo.

— Sim, claro. Há uma empresa de paisagismo de interiores que vem cuidar delas uma vez por semana, regá-las e assim por diante.

Certo, claro. Porque é isso que as pessoas ricas fazem: contratam paisagistas profissionais para cuidar de suas plantas.

— Você tem um chef e uma empregada também? — pergunto, mas para minha surpresa, Marcus nega com a cabeça.

— Meu mordomo cuida de tudo, inclusive da cozinha e da limpeza. Bem, ele supervisiona a limpeza; existe uma empresa que realmente faz isso.

— Entendo — Eu soo um pouco sufocada, mas não posso evitar.

Um maldito mordomo? Eu estou em *Downton Abbey*?

— Venha, deixe-me mostrar o andar de cima — diz

Marcus, e eu o sigo para a escada em espiral, tentando não parecer tão oprimida como me sinto. Eu sabia que ele era rico, é claro, mas não pensava muito nisso antes.

Onde quer que eu olhe, há objetos que custam mais do que todos os pertences da minha família juntos. Das pinturas abstratas nas paredes às esculturas elegantes que poderiam ter sido de um museu de arte moderna, esta cobertura cheira a dinheiro. Dinheiro insano. O tipo de dinheiro torna piada minhas tentativas de fingir que, por eu pagar pelas minhas refeições, estamos de alguma forma em pé de igualdade.

Deus, o que estou fazendo aqui?

Eu não pertenço a este lugar mais do que um rato de metrô pertenceria.

— Esta é a biblioteca — diz Marcus, levando-me para o primeiro cômodo da escada no segundo andar, e vejo duas espreguiçadeiras em frente a uma lareira e paredes forradas com livros. Algumas das estantes de livros estão cobertas com o que parece ser vidro hermeticamente fechado – elas parecem guardar livros mais valiosos, como as primeiras edições assinadas que ele me enviou.

Me sentindo como Bela em *A Bela e a Fera*, ando até uma das caixas de vidro e olho para dentro.

Sim. *O Velho e o Mar*, de Hemingway, as páginas amareladas e ligeiramente desgastadas. Não tenho dúvidas de que, se eu abrisse a capa de tecido, veria os rabiscos em negrito do autor na página de título.

— Você leu tudo isso? — pergunto, olhando para cima quando Marcus vem para ficar ao meu lado.

— A maioria, mas não todos — diz ele. — Algumas das primeiras edições, como a que você está vendo, fazem parte da minha coleção. Como eu comecei a contar em nosso primeiro encontro, eu também gosto de livros, tanto lendo quanto colecionando.

Humm. Talvez tenhamos mais em comum do que eu pensava. Sempre foi meu sonho ter uma prateleira cheia das cópias assinadas dos meus autores favoritos.

— Foi onde você conseguiu as primeiras edições que me enviou? De sua coleção?

Ele sorri. — De fato. Estou feliz por ter seus favoritos.

Eu respiro fundo. — Certo. Obrigada por isso. Infelizmente, não posso...

— Aqui, deixe-me mostrar-lhe o resto do lugar. — Com destreza, ele me leva para fora da biblioteca e para um quarto de hóspedes maior do que todo o meu estúdio. Seu escritório em casa, com cinco monitores de computador e três TVs montadas nas paredes, segue e, finalmente, entramos no quarto principal.

Instantaneamente, meu batimento cardíaco aumenta a velocidade, minha pele se arrepia com a consciência aumentada do homem ao meu lado. Durante a turnê, fiquei tão impressionado com a opulência ao meu redor que quase esqueci por que estou aqui. Mas agora é tudo em que consigo pensar, minha mente reluzindo para o olhar acalorado nos olhos de Marcus quando ele segurou minhas mãos e me pediu para ir à casa dele.

Seus pensamentos devem estar percorrendo os

mesmos caminhos, porque seus dedos de aço envolvem ao redor do meu pulso e, quando olho para cima, vejo seu olhar preenchido com uma intenção sombria e primitiva. — Emma... — Sua voz é baixa e rouca quando ele me puxa para ele. — Gatinha, eu quero você.

E enquanto minhas entranhas se apertam em uma onda de necessidade de resposta, seus lábios devoram os meus em um beijo profundo e voraz.

Emma

Acordo devagar e com grande relutância, não querendo deixar o calor luxuriante do cobertor e a maciez sedosa dos lençóis. Meus membros se sentem pesados enquanto eu me estico, e minhas coxas estão estranhamente doloridas, como se eu tivesse feito alguma ioga hardcore. Até a minha pele está estranhamente tenra, especialmente na mais íntima...

Oh, Deus. Sento-me e olho em volta do quarto desconhecido, uma explosão de adrenalina afugentando o torpor quando percebo onde estou e por que estou me sentindo assim.

Eu estou no quarto de Marcus e ele me fodeu a noite toda.

Ok, talvez essa última parte seja um exagero, mas é

como me sinto. O homem era insaciável, me tomando de novo e de novo, como se não tivéssemos feito sexo apenas algumas horas antes. Perdi as contas de quantas vezes gozei na noite passada. Sete, oito... nove, talvez?

Não é de admirar que meu sexo pareça ter sido alisado cruamente por bigodes masculinos.

Porque foi.

Minha pele esquenta com a lembrança, e eu puxo o cobertor, percebendo que estou sentada lá totalmente nua. Felizmente estou sozinha. Agarrando o cobertor, procuro as minhas roupas. Não as vejo em nenhum lugar, mas há um roupão rosa fofo, muito parecido com o que eu tenho em casa, pendurado na porta – e chinelos felpudos combinando, ao lado da cama.

Hesito por um momento, depois, deslizo os pés pelos chinelos e caminho até o roupão.

Eu odeio a ideia de usar a mesma coisa que as outras "ficantes" de Marcus, mas é melhor do que ficar pelada.

Para minha surpresa, o roupão tem uma etiqueta presa.

Ele pegou apenas para mim, ou mantém um estoque para esses tipos de situações?

De qualquer forma, eu agradeço rasgando a etiqueta e coloco o roupão, enrolando a faixa em volta da minha cintura. Ao contrário do meu, este é longo, até os meus tornozelos, e eu imediatamente me sinto quente e confortável, como se estivesse em casa me abraçando com meus gatos.

Falando nisso, tenho que voltar para eles logo. Eles

não estão acostumados a eu ficar fora a noite toda, e tenho certeza de que o Sr. Puffs já está em um caminho de destruição. Além disso, se eu não lavar a roupa hoje, não terei roupa de baixo para amanhã.

Marcus ainda está longe de ser visto, então, corro para o banheiro ao lado e tomo um banho rápido, depois, escovo os dentes com uma escova que achei colocada na pia, ainda em sua embalagem de plástico. Há também um bom e caro hidratante para o rosto – sem perfume, como eu prefiro – e até mesmo uma embalagem de gel para cabelo que eu uso para domar a pior das explosões na minha cabeça.

Meu anfitrião está realmente fazendo essa coisa toda de "ter uma convidada feminina".

Enquanto faço tudo isso, tento não ficar boquiaberta ao meu redor como uma camponesa. E daí se a banheira de hidromassagem quadrada no canto é funda o suficiente para ficar de pé? Ou o chuveiro todo em vidro é duas vezes o tamanho do meu banheiro inteiro e equipado com cinco chuveiros rotativos? Nada disso me impressiona, nem mesmo o banheiro futurista com um bidê embutido e um assento que aquece minha bunda.

Oh, quem eu estou enganando? Eu não poderia ficar mais impressionada se a mobília levitasse ao meu redor. Os 0,1% realmente sabem viver.

Balançando a cabeça, volto para o quarto para tentar encontrar minhas roupas novamente.

Sem sorte, embora eu me lembre claramente de meus jeans e suéter caírem no chão quando Marcus os arrancou de mim. Ele deve tê-los apanhado e colocado em algum lugar, mas onde? Não os vejo no closet, onde os ternos e as camisas de Marcus estão bem arrumados, separados por cores. Nem estão em nenhuma das gavetas do elegante baú branco dentro do armário. Há apenas meias, camisetas, roupas íntimas masculinas – fecho essa gaveta rapidamente, me sinto como uma pervertida – e outras peças dobráveis de roupa. Como o resto do armário, tudo nas gavetas é arrumado com perfeição, como se Marie Kondo tivesse acabado de sair do lugar.

Marcus tem TOC, ou seu mordomo tem.

Minhas botas também não estão em lugar nenhum, mas isso faz mais sentido. Deixei-as na entrada, não querendo espalhar a sujeira de Nova York por todo o chão brilhante quando chegamos.

Eu fico na ponta dos pés para olhar em uma prateleira embutida na fraca esperança de que Marcus possa ter colocado minhas roupas lá dentro. Não. Apenas uma caixa com abotoaduras e...

— Emma?

Com o coração pulando, eu giro para encarar Marcus, que está de pé na porta do closet, as sobrancelhas escuras arqueadas.

Oh, droga.

Eu deveria ter percebido como isso poderia parecer.

— Oi. Bom dia. — soo sem fôlego — e provavelmente culpada como o pecado. — Sinto muito, mas minhas roupas não estavam lá. Eu juro, eu não estava tentando bisbilhotar. É só que eu estava procurando minhas roupas e...

— Está tudo bem. — Ele entra, um lento e perverso sorriso curvando seus lábios. — Você pode espionar tudo o que quiser. Quanto às roupas, eu as entreguei a Geoffrey para serem lavadas. Elas devem estar prontas em cerca de uma hora.

— Ah — que alguém lavaria minhas roupas nem sequer passou pela minha cabeça. — Ok, obrigada.

Tanto esforço para fazer uma fuga rápida esta manhã.

— Você tem algum lugar para ir? — Ele pergunta, inclinando a cabeça, e minhas bochechas esquentam quando percebo que ele está vestido com uma calça de moletom e uma camiseta de aparência macia – a primeira vez que o vejo em outra coisa que não seu traje de negócios.

Ou nu.

Porque eu definitivamente o vi nu.

Pare de pensar em sexo, Emma. E pare de corar. — Meus gatos ficarão chateados se eu não voltar para casa em breve — digo, meu rosto queimando apesar das advertências. — E eu tenho que usar o *Skype* com meus avós às 11h30. Falando nisso, você sabe que horas são?

Ele sorri. — Da última vez que verifiquei, eram 11h23.

— *O quê?*

— O que posso dizer? Você não dormiu tanto ontem à noite.

Porque ele continuou me acordando, deslizando

para dentro de mim, ou caindo sobre mim, ou chupando minha... Oh, Deus, aqui vou eu de novo.

— Certo, ok. — Com esforço, eu me concentro em algo diferente da maneira como o material macio da camiseta abraça seus peitorais definidos. — Onde está minha bolsa? Preciso mandar mensagens aos meus avós para remarcar.

— Por quê? Você pode usar o *Skype* aqui. Minha internet é muito rápida e eu lhe darei privacidade.

Eu pisco. — Aqui? Tipo em seu quarto?

— Ou biblioteca ou quarto de hóspedes – onde você preferir. Você pode não querer fazer isso no andar de baixo, no entanto. Geoffrey está fazendo um carnaval para o brunch, e os cheiros vão deixá-la louca.

Ele está me deixando louca. Ele não percebe que se eu telefonar para meus avós de algum outro lugar além do meu apartamento, terei que explicar onde estou?

— Não, tudo bem, obrigada. Eu vou apenas...

— Por que não? — Ele cruza seus braços poderosos em seu peito, chamando minha atenção para os músculos flexionados. — A comida não estará pronta por mais meia hora, de qualquer maneira. Geoffrey começou a cozinhar tarde, porque eu não tinha certeza quando você acordaria.

Eu tiro meus olhos daqueles impressionantes bíceps. — Você não entende. Meus avós são intrometidos - realmente intrometidos - e eu não quero mentir para eles e dizer que estou em algum hotel chique.

— Por que você mentiria para eles?

Eu olho para ele, estupefato. — Bem, eu não vou dizer a eles que nós... você sabe.

— Por que não? Eles são antiquados? Eles esperam que você espere até o casamento?

— Não, eles são na verdade muito liberais, mas são meus *avós*. — O quão burro ele é? — Se eu disser a eles sobre você, eles vão pensar que é uma grande coisa e fazer um milhão de perguntas e querer conhecer você e outras coisas. — *Pronto, bem detalhado. Agora, corra para as colinas, como qualquer homem sensato faria.*

Ele descruza os braços, sem parecer nem um pouco preocupado. — Isso é bom. Fico feliz em conhecê-los.

— V-você ficaria? — Há algo de errado com a minha audição? Porque tenho certeza de que Marcus acabou de me dizer que quer conhecer minha família.

— Sim, por que não? Sinta-se à vontade para me apresentar quando conversar com eles. Eu estarei no meu escritório, atualizando o trabalho. Ah, e a senha do Wi-Fi é bond$carelli19.

E com isso, ele sai do quarto – ou melhor, de seu closet enorme.

*E*mma

Eu não ligo para os meus avós.

Não às 11h30, pelo menos. Levei vários minutos para encontrar minha bolsa no enorme quarto de Marcus – estava pendurada sorrateiramente na parte de trás da porta – e quando finalmente pego meu telefone, já são 11h37 e tenho uma mensagem preocupada da vovó.

Eu normalmente nunca me atraso quando se trata de nossas sessões quinzenais do *Skype*.

Ugh! Agora eu não posso explicar. Se eu enviar uma mensagem de texto para remarcar, ela achará que algo está seriamente errado.

Telefone na mão, eu olho em volta. O quarto é tão lindo quanto o resto da cobertura, e há um recanto com uma poltrona elegante onde eu posso usar o *Skype*. Mas eu realmente não me sinto confortável conversando com meus avós ao lado da cama onde Marcus fodeu meu cérebro. *Repetidamente.* Já é muito ruim eu estar sentada com um roupão emprestado.

Biblioteca, então.

Corro para lá e jogo minha bunda em uma das cadeiras junto à lareira. Então, conecto meu telefone no Wi-Fi, envio o pedido de videochamada e espero.

— Emma, querida! — O rosto arredondado da vovó preenche a pequena tela, com o ouvido de vovô ao lado dela. — O que aconteceu? Está tudo bem?

— Sim, eu acabei de acordar tarde. Eu sinto muito. Como vocês estão?

— Oh, nós estamos ótimos. Já nos preparando para a quinta-feira — vovó diz, sorrindo enquanto vovô se move completamente para a visão da câmera. Para começar, percebo que ela está falando sobre o Dia de Ação de Graças – o que significa que estarei voando para a Flórida nessa quarta-feira, tendo comprado os bilhetes de avião em uma venda maluca no ano passado.

— Sua avó já conseguiu o peru — diz vovô com orgulho, como se fosse sua conquista. — E ela encontrou uma nova receita de recheio on-line. — Ele olha para mim, seu nariz crescendo enquanto ele se aproxima da câmera. — Espere um minuto. Você não está em casa.

— Hum, não. — Porra, eu não estou pronta para isso. Se eu tivesse lembrado que o Dia de Ação de

Graças – completo com infinitas oportunidades para interrogatório – era essa semana que vem, eu definitivamente não teria feito a ligação aqui. — Eu estou na casa de... uma pessoa.

Vovó pisca. — Mesmo? Quem? Kendall ou Janie? Ela se inclina mais perto da câmera também. — Aquela lareira parece legal. E todas essas estantes de livros?

— Sim — Suspirando, eu viro meu telefone e o movo em um semicírculo lento, deixando que eles vejam o cômodo inteiro – porque eles teriam me pedido para fazê-lo de qualquer maneira. — Muitos livros aqui.

— Sua amiga deve realmente gostar de ler — diz vovô, impressionado. — Foi assim que vocês se conheceram, através do seu trabalho?

— Então, *não* é Kendall ou Janie — diz vovó, afirmando o óbvio.

Eu trago o telefone de volta para mim. — Não, é outra pessoa. — Droga, por que eu deixei Marcus me incitar nisso? Sem mentir, qualquer coisa que eu disser vai fazer essa coisa entre nós parecer mais séria do que é. Não que eu saiba em que nível de seriedade estamos, de qualquer forma. Não é uma noite só, já que estivemos em alguns encontros antes. Uma aventura de fim de semana, talvez? Encontro casual?

Certamente não é o começo de um relacionamento real – não com ele decidido a se casar com alguém como Emmeline.

Meus avós estão olhando para mim com expectativa, e eu sei que preciso lhes dizer algo.

Suspirando, eu belisco a ponte do meu nariz. — Não é ninguém que vocês conheçam, apenas um cara que conheci há algumas semanas, ok?

Se isso fosse um filme, a trilha sonora chegaria a um ponto insuportável. Mas como é, o silêncio é ensurdecedor, ambos olhando para mim boquiabertos.

Finalmente, meu avô fala. — Um cara? — Ele parece incrédulo. — Como um namorado?

Eu estremeço — Nós não estamos ainda lá, vovô, mas sim, alguém que eu estou me encontrando. — Espero não ter que explicar as nuances do namoro moderno para ele, porque eu não tenho certeza se eu as entendo – especialmente à luz da vontade bizarra de Marcus de conhecer meus avós.

Eu poderia jurar que conexões casuais e familiares não se misturam.

— Isso é um roupão que você está vestindo? — Vovó pergunta, olhando para os meus ombros. — Parece um roupão.

Porcaria. Eu estava esperando que eles não notassem. — Minhas roupas estão na lavanderia — explico, então percebo que acabei de fazer parecer que Marcus e eu estamos vivendo juntos. — Isto é, as roupas que eu estava vestindo na noite passada – eu não guardo mais nada aqui. Marcus decidiu lavá-las antes que eu acordasse, daí o roupão.

Isso é provavelmente muita informação – em geral, tudo isso é informação demais –, mas meus avós claramente não se importam. Vovô está sorrindo, e vovó parece positivamente alegre quando pergunta: —

Marcus? Esse é o nome dele? — Ao acenar, ela pressiona: — Como vocês se conheceram?

— Oh, apenas através de um aplicativo de namoro... Você sabe — ou, mais precisamente, através de uma confusão relacionada a um aplicativo de namoro, mas isso é uma história muito longa.

— Mesmo? — Vovó se inclina. — Nós não sabíamos que você estava arrumando encontros on-line.

— É, eu não mencionei porque não era grande coisa. Janie me convenceu a criar um perfil há alguns meses, mas fiz o login apenas algumas vezes.

— O que foi claramente suficiente para encontrar Marcus e acabar em sua casa. Em um roupão — diz vovô, as sobrancelhas grossas se contorcendo em animação.

Solto um suspiro exasperado, desejando que pelo menos uma vez meus avós fossem prosaicos e conservadores, como a maioria dos outros de sua geração. Em vez disso, com quase oitenta anos de idade, eles têm a mente tão aberta quanto qualquer um da geração milênio, tendo adotado a mudança dos costumes da época, juntamente com a tecnologia de e-mail, mídia social, mensagens de texto e *Skype*.

Eu não quero que vovô brande uma espingarda ou qualquer coisa, mas ainda assim, um pouco de desaprovação católica não dói.

— Estamos nos conhecendo, vovô. Isso provavelmente não vai a lugar algum — digo, mas eu posso dizer que meu aviso está caindo em ouvidos surdos. Minha vida amorosa – ou a falta dela desde a faculdade – tem sido uma fonte de preocupação para meus avós, a ponto de terem me dito com tato durante a minha última visita de Ação de Graças que não havia problema algum em aceitar minhas necessidades e inclinações, não importando quais fossem.

Tradução: eles pensavam que eu poderia ser gay, sem me assumir.

— Então, quantos anos ele tem? — Pergunta vovó, entrando em seu modo interrogatório conhecido. — De onde ele é? O que ele faz? Quantos irmãos ele tem e quando podemos encontrá-lo?

Eu abro minha boca para começar a responder, mas depois, mudo de idéia. — Quer saber, vovó? — Eu digo docemente. — Por que você não conhece Marcus agora? Ele pode te contar tudo por ele mesmo.

E levantando, carrego o telefone para o escritório do meu anfitrião.

arcus

— Tenho trinta e cinco anos, sou filho único, originalmente de Staten Island, e administro um fundo de investimentos — digo suavemente, sustentando o celular de Emma na minha mesa enquanto ela está na minha frente com um sorriso malicioso em seus lábios cor-de-rosa. Ela está claramente esperando que eu fique desconcertado com a enxurrada de perguntas de sua avó.

Muito ruim para ela, eu aperfeiçoei minhas habilidades através de dezenas de entrevistas na TV ao vivo.

— Mesmo? Que tipo de fundo de investimento? — Há uma expressão de grande interesse no rosto envelhecido de Ted Walsh. — Eu sigo a CNBC, você sabe.

Eu sorrio para ele. — Nós nos concentramos na geração alfa em todas as condições de mercado, por isso é uma mistura de tudo, de commodities e equidade a curto prazo a estratégias quantitativas. Ultimamente, temos também nos envolvido em alguns investimentos líquidos, incluindo imóveis e ativos privados.

— E há quanto tempo vocês estão namorando? — Mary Walsh pergunta, seus olhos cinzentos tão brilhantes e claros quanto os da neta. É óbvio que toda a linguagem das finanças passou batido e ela não se importa com as estratégias do meu fundo. — Emma disse que vocês se conheceram através de um aplicativo de namoro?

Eu olho da tela para Emma. Ela encolhe os ombros desajeitadamente, então, eu respondo: — Poderia dizer isso. — Acho que ela não queria contar a seus avós toda a história confusa. — Quanto há quanto tempo estamos juntos, nosso primeiro encontro foi no início deste mês.

Mary se lança em seu próximo conjunto de perguntas e eu respondo com calma paciente. Sim, eu morei em Nova York a vida toda, exceto quando estava na escola. Onde eu fui? Cornell para graduação (finanças) e Wharton para MBA. Não, eu não tenho nenhuma família da qual sou próximo, já que meus pais faleceram quando eu era jovem. Sim, eu possuo meu apartamento e algumas outras propriedades também.

Não, não tenho planos de sair de Nova York para economizar em impostos.

Por alguma razão, o interrogatório não me incomoda – nem o fato de que, com essa ligação, acabamos de ultrapassar meses de desenvolvimento de relacionamento típico. Oferecer-me para conhecer os avós de Emma foi um impulso da minha parte, mas eu não consigo me arrepender. A noite passada sequer bastou para extinguir minha coceira de Emma – na realidade, ela ficou mais forte – e meu fascínio por ela está crescendo a cada minuto. Quero saber tudo sobre ela, invadir sua mente e ver o mundo de dentro de sua linda cabeça.

No mínimo, quero conhecer todo mundo importante para ela, para que eu possa descobrir como me tornar uma dessas pessoas.

Finalmente, os avós de Emma parecem satisfeitos que eu não sou nem um vagabundo nem um serial killer, e nós já estamos nos despedindo, com Emma de pé ao meu lado, quando Mary diz: — Você não está vindo com a nossa Emma na próxima semana, está, Marcus? Porque se você vier, quero ter certeza de fazer comida extra.

Antes que eu possa dizer uma palavra, Emma já está negando com a cabeça. — Claro que não, vovó. Eu te disse, nós acabamos de nos conhecer e, além disso, o trabalho de Marcus é muito ocupado. Certo? — Seus olhos cortaram para mim. — Você tem uma semana insana no fundo, não?

— Sim. — Minha voz não soa totalmente normal. —

Sim, tenho. Uma carga de trabalho matadora durante toda a semana.

— Nós entendemos. — Mary sorri gentilmente. — Mas se você conseguir se liberar, será sempre bem-vindo em nossa mesa de Ação de Graças, Marcus. Foi um prazer conhecê-lo.

— Da mesma forma — digo, e dou o telefone para Emma para desligar a ligação.

Eu não tinha intenção de ir para a Flórida essa semana – até eu sei que isso é um passo muito grande – mas, por alguma razão, saber que Emma não me quer lá queima mais do que uma caravela-portuguesa.

Emma

MARCUS ESTÁ ESTRANHAMENTE QUIETO, QUASE meditativo, enquanto me leva para o andar de baixo para o brunch. Ele está chateado comigo por conta do bate papo? Porque ele praticamente pediu por isso – insistiu nisso, realmente. Ainda assim, me sinto um pouco mal por deixar meus avós colocá-lo numa situação sem saída.

Eu deveria protegê-lo do pior, como eu sempre fiz com Jim, meu namorado da faculdade.

Bem, tarde demais agora. E Marcus se portou de um jeito que Jim nunca poderia ter feito. Ele falou com meus avós respeitosamente, mas como um igual, respondendo suas perguntas sem o menor indício de nervosismo ou incerteza. Ao mesmo tempo, ele não se gabou de suas realizações, todas as suas respostas foram factuais, mas revelaram pouco da extensão de seu poder e riqueza. Claro, vovô e avó ficaram impressionados de qualquer maneira – e por que não ficariam?

Não são seus bilhões que tornam Marcus Carelli formidável; é o interior indomável do próprio homem. Poucos minutos em sua companhia são suficientes para saber que ele é uma força da natureza, alguém que você nunca deseja ser adversário.

— Você está bem? — pergunto baixinho quando nos aproximamos da sala de jantar com Marcus ainda não dizendo uma palavra. Os aromas ricos e saborosos que emanam da cozinha estão fazendo meu estômago roncar, mas eu estou muito preocupada com o seu humor estranho para pensar em comida. — Sinto muito pelos meus avós. Eles são apenas...

— Superprotetores. — Ele sorri, e embora não alcance os olhos, a estranha tensão entre nós desaparece. — Eles parecem pessoas adoráveis. Seu avô me lembra um pouco do Sr. Bond.

Eu viro para ele. — Sim, eles são ótimos. E vovô na verdade foi um professor. Ele ensinou inglês e estudos sociais por quase quarenta anos antes de se aposentar.

O sorriso de Marcus aquece. — Mesmo? E a sua avó?

— Ela era uma enfermeira, muito habilidosa. Quase nunca fui ao médico quando morava com eles. A vovó pode lidar com qualquer coisa que não seja uma grande cirurgia.

— Sr. Carelli? — Um homem magro, com uma postura ereta, entra no nosso caminho quando nos aproximamos da mesa. Com um sotaque britânico notável, ele anuncia: — Sua refeição está pronta.

— Excelente, obrigado. — Marcus olha para mim. — Emma, este é Geoffrey, meu mordomo. Geoffrey, esta é Emma, minha... convidada.

Eu consigo sorrir apesar da súbita aceleração do meu pulso. Percebi aquele momento de hesitação antes de Marcus dizer "convidada", a fração de segundo de indecisão que deve ser tão rara para ele quanto um jantar de lagosta é para mim. Ele estava prestes a dizer algo mais?

Meu encontro?

Minha amiga, talvez?

Não há qualquer chance de que ele iria dizer *"minha namorada".*

— É um prazer — diz Geoffrey, inclinando a cabeça. — Agora, por favor, sentem-se. Eu vou trazer a comida.

Ele corre para longe, e Marcus me leva até a mesa – que tem dois jogos americanos cobertos com pratos quadrados brancos, copos modernos e elegantes e utensílios reluzentes ao lado de guardanapos de pano brancos. No meio há uma garrafa de água saborizada com limão, hortelã e pepino, e ao lado dela está o que parece ser suco de laranja fresco, junto com um jarro de líquido verde-escuro.

Marcus puxa uma cadeira para mim e eu me sento, mais uma vez me sentindo sobrecarregada. Não só este brunch parece mais chique do que em qualquer restaurante, mas eu ainda estou usando um robe. Não que ter minhas próprias roupas ajudaria; tenho certeza de que um único garfo aqui custa mais do que todo o meu traje.

A pior parte é que eu não posso pagar pela minha parte dessa refeição – a menos que eu me ofereça para cobrir metade do valor de um dia do salário de Geoffrey, juntamente com o custo dos ingredientes. E até eu sei que isso é ridículo. Minha melhor aposta é retribuir oferecendo a Marcus uma refeição na minha casa um dia desses, mas depois de ver a maneira como ele vive, a idéia de convidá-lo para o meu minúsculo estúdio me faz estremecer.

Eu poderia, da mesma forma, convidar a rainha Elizabeth – a monarca, não a minha gata – para que jantasse em um closet.

— Água, suco de laranja ou suco verde? — Marcus pergunta, e eu forço um sorriso aos meus lábios.

— Suco verde, por favor. — Não há necessidade de ele saber que eu nunca experimentei o elixir de saúde caro antes – ou que tudo isso está me fazendo sentir como um peixe fora d'água.

Marcus derrama o líquido verde no meu copo e eu tomo um gole. É surpreendentemente bom, ácido e refrescante, em vez de amargo. Posso saborear a maçã tipo Granny Smith por baixo do sabor das verduras, e tomo o resto do copo em alguns longos goles.

— Mais? — Marcus pergunta ironicamente, e eu assinto, por que não?

É uma maneira deliciosa de ter minha cota semanal de frutas e legumes em uma manhã.

Enquanto estou tomando o refil, Geoffrey aparece com uma bandeja com cúpula prateada. Colocando-a na mesa, ele remove a tampa, revelando dois pratos com uma omelete perfeitamente dobrada em cada um, junto com duas tigelinhas de frutas cortadas e uma cesta de biscoitos macios. As omeletes são cobertas com algum tipo de molho de laranja cremoso e um raminho de salsa, e tudo cheira absolutamente delicioso.

Definitivamente mais extravagante do que qualquer brunch de restaurante que eu tive.

— Shiitake e omelete de cogumelo ostra com caranguejo e lagosta, coberto com molho picante de gorgonzola — Geoffrey anuncia, colocando um prato na minha frente e outro na frente de Marcus. Ele, então, faz a mesma coisa com as tigelas de frutas e coloca a cesta de biscoito entre nós, adicionando um par de pinças para facilitar o manuseio.

— Obrigado, Geoffrey. Parece incrível — Marcus diz, e eu ecoo seu sentimento, mal conseguindo engolir a saliva acumulada na minha boca. Como é possível que eu estivesse pensando em lagosta apenas alguns minutos antes e agora há uma omelete de lagosta na minha frente?

Não, retire isso, *uma omelete de shiitake e cogumelo ostra com caranguejo e lagosta* – tipo, todos os alimentos que eu amo e que raramente posso comprar em um prato insano?

O mordomo inclina a cabeça e desaparece de novo na cozinha, e eu pego a omelete, meu garfo tremendo de ansiedade. *Deus. Do. Céu.* Quase chego ao orgasmo no momento em que a riqueza picante do molho de gorgonzola toca minha língua, seguida pela deliciosa textura dos pedaços de frutos do mar embrulhados em ovo com sabor de cogumelo.

Eu devo ter gemido em voz alta e fechado os olhos, porque quando eu os abro, vejo Marcus me encarando como se eu tivesse acabado de ficar nua. Seu rosto, uma escultura, seus olhos ardendo de fome selvagem enquanto sua omelete fica intocada na frente dele.

— Desculpe por isso — murmuro, meu rosto fica quente quando percebo que devo ter parecido que estava literalmente tendo um orgasmo. Novamente. Nesse ritmo, ele vai pensar que eu tenho um fetiche por comida. — Está realmente muito bom.

— Um dia desses, vou te foder enquanto te alimento. — Sua voz é um grunhido baixo e sombrio. — Vou colocá-la nessa mesa e fazer uma refeição em sua doce boceta enquanto você come.

Oh, Deus. A dita boceta aperta em um pico violento de necessidade, inundando com uma sensação de calor em um instante. Posso imaginar exatamente o que ele está dizendo, e a reação indefesa do meu corpo me deixa tonta, uma faixa apertada ao redor dos meus pulmões impedindo uma respiração completa.

— Sim, isso mesmo. — Ele se inclina, olhos azuis brilhando enquanto sua grande mão cobre meu joelho por baixo da mesa. — Vou fazer uma festa de você bem aqui, Gatinha, e você vai amar cada merda de segundo. Vou tão fundo em você que sequer vai pensar em comida.

Não estou pensando em comida agora. Não posso, não com meu coração batendo no meu peito e meu corpo inteiro queimando. Eu não sabia que falar sujo poderia me excitar assim, que palavras poderiam me preencher com uma necessidade tão angustiante. É apenas o conhecimento de que Geoffrey está aqui e pode entrar a qualquer momento, o que me faz engolir e quebrar o contato visual, engolindo em respirações superficiais para acalmar o latejar louco de minha pulsação.

Há algumas batidas de silêncio, momentos tão tensos que quase posso sentir o gosto no ar. Então, Marcus tira a mão do meu joelho e eu ouço o raspar de faca e garfo contra o prato.

— Você está certa. Isso *está* delicioso. — Sua voz está de volta ao normal, seu tom de conversa, mas não me engana.

Assim que terminarmos esta refeição, voltaremos para o quarto.

E maldição se o pensamento já não me faz ficar molhada.

39

— FALO SÉRIO DESSA VEZ. EU TENHO QUE IR PARA CASA. Já se passaram das quatro; meus gatos devem estar morrendo de fome, os pobrezinhos. Além disso, é dia de lavar roupa. — Evitando minha mão estendida, Emma rola para fora da cama e corre para a pilha de roupas na cadeira no canto – suas roupas limpas e dobradas que Geoffrey trouxe para cima enquanto comíamos. Agarrando-as, ela desaparece no banheiro e eu me sento na cama, reprimindo uma maldição frustrada.

Não é que eu queira transar com ela de novo – bem, eu quero, meu pau tendo decidido que tenho quinze anos novamente – é que eu odeio a ideia de ela partir. Isso, junto com minha fome incessante por suas curvas suaves, é por isso que eu a tenho arrastado de volta à cama e a fodido sem piedade toda vez que ela tenta ir para casa depois do brunch.

Malditos gatos.

Eu preciso dela mais do que eles.

Beira a patologia, eu sei, mas agora que a tenho na minha casa, quero mantê-la aqui. Os mesmos instintos primitivos que exigiam que eu a reivindicasse, estilo homem das cavernas, agora me fazem querer acorrentá-la à minha cama e jogar fora a chave.

Ou, se falhar, algemá-la a mim.

Em parte, é porque ainda estou chateado por conta da Flórida – tanto pelo fato de que ela está indo, quanto que ela não me quer lá. Significa que eu não a verei de quarta a domingo, e saber isso me incomoda, aguçando meu desejo até parecer uma lâmina cortando minhas entranhas.

Eu a quero com uma violência que me assusta, e isso não parece estar diminuindo nem um pouco.

Se o meu desejo por ela fosse puramente sexual, eu poderia ter lidado com isso. Ninguém nunca morreu de bolas azuis, tanto quanto eu posso dizer. Mas eu estou começando a querer *ela*, toda ela, não apenas seu pequeno corpo delicioso. Adormecer com Emma em meus braços na noite passada me deu um prazer diferente de qualquer outro – uma sensação de contentamento profundo, uma certeza de que tudo está bem no meu mundo.

Não me lembro da última vez que me senti assim. Talvez eu nunca tenha. Quando eu era criança, estávamos sempre a poucos dias do despejo, um pote de maionese de uma geladeira vazia. Eu nunca sabia a que horas minha mãe bêbada tropeçaria à noite, e que tipo de babaca ela traria. Mesmo quando fiquei mais velho e usei os ganhos dos meus empregos de meio período para suavizar os limites mais profundos de nossa existência abaixo da linha de pobreza, o medo do futuro incerto nunca desapareceu.

Ficou comigo quando fiz meu primeiro milhão, depois, meu primeiro bilhão.

Ainda está comigo quando fecho meus olhos e durmo à noite.

Exceto a noite passada. Ontem à noite, me senti seguro. Como se o pequeno e quente corpo em meus braços fosse tudo que eu precisava... Tudo que eu sempre precisei.

Como se eu estivesse em casa finalmente.

E agora ela quer partir.

Foda-se isso. Eu não estou pronto para deixá-la ir.

— Eu vou com você — anuncio quando ela sai do banheiro totalmente vestida.

E ignorando seu olhar de choque, eu me levanto e caminho até o meu armário para pegar algumas roupas.

40

Emma

Eu não entendo o que está acontecendo, porque eu estou no carro de Marcus – com ele no banco de trás ao meu lado – indo para o meu apartamento.

— Você não tem trabalho? — tento de novo. — Eu pensei que vocês, tipos de Wall Street, trabalhassem nos finais de semana.

Ele levanta os ombros largos em um encolher de ombros. — Isto pode esperar. Eu sou meu próprio patrão.

Desisto. Porque aparentemente não há uma maneira educada de perguntar a um homem por que ele está tão determinado a ver você lavando roupas e acariciando seus gatos. Especialmente se esse homem é Marcus. Uma vez que ele coloca sua mente em algo, não há como pará-lo – aprendi da maneira mais difícil. E eu quero dizer *com força*.

Estou muito dolorida de toda a porra.

Uma mecha de calor me varre a lembrança de como eu fiquei assim, e eu olho furtivamente para a causa daquela dor – que está me observando com um olhar sombrio e decidido.

Puta merda, Ele quer sexo *de novo*?

É por isso que ele não me deixa sair do lado dele?

Deve ser isso. Eu não posso imaginar por que ele veio ao meu estúdio do tamanho de uma caixa de sapato no Brooklyn, em vez de ficar em sua luxuosa cobertura. Eu certamente não deixaria aquele lugar se fosse ele.

Estou prestes a informá-lo que não posso fazer sexo por pelo menos algumas horas quando meu telefone toca com uma mensagem recebida.

É de Kendall.

E aí? Mais presentes do Sr. Wall Street?

Depois de um segundo: *Você mandou uma mensagem de agradecimento como eu lhe disse?*

Ah, droga. Kendall não tem ideia de que estamos a milhas além das mensagens de agradecimento, e por que ela teria? Eu não tive um minuto livre para ligar para ela desde que Marcus me emboscou ontem à noite com os livros, o sexo, o jantar e depois mais sexo, e...

— Quem é? — Marcus pergunta, e eu olho para cima, meu rosto corando em traição.

— Ninguém. Quero dizer, é só minha amiga, Kendall, sabe? É claro que você não sabe; você nunca a conheceu. Mas ela é minha melhor amiga da faculdade e... — Paro, percebendo que estou balbuciando. — De qualquer forma, ela quem me mandou a mensagem.

— Sobre o quê?

Ele está falando sério?

Ele certamente parece sério, suas sobrancelhas grossas arqueadas com expectativa, como se fosse um dado que vou responder.

— Apenas... algo aleatório. — Estou muito nervosa para inventar qualquer tipo de mentira inteligente. — Como eu disse, não é nada.

Meu telefone toca com uma terceira mensagem e não consigo deixar de olhar para a tela.

Ems! Mande a mensagem pra ele. Falo sério.

— Nada? Mesmo? Deixe-me ver. — E antes que eu possa reagir, Marcus tira o telefone do meu alcance, seus olhos percorrendo as mensagens com a velocidade da luz.

— Não! O que você está fazendo? — Eu suspiro de horror, mas é tarde demais.

Um grande sorriso já está se espalhando por seu rosto magro e duro. — Então, Kendall sabe sobre mim, não?

Minhas bochechas queimam como o asfalto da Flórida em julho, tento pegar o telefone de volta, mas ele transfere para a outra mão, segurando-o fora do meu alcance.

— Sim, ela sabe. E daí? — Eu estalo, sentando de volta de mãos vazias. Para recuperar o telefone, eu teria que me inclinar sobre o colo dele, e não vou me rebaixar a essa indignidade. — Eu não assinei nenhum tipo de Acordo de Confidencialidade.

— Acordo? — Ele está rindo agora, dentes brancos brilhando e bochechas cortadas por aqueles sulcos sensuais. — O que você tem lido, Gatinha? *Cinquenta Tons?*

Meu rubor se intensifica de maneira absurda, e eu tento pegar o telefone de novo – sem sucesso. Ele me segura com um braço, ainda rindo, e vejo o polegar de sua mão pousar no pequeno ícone do telefone ao lado do nome de Kendall.

— Oh, meu Deus, você acabou de discar para ela. Desligue! — Faço outra tentativa fútil para pegar o telefone. — Marcus, desligue agora mesmo!

Ele olha para o telefone, assim que a voz de Kendall diz do viva-voz: — Alô? Emma, é você?

Espero que ele desligue, ou, pelo menos, entregue o telefone para mim, mas eu subestimei sua idiotice. Levando o telefone ao ouvido, ele diz com um sorriso perverso: — Não, desculpe, Kendall. Aqui é Marcus com o celular da Emma.

Há um momento de silêncio mortal, durante o qual tento decidir se devo martelar a cabeça dele ou tacar fogo, e, depois, um incrédulo: — *O quê?*

— Dê para mim — eu murmuro, tudo menos me atirando em seu colo para alcançar o telefone, e desta vez, ele me deixa pegar, seus olhos brilhando em contentamento enquanto eu volto para o meu lugar, segurando meu prêmio.

— ... está fazendo com o telefone de Emma? —

Kendall está perguntando com cautela quando levo o telefone ao meu ouvido.

— Sou eu, oi. Me desculpe por isso. Marcus estava apenas sendo um idiota. — Eu olho para ele quando digo isso, mas em vez de se ofender, ele começa a rir de novo, seus ombros poderosos tremendo.

— Você está falando sobre Marcus Carelli? — Kendall soa como se eu tivesse apenas blasfemado sobre o Papa no Vaticano. — *O* Marcus Carelli? Ele está com você agora?

— Sim — virei de costas para ele. — Estamos no carro indo para o Brooklyn.

— Espere, o quê? De onde? Comece do começo – Kendall exige, e eu cerro os dentes, lançando um olhar fulminante sobre o ombro de Marcus.

Ele já parou de rir, mas ainda está sorrindo, o bastardo.

— Eu realmente não posso falar agora — digo a Kendall, desviando o olhar para não bater nele com o telefone. — Eu te ligo mais tarde, ok?

— Espera! Apenas me diga se vocês transaram.

— Kendall...

— Apenas um sim ou não, rapidamente.

— Sim, satisfeita? É um sim. — Eu desligo e viro para encontrar o olhar divertido de Marcus – e nem um pouco arrependido.

Meu temperamento transborda. — Você não tinha o direito de fazer isso. Esse é meu telefone e minha amiga e...

— Você está certa. — Ele pega a mão que eu estou

acenando – a que ainda está segurando o telefone. Levando-a aos lábios, ele beija as juntas com reverência. — Eu não deveria ter feito isso, Gatinha. Eu sinto muito. Para minha desculpa, você é muito fofa quando está zangada. Percebi desde nosso primeiro encontro.

— Oh, nós estamos clichês agora, não? Qual é o próximo? Você sabia que eu era a única a partir do momento que colocou os olhos em mim? — Para meu alívio, eu ainda pareço irritada, ao invés de toda pegajosa e derretida, como minhas entranhas. As traidoras se transformaram em mingau com o gesto terno e o elogio bobo.

— Não — diz Marcus, todos os vestígios de diversão se foram. — Isso não.

Ui! Eu pisco e tento sorrir, como se toda a melancolia não desaparecesse em um instante, meu estômago murchando em uma bola dura. Obviamente, não sou a pessoa certa para ele – seria Emmeline ou alguém como ela – mas ele precisava ser tão direto? Eu estava usando isso como exemplo de um clichê, não cavando uma proposta.

Ainda assim, algo sobre a minha reação deve ter me denunciado porque o rosto de Marcus escurece, sua mão apertando a minha. — Emma, o que eu quis dizer foi…

— Só não faça isso de novo. — De alguma forma eu consigo parecer brincalhona, o sorriso realmente aparecendo em meus lábios. — Este é o meu telefone — tiro minha mão do seu aperto — e você não pode simplesmente pegá-lo e olhar minhas mensagens, não importa quantos elogios clichês você me dê depois.

— E os não-clichês? — Ele pergunta roucamente, o brilho de diversão voltando ao seu olhar. Eu devo ser uma atriz melhor do que eu pensava. — Posso pegar assim?

— Não — digo com firmeza exagerada, como se estivesse falando com uma criança ou um cachorro. — Meu telefone está fora dos limites. — Faço um show ao enfiar na minha bolsa, fechando-a para dar ênfase.

Ele estica o lábio inferior fazendo beicinho, assim como uma criança decepcionada faria, e eu não posso deixar de rir de verdade, mesmo quando algumas das sensações de derretimento retornam, junto com a dor persistente de suas palavras.

Porque nesse beicinho, por mais cômico que seja, eu vi o garotinho vulnerável que ele tinha sido uma vez, e não posso deixar de desejar o impossível.

Não posso deixar de querer isso – nós – sendo para valer.

 arcus

Eu olho para o gato na cama, e ele responde com um olhar desdenhoso, a ponta de sua cauda balançando para frente e para trás em uma ameaça silenciosa.

— Isso mesmo — meus olhos dizem a ele. — Eu a peguei a noite toda, e vou fazer isso de novo e de novo. É melhor você se acostumar com isso. Ela é minha agora.

— *Eu vou destruir você* — o olhar verde como fenda responde. — *Você vai morrer de forma lenta e dolorosa sob minhas patas, como um rato. Não que eu tenha visto um rato real, mas ainda assim. Se por acaso pegá-lo com minha pata, estará fodido – e você também está.*

— Puffs, saia de cima da roupa limpa — Emma diz, reaparecendo do banheiro, e eu assisto com satisfação quando ela espanta a criatura peluda com as roupas que está dobrando na cama – uma tarefa que estou ajudando-a.

Ela ficou surpresa quando me ofereci, mas não deveria ter ficado.

Não há como eu perder a chance de colocar minhas mãos em sua calcinha.

Falando nisso, ela precisa de novas. Junto com roupas novas em geral. Quase tudo o que ela possui está desgastado ou é de má qualidade. Minhas mãos praticamente coçam para pegar meu telefone e fazer um pedido na *Saks*, mas resisto à vontade. Ela ainda não aceitaria roupas minhas e eu tenho batalhas maiores para lutar.

Como fazê-la voltar para minha casa hoje à noite.

— Aqui, eu cuido disso — diz ela, pegando uma pilha de camisetas dobradas de mim. Ela corre para o armário e coloca as roupas dentro, depois, volta para pegar uma pilha de meias. Eu a deixei guardar todas as coisas dobradas enquanto eu separava seus sutiãs, e em pouco tempo, terminamos com todas as roupas.

— Uau, isso foi rápido — diz Emma, olhando em volta como se esperasse que uma meia perdida saltasse nela. — Não posso acreditar que fizemos isso tão rápido. Quando faço sozinha, leva horas.

— O que posso dizer? Sou bom com as minhas mãos — digo com uma cara séria, e ela me dá um sorriso com covinhas.

— Você é. Obrigada por ajudar.

— O prazer foi meu — Eu quero dizer isso também

– e não apenas porque tenho que lidar com sua calcinha sem parecer um pervertido. Ela não tem lavadora e secadora em seu estúdio, e a lavanderia que usa fica a três quarteirões de distância. Eu não tenho ideia de como ela sempre carregou suas coisas sozinha, mas estou feliz por estar aqui para levar o pesado saco para ela hoje.

Tenho que ter certeza de estar sempre por perto quando ela lavar a roupa, ou melhor ainda, deixar Geoffrey fazer isso por ela.

Na minha casa.

Onde eu quero que ela esteja o tempo todo.

Eu ainda não estou pronto para colocar um rótulo nesse desejo, mas ele definitivamente está lá, e quanto mais eu olho em torno de seu estúdio apertado, mais forte ele fica.

Eu não quero ela aqui.

Ela pertence em casa comigo.

— Está com fome? — pergunto quando ela pega um gato – o de tamanho médio, Cottonball – e se senta na cama para acariciá-lo. — Nós poderíamos jantar aqui antes de voltar ou ir a algum lugar em Manhattan. Por outro lado, se você não estiver com vontade de comer fora, posso pedir a Geoffrey que nos prepare alguma coisa.

Ela pisca para mim quando o gato menor, Rainha Elizabeth, pula na cama e se junta a seu irmão ronronando no colo de Emma. — Voltar? Para sua casa? Nós dois?

— Claro. Esta cama é pequena demais para nós

dois, você não acha? — Sem mencionar, invadida por gatos – o terceiro se junta a ela enquanto eu falo. — Você pode trazer uma bolsa para passar a noite se quiser, então, não precisa esperar que Geoffrey lave pela manhã. Talvez também deixe comida extra para os gatos, então, não precisamos voltar aqui amanhã. Você pode ir trabalhar direto da minha casa na segunda-feira; Vou mandar o Wilson levá-la até lá.

Seus olhos se arregalam mais com cada palavra que sai da minha boca, e eu sei, eu sei, eu estou me rendendo, mas é tarde demais para tentar ser suave e sutil. Não que eu já tenha conseguido isso com ela. Quando se trata de Emma, meus instintos são tão primitivos quanto possível, minha necessidade de reivindicá-la é poderosa demais para negar.

Eu a quero em minha casa, ao meu lado, e não posso fingir o contrário.

— Eu não acho que possa... — Ela engole em seco. — Não posso deixar meus gatos sozinhos por tanto tempo. — Ela está acariciando as bestas peludas enquanto diz isso, e eu novamente sinto uma pontada estranha de ciúmes.

Eu quero que ela *me* toque.

Preocupe-se *comigo*.

— Tudo bem — digo firmemente, empurrando o desejo irracional. — Então, você volta aqui amanhã. Tenho certeza de que eles ficarão bem até lá. Você os alimentou, trocou a areia, brincou com eles... O que mais eles precisam?

Três pares de olhos verdes se estreitam em mim,

como se os gatos soubessem o que estou dizendo, e Emma olha para eles, acariciando um de cada vez.

— Venha cá — diz ela baixinho, olhando para cima. — Sente-se ao meu lado.

Eu franzo a testa em confusão, mas me aproximo da cama.

— Sente-se. — Ela olha para o local à direita dela.

Faço-o cautelosamente, não querendo esmagar uma cauda ou uma pata. Posso não gostar de seus animais de estimação, mas eu não quero machucá-los.

— Aqui. — Ela pega Cottonball e coloca-o no meu colo. — Acaricie-o assim. — Ela demonstra com a própria mão, suas unhas curtas e bem aparadas arranhando levemente a pele enquanto passa a palma do alto da cabeça até o começo de sua cauda.

Eu olho para o gato, incapaz de acreditar que ele não tenha pulado para longe ou me arranhado. Em vez disso, ele está olhando para mim, como se estivesse esperando para ver o que vou fazer.

Cautelosamente, eu o toco como Emma me mostrou, passando a mão nas costas dele. A pele é ridiculamente macia e posso sentir o calor por baixo. É como ter uma almofada aquecida no meu colo, uma extremamente fofa.

Eu tento lembrar se já segurei um gato assim, mas estou desenhando um espaço em branco. Certamente, não havia animais de estimação na minha infância – a menos se eu contar os gatos vadios que invadiram as lixeiras do complexo de apartamentos onde morávamos quando eu tinha seis anos. Por alguns meses, dei-lhes os restos que consegui encontrar em nossa cozinha, mas depois fomos despejados e nunca mais vi os gatos. De qualquer forma, eles eram selvagens e assustados demais para me deixar acariciá-los.

Depois, houve o cachorro de um vizinho – um pequeno, algum tipo de vira-lata. Ele era amigável, e eu definitivamente o acariciei e brinquei com ele várias vezes. Na verdade, eu gostava tanto dele que pedi à minha mãe para pegar um filhote no meu sétimo aniversário. Ela riu e prontamente vomitou na massa semi-cozida que deveria ser nosso jantar, e foi isso. Percebi logo depois que grande responsabilidade seria um filhote, exigindo comida e dinheiro que não podíamos gastar, e parei de querer um. Eu também parei de alimentar gatos vadios.

— Ele gosta de você. — As covinhas de Emma aparecem quando ela sorri para mim, e para minha surpresa, percebo que a criatura no meu colo está ronronando.

Alto.

Seu corpo inteiro está vibrando com isso, seus olhos fechados em aparente felicidade.

Está bem então. Eu acho que não segurei um gato antes, porque esta é definitivamente uma experiência memorável. Devo ter acariciado pelo menos um gato antes disso – me lembro vagamente de um siamês nervoso na casa de um amigo da faculdade – mas isso é algo totalmente diferente.

Este animal está *confiando em mim.*

De acordo com Emma, ele gosta de mim.

Cuidadosamente, eu intensifico a pressão, acariciando-o com mais firmeza, e o ronronar fica mais alto, a vibração aumentando até eu sentir que estou segurando uma motosserra em miniatura. O gato está claramente gostando do que estou fazendo, e não posso negar que é bom passar a palma da mão sobre o pelo macio dele. Entre o ronronar e o calor, a sensação é estranhamente calmante... Quase hipnótica. Meu telefone toca no meu bolso, mas eu o ignoro, estranhamente relutante em deixar o trabalho se intrometer.

— Amor.

Minha cabeça se vira, meu corpo inteiro tenso enquanto eu olho para Emma. — O que você acabou de dizer?

— Você perguntou o que mais eles precisam — ela diz baixinho, seus olhos cinzentos no meu rosto enquanto ela continua acariciando os dois animais de estimação em seu colo. — E estou dizendo que eles precisam de amor. Atenção. Carinho. Igual às pessoas.

Certo. Claro.

Ela está falando sobre os gatos, não sobre nós.

— Então, devo entender que você não vem para casa comigo — digo com leveza forçada, e ela balança a cabeça.

— Eu quero, mas não posso. Me desculpe, Marcus. Eu não posso deixá-los sozinhos duas noites seguidas, especialmente quando vou para a Flórida na quarta-feira. Minha proprietária cuidará deles, mas eles ainda ficarão traumatizados pela minha ausência. — Ela faz uma pausa, depois acrescenta, hesitante: — Talvez você possa ficar aqui comigo?

— Tudo bem. — As palavras escapam da minha boca antes de eu conscientemente tomar a decisão. — Nesse caso, aceito.

E quando o gato no meu colo ronrona mais alto, pego meu celular no bolso e digo a Geoffrey que não vou estar em casa para o café da manhã.

Emma

Durante toda a noite, senti o desejo de me beliscar para ter certeza de que estou acordada, porque quais são as chances de que meu 'ficante' bilionário me acompanharia até o Brooklyn, me ajudaria com minhas roupas e concordaria em passar a noite em meu pequeno estúdio antes de jantar uma pizza no Papa Mario comigo?

Nenhuma, eu teria dito antes de hoje.

No entanto, aqui estamos nós, cheios de pizza, comigo fazendo o meu melhor para fazer meus lençóis parecerem semi-decentes – e sem pelo de gato – alisando-os com as palmas das minhas mãos enquanto Marcus toma banho no meu minúsculo banheiro antes de se juntar a mim nesta mesma cama.

Meu telefone toca com mensagens recebidas, depois, começa a tocar e, quando eu o pego, não fico nem um pouco surpresa ao ver que é Kendall.

— Bem? — Ela explode no momento em que eu atendo. — Você nunca ligou de volta. O que está acontecendo com você e o Sr. Bilhões? Fale tudo. Agora.

Eu olho para a porta do banheiro, mas ela está fechada e a água ainda está ligada.

— Eu não tenho muito tempo — digo em voz baixa. — Marcus vai sair do banho a qualquer minuto, então, apenas ouça e não interrompa, ok?

— Chuveiro? Onde? Puta merda, Ems!

— Kendall...

— Ok, ok, vou calar a boca. Continue. Conte-me tudo.

E assim eu faço, começando com os livros que ele me enviou sexta à noite e concluindo com a nossa situação atual. A única parte que deixo de fora é a conversa com meus avós, porque não quero que Kendall tenha a ideia errada.

Para ela, conhecer a família é tão importante que ela ficará convencida de que estamos prestes a nos casar.

— Então, deixe-me ver se entendi. — Minha amiga parece que está à beira de um aneurisma de qualquer maneira. — Vocês dois passaram as últimas vinte e quatro horas juntos - literalmente, as vinte e quatro horas inteiras - e ele quer ficar na sua casa até amanhã? Como se ele estivesse realmente disposto a dormir na pequena caixa que você chama de cama?

— É uma cama de tamanho perfeitamente normal.

— Tanto faz. Tenho certeza de que o quarto dele é adequado para um príncipe moderno.

— Bem...

— Oh, meu Deus. Estou com tanta inveja de você agora, sua putinha sortuda. Diga-me que ele pelo menos tem um pau pequeno. É pequeno, certo? Todo torto e enrugado e coisas assim?

Eu luto contra uma risada histérica. — Não, desculpe. Ele realmente... — Paro, porque de jeito nenhum vou falar sobre isso, nem mesmo com Kendall.

— Ah, cala a boca! Em seguida, você vai me dizer que ele já lhe deu meia dúzia de orgasmos.

Bem mais de uma dúzia, mas quem está contando? Tento pensar em uma resposta adequadamente discreta, mas meu silêncio deve falar por si só, porque Kendall solta um gemido e ouço sons estridentes no fundo.

— Você está bem? — pergunto, preocupada.

— Tudo bem. — Sua voz, estranhamente abafada. — Apenas batendo minha cabeça contra a parede por não ouvir Janie e me inscrever para o aplicativo de namoro com você. Talvez eu também estivesse planejando verões nos Hamptons e férias de Natal nos Alpes.

Eu reviro meus olhos. — Prematuro, não? Acabamos de começar o que quer que seja. Além disso, tenho certeza de que ele se cansará de mim em breve e prosseguirá com seu plano de se casar com alguma linda *socialite*. Estamos apenas nos divertindo, como você me disse – e não, antes que você pergunte, não vou apostar que isso resulte em um trabalho na indústria editorial.

— A escolha é sua, desde que você esteja tendo vários orgasmos – o que parece que está. Mas sério, Ems, você está tão errada sobre as intenções dele. Você não é expert no jogo de namoro, então, pode não perceber isso, mas um cara querendo passar todo o seu fim de semana com você *depois* de já ter fodido? Isso é mais raro do que bilionários em Bay Ridge. E ficar em sua casa durante a noite porque você não quer deixar seus gatos? Você também pode esperar uma proposta na próxima semana. Ele está muito afim de você. Marque minhas palavras, antes que...

— Eu tenho que ir — murmuro no telefone, meu coração pulando quando o som da água corrente para. — Ele está saindo do chuveiro. Falo mais tarde, ok?

— Pode apostar. Divirta-se com o Sr. Pau Mágico. — E naquele tom obsceno, ela desliga, deixando-me ali corada e nervosa.

E esperançosa.

Muito esperançosa.

Tão esperançosa que é quase um fato de que vou sair gravemente machucada.

Emma

Acordo com um arrepio quando lábios quentes tocam minha nuca, a suavidade deles contrastando com o calor escaldante da respiração com cheiro de menta e a aspereza da barba da manhã raspando minha pele.

Estou deitada de bruços e Marcus está beijando meu pescoço, percebo grogue, e embora eu adoraria voltar a dormir, as sensações são deliciosas demais para perder. Ele está me massageando também, suas mãos fortes amassando os músculos dos meus ombros, meus braços, minhas costas, minha bunda... Oh, sim, ele definitivamente está se concentrando em meus glúteos, e eu não tinha ideia do quanto esses músculos precisavam ser cuidados. Seus lábios seguem as mãos pelo meu corpo, passando pela minha espinha e deixando minha pele formigando.

Ele muda sua atenção para as minhas pernas, e eu gemo no travesseiro, mantendo meus olhos fechados enquanto ele massageia a dor da minha parte interna das coxas e tendões – áreas que precisam muito depois de ficarem sobrecarregadas duas noites seguidas. Ele tinha praticamente me dobrado ao meio num momento na noite passada, com meus pés descansando em seus ombros largos enquanto ele enfiava em mim, seu rosto tenso em luxúria. Foi além de intenso, e eu gozei forte, mas depois me senti ainda mais dolorida – tanto por dentro quanto por fora.

Vou seriamente insistir em não fazer sexo hoje, pelo menos na variedade penetração. O oral é bom a qualquer momento, assim como o que ele está fazendo comigo agora. Na verdade, espere, pensando melhor...

— Ah, merda — suspiro, minhas mãos segurando o cobertor enquanto sua língua mergulha entre os meus globos, brincando com a minha outra abertura. Ninguém nunca me tocou lá antes, e a sensação é além de estranha, prazerosa e tão suja que eu fico toda vermelha. Tomei banho depois do sexo na noite passada, mas ainda está errado que ele esteja me lambendo – errado e perversamente gostoso. Posso me sentir molhada, meu clitóris inchando de excitação, e enquanto sua língua vai mais fundo, empurrando o anel apertado do músculo, suas mãos seguram minhas nádegas e as separam, abrindo-me amplamente.

— Seu cu é tão bonito — ele rosna, levantando a

cabeça, e com uma onda ardente de mortificação, percebo que ele está olhando diretamente para a minha bunda, o interior dela. O constrangimento é tão intenso que sinto que posso explodir em chamas e, ao mesmo tempo, estou tão excitada que minha excitação está vazando pelas minhas coxas.

— Vou foder seu pequeno buraco apertado. Em breve — ele promete com voz rouca, e antes que eu possa reagir, ele abaixa a cabeça e empurra sua língua em mim, minhas bochechas separadas impedindo-me de apertar para resistir à sua entrada. Sua língua me penetra, grossa e escorregadia e estranhamente musculosa, e quando se afunda mais, sinto como se pudesse explodir pela vergonha... E pelo prazer sombrio percorrendo meu corpo.

Não há dor, mas há uma plenitude desconcertante, um sentimento de erro que só exacerba o erotismo perverso de tudo isso. Gemendo contra o travesseiro, eu pressiono meus quadris no cobertor, desesperadamente precisando esfregar meu clitóris latejante em algo... Qualquer coisa. Apenas a menor pressão me mandaria para a borda, dissolvendo essa tensão enlouquecedora e deliciosa. Sua língua está empurrando para dentro e para fora, me fodendo como um pau, é muito, mas não o suficiente. Estou morrendo, queimando de necessidade mortificante, e é quase um alívio quando a língua escorregadia se retira e um dedo grande e áspero empurra, usando a lubrificação deixada para trás.

Não é tão grosso quanto a língua dele, mas é mais

longo, e eu sinto o choque disso, a resistência imediata do meu corpo à intrusão de um objeto estranho. Meu interior aperta, e mesmo estando toda aberta, as bordas duras da unha escavam os tecidos macios, fazendo minhas terminações nervosas exclamarem de dor. Exceto que nem tudo é dor – de alguma forma, também é prazer – e eu grito quando a tensão cresce insuportavelmente, todos os meus músculos se apertando com a necessidade de pressionar.

— Sim, isso... — A voz de Marcus é baixa e sombria enquanto o dedo se curva dentro de mim. — Goze para mim, Gatinha. — E quando ele libera meus glúteos para beliscar meu clitóris dolorido, eu explodo, todo o meu corpo em espasmos do prazer agonizante da liberação. É tão intenso que minha visão é interrompida por um momento nebuloso, e quando me dou conta, ouço-o gemer atrás de mim e sinto o toque quente de seu sêmen na minha bunda.

Ainda estou corando durante o café da manhã — em parte porque não consigo olhar para a boca de Marcus sem pensar onde sua língua esteve. Estamos em pé na minha cozinha, comendo mingau de aveia com nozes e frutas vermelhas, e toda vez que Marcus morde um morango e lambe os sucos de seus lábios, sinto o calor subindo pelas minhas bochechas.

Não ajuda que todos os meus três gatos estejam

olhando para mim com olhos acusatórios – como fizeram durante toda a manhã.

— O quê? — agarro o Sr. Puffs quando não aguento mais, e ele balança o rabo e se afasta – deixando seus irmãos para fornecer a dose adequada de humilhação.

— Eles não estão acostumados a você fazer sexo na frente deles, estão? — Marcus diz secamente, e eu rio, percebendo que não sou a única que está sentindo o peso do julgamento felino esta manhã.

— Não — admito, sorrindo. — Na verdade, essa pode ser apenas a segunda exposição ao sexo humano deles – a primeira foi sexta à noite.

— Bom. Fico feliz. — Sua voz fica rouca enquanto ele coloca sua tigela vazia no balcão. — Não quero que eles fiquem traumatizados ao ver isso ser feito de maneira inadequada.

Eu sinto outro rubor chegando, mas levanto as sobrancelhas, determinada a agir de forma normal. — Quem disse que isso teria sido feito de maneira inadequada? Eu já tive um bom sexo antes. — Ou o que eu *achei* bom sexo antes de conhecer Marcus, mas não vou inflar mais o ego dele.

Que já rivaliza ao tamanho do seu membro "mágico".

— Ah, mesmo? — Seus olhos azuis estreitam. — Me conte.

Eu coloco minha tigela e cruzo os braços sobre o peito. — Você primeiro. — Não que eu realmente queira saber sobre todas as centenas de mulheres bonitas com quem ele dormiu, mas não vou falar sobre minha história sexual lamentavelmente curta sem fazê-lo se contorcer pelo menos um pouco.

Para minha surpresa, ele não ri da minha demanda ou responde com algo arrogante. Nem parece nem um pouco desconfortável com o assunto. — Desde que perdi minha virgindade aos quinze anos, fiz sexo com várias parceiras — ele diz calmamente, pegando seu café. — Principalmente no contexto de relacionamentos casuais, mas também houve alguns encontros de uma noite. Meu relacionamento mais sério até hoje foi na faculdade, onde namorei a mesma garota por dois anos e meio. Nós nos separamos na graduação, quando eu estava voltando para Nova York e ela queria morar em Los Angeles. Depois disso, eu estava muito focado em minha carreira para dedicar muito tempo ao namoro, então, meus relacionamentos subsequentes foram superficiais e de curta duração, variando de algumas semanas a alguns meses — Ele toma um gole de café, depois acrescenta, olhos brilhando: — E sim, na maioria dos casos, o sexo era bom, embora nem se compare com que temos agora.

Meus braços caem para os lados e meu coração – que encolhera em uma minúscula almofada de alfinetes ao imaginá-lo com outras mulheres – se lança num galope assustado. — Não?

— Não. — Ele abaixa seu café, seus olhos queimando em mim. — Acredite ou não, normalmente não quero foder cinco vezes por dia.

— Oh. — Minha garganta fica seca quando ele caminha em minha direção. — Entendo.

— E você? — Ele coloca as mãos no balcão de cada lado meu, prendendo-me com seu corpo grande. Segurando meu olhar, ele diz suavemente: — Conte-me sobre suas escapadas sexuais, Gatinha.

Eu engulo, sentindo-me desconfortavelmente como uma presa capturada. — Hum... Não tem sido tudo isso, na verdade. Apenas um par. Um namorado na faculdade, um no colégio. E um monte de encontros que não levaram a lugar nenhum. Eu nunca fui tão popular assim.

Maldigo internamente com o quão patético isso soa, mas os olhos de Marcus se estreitam novamente, suas narinas se dilatam quando ele se inclina. — E eles eram bons na cama, aqueles dois namorados seus? — Há algo sombrio e perigoso em sua voz, quase ameaçador.

Se eu não soubesse melhor, teria pensado que ele estava com ciúmes.

Independentemente disso, estou tentada a continuar com a mentira, assim pareceria menos por baixo. Mas quando abro a boca, a verdade aparece. — Não, eles não eram — admito, segurando o olhar dele. — Arthur tinha dezessete anos e não sabia o que estava fazendo, e Jim... Bem, Jim era ok, eu acho. Mas não foi assim com ele. Não é como é com você.

Ao contrário das minhas expectativas, a confissão não apazigua Marcus. Se alguma coisa, seu rosto escurece ainda mais. Abaixando a cabeça para que seus lábios resvalem minha orelha, ele diz em uma voz baixa e áspera: — Fico feliz que você não era popular,

Gatinha... Porque se você fosse, eu teria um monte de Jims e Arthurs babacas para destruir.

E enquanto estou processando essa declaração bizarra, ele me levanta no balcão e toma minha boca em um profundo beijo sombriamente possessivo.

arcus

— Não, chega. Estou tão dolorida, — Emma geme, rolando para fora da cama quando eu aperto seu seio, e, relutantemente, a deixo ir, embora eu possa alegremente ir para a segunda rodada. Ou terceira – dependendo de se gozar em sua bunda esta manhã conta.

Porra, não é de admirar que ela esteja implorando por misericórdia. Eu tenho controle zero perto dela. E ouvir sobre seus ex-namorados não ajudou. Eu quase perdi o controle, imaginando-a com aqueles idiotas com caras espinhentas – e foi assim que acabamos de volta na cama, apesar de minhas melhores intenções.

Eu ia ser um cavalheiro e manter minhas mãos longe dela até hoje à noite.

Eu realmente ia.

Ela sabiamente decidiu remover a tentação ao desaparecer no banheiro, então, me levanto e me visto, ignorando os olhares desdenhosos dos gatos. Bem, dois dos gatos; Cottonball parece ter me aceitado um pouco melhor, e seu olhar verde é apenas repreendedor.

Como seus irmãos, ele acha que eu sou uma fera enlouquecida por sexo.

— Venha cá, amigo — murmuro, sentando-me na primeira e única cadeira e acariciando meu joelho quando Emma leva seu doce tempo no banheiro. — Eu preciso de uma distração para não atacar sua dona bonita novamente.

O gato me olha em dúvida, depois, passeia e pula no meu colo. Balanço minha cabeça e começo a acariciá-lo, ainda espantado por ele confiar em mim para segurá-lo. Os animais não podem dizer quando as pessoas gostam deles? Não que eu não goste desse gato em particular; ele parece ser mais legal que a maioria.

Quando Emma sai do banheiro vestida com seu robe rosa curto, Cottonball está ronronando alto o suficiente para acordar a vizinhança, e eu não posso negar que estou me divertindo. Em teoria, eu deveria estar odiando tudo isso – os gatos, o apartamento sujo, a cama irregular que é curta demais para mim – mas, em vez disso, me sinto bem, bem demais, considerando o pouco sono que tive na noite passada e como muito trabalho provavelmente está me esperando no escritório. Normalmente, eu passaria boa parte do meu fim de semana estudando os relatórios dos meus analistas e revendo nossas maiores posições, mas tudo o que fiz nos últimos dois dias foi passar um tempo com Emma... e é tudo o que quero fazer. Eu mal verifiquei meu e-mail hoje. Na verdade, esse pode ser o domingo mais relaxante que já tive desde... Bem, desde a escola primária.

Comecei a administrar dinheiro – meu e de meus colegas de classe da faculdade – e não parei desde então.

Como que conjurado, meu telefone começa a zumbir no meu bolso. Por um momento, sinto-me tentado a deixá-lo ir para a caixa postal, mas meu senso de responsabilidade entra em ação. Há bilhões de dólares e centenas de empregos de funcionários em jogo. Eu não posso ignorar isso só porque quero passar o resto do dia com Emma.

Colocando o gato ronronando no chão, pego o telefone.

Com certeza, é Jarrod – que só me chama nos fins de semana em casos de grandes problemas.

— O que foi? — falo, minha adrenalina já está aumentando.

Não tenho um bom pressentimento sobre isso.

O meu diretor de informação não brinca. — É ruim. A equipe do município acabou de me ligar. Lembra-se daquele vínculo de alto risco que compramos há algumas semanas? Bem, o aumento de capital do município falhou – algo sobre um político local ser pego com a mão onde não devia. Acabou de sair nas agências de notícias.

Porra. Fico de pé. — O quão fundo no buraco estamos?

— Nesse exato momento? Trezentos mil, mas os rumores são de que eles vão declarar falência na segunda-feira.

Assim, tornaria todo o nosso investimento de US$700 milhões sem valor.

Puta que pariu. Estamos prestes a ter nosso primeiro mês de baixa este ano e também antes da Zona Alfa.

— Diga-lhes para liquidar o que puderem — ordeno, minha mente já buscando por soluções. — E convoque uma reunião de emergência dos gerentes de processo – precisamos de ideias de curto prazo acionáveis.

— Agora mesmo — Jarrod responde e desliga.

Emma está agora na minha frente, uma expressão preocupada no rosto enquanto olha para mim. — O que há de errado? Aconteceu alguma coisa no seu fundo?

Eu aceno, pegando meu casaco nas costas da cadeira. — Uma aplicação deu errado. Eu tenho que ir para o escritório. — Sei que pareço brusco, mas não posso evitar.

Estamos prestes a perder US$700 milhões, e eu quase não peguei o telefone, muito envolvido no feitiço dela para pensar direito. Porra, do que estou falando? Eu deveria ter repassado o investimento com um pente fino nesse sábado, como eu estava planejando fazer antes de Emma acabar na minha cama. Meu gerente de processo municipal é bom, mas sou melhor em ver o quadro geral. Eu poderia ter visto alguma bandeira vermelha em relação ao político, e nós poderíamos ter liquidado ontem, antes que as notícias sobre o desfalque chegassem. Mas não. Eu estava com minha obsessão ruiva e não conseguia me afastar dela. Em um fim de semana curto, fiquei tão viciado nela que perdi de vista o que importa. Mesmo agora, sabendo que o fundo está em apuros, uma parte de mim quer ficar com Emma em vez de correr para o escritório, para foder minhas preocupações em vez de lidar com as consequências do meu erro.

Eu estava errado. Ela não é chocolate nem *Netflix*.

Ela é a porra de uma heroína e eu estou salivando por mais uma dose.

— Oh, isso é uma merda, me desculpe — diz ela, seu olhar cinza simpático, e até agora, estou tentado a roubar um beijo enquanto passo por ela no meu caminho para fora.

— Eu te ligo mais tarde — digo secamente em vez disso e saio, batendo a porta antes que os gatos possam escapar.

Eu preciso colocar alguma distância entre mim e Emma.

Preciso me desintoxicar antes que me envolva demais.

 mma

ELE FOI TÃO RÁPIDO QUE É COMO SE EU O TIVESSE imaginado aqui. Apenas os lençóis amarrotados evidenciam sua recente presença – a persistente sensibilidade entre minhas pernas. De alguma forma, ainda acabamos fazendo sexo depois do café da manhã, e agora estou *realmente* dolorida.

Então, sim, provavelmente foi melhor a partida dele tão abruptamente. Bem, não melhor, sinto que algo deu errado em seu trabalho, mas certamente não deveria me sentir abandonada nem nada. E daí se ele não me deu um beijo de despedida? Nós não somos namorados. Ele provavelmente vai aparecer quando terminar no escritório, e nós teremos uma quantidade ridícula de sexo novamente.

Isto é, assumindo que ele ainda me queira. Não há garantia disso.

O pensamento é estranhamente deprimente. Apenas a possibilidade de nunca mais ver Marcus faz meu peito parecer apertado e pesado, como se estivesse sendo espremido em um torno.

— Ele vai voltar, certo? — pergunto à Rainha Elizabeth, e ela me dá o equivalente a um encolher de ombros: um olhar vazio, seguido por um pequeno movimento de cauda.

Eu suspiro e caminho até a minha mesa. Estou imaginando isso, tenho certeza, mas por um momento, parecia que Marcus estava chateado comigo... Como se eu tivesse feito algo errado. Mas isso é bobagem. Ele recebeu más notícias do trabalho, isso é tudo. O que quer que esteja acontecendo em seu fundo não tem nada a ver comigo. A única coisa que posso pensar em algo que *eu* poderia ter feito foi dizer a ele que estou muito dolorida para ter mais relações sexuais ainda.

Espere um segundo.

É isso?

Eu o ofendi recusando seus avanços?

Não, isso não parece certo. Marcus é muito confiante, é muito homem para ter um ego tão frágil. No entanto, é possível que, sem a possibilidade de mais sexo, ele não tenha encontrado razão para ficar.

Mas não. Houve esse telefonema. Ele não inventou. Eu vi o rosto dele; a notícia que ele recebeu realmente foi ruim. Pode haver centenas de milhares ou mesmo milhões de dólares em jogo – dezenas de milhões, pelo que sei. É ridículo imaginar que ele esteja pensando em mim durante um período tão crítico; muito provavelmente, ele parecia cabisbaixo porque estava preocupado com as más notícias.

De qualquer forma, ele disse que vai ligar mais tarde, então, tenho certeza de que vou falar com ele hoje à noite. Ou se não esta noite, amanhã.

Enquanto isso, devo aproveitar esta oportunidade para atualizar minha revisão.

Já estou um final de semana atrasada no meu cronograma.

46

Olhos turvos, esfrego a palma da mão sobre o rosto e olho para o relógio.

3h05

Estamos nisso há mais de doze horas.

Levanto-me, jogo meu copo de café descartável no lixo e olho em volta da sala de conferências com paredes de vidro. Jarrod e todos os meus gerentes de portfólio estão aqui, sentados ao redor da longa mesa retangular cercada por pilhas de relatórios. Como eu, eles estão analisando as idéias de investimento que os analistas estão trazendo, tentando descobrir como podemos compensar uma perda de US$700 milhões durante uma semana abreviada.

Se ainda estivermos no buraco em 30 de novembro,

manteremos o desempenho abaixo deste mês e será uma marca negra permanente nos registros do fundo – para não mencionar, uma fonte de vergonha na próxima conferência da Zona Alfa.

Até o momento, existem várias ideias promissoras de curto prazo, mas nada grande o suficiente para obstruir um buraco de US$700 milhões. E as chances são de que não encontraremos essa joia hoje à noite.

Bato a palma da mão sobre a mesa e todos ficam atentos.

— Chega — digo. — Todo mundo para casa. Vamos retomar de manhã cedo.

Não quero que o julgamento deles seja comprometido pela falta de sono.

Já é ruim o suficiente deixar meu pau pensar por mim.

— Vejo você de novo aqui às sete? — Jarrod diz, passando por mim e eu aceno. Não faria mal me inteirar sobre tudo com o meu diretor de informação antes que o pessoal de processo se junte. Ele tem apenas 27 anos, mas tem um talento especial para ver o cenário geral, assim como eu. Um dia, em breve, ele irá voar por conta própria, mas até então, eu tenho seu cérebro inteligente para trocar ideias.

Todo mundo sai da sala de conferências, e faço o mesmo, uma dor de cabeça de tensão apertando minhas têmporas quando fecho a porta atrás de nós. No andar principal, os analistas estão debruçados sobre seus computadores, analisando números e classificando dados, procurando algo para levar aos seus diretores.

Também estou tentado a mandá-los para casa, mas como eles não tomam as decisões, ter uma mente clara é menos crucial para eles. Decido deixar que cada gerente de processo decida, e saio, minha dor de cabeça piorando a cada passo que dou.

Leva menos de vinte minutos para chegar em casa – o tráfego é inexistente a essa hora – e quando caio na cama, meus pensamentos se voltam para Emma pela quinquagésima vez nesta noite. Ela provavelmente já está dormindo há muito tempo. Posso imaginá-la enroscada com seus gatos em sua cama pequena e estreita, seus cachos vermelhos selvagens espalhados sobre o travesseiro e seu corpinho exuberante mal coberto por uma calcinha e uma blusa que ela usa no lugar de pijama. Mesmo com a dor de cabeça batendo em mim, a imagem aperta minha virilha e faz o calor aumentar no meu peito.

Eu daria tudo para segurá-la agora.

Tudo mesmo.

Minha mão já está pegando meu telefone quando percebo o que estou fazendo. Xingando baixinho, recolho a mão, furioso comigo mesmo. Esta é a décima vez que quase liguei ou mandei uma mensagem para ela hoje à noite, apesar da minha resolução de fazer um detox de Emma.

Não vê-la ou pensar nela – esse é o objetivo que estabeleci para mim. E isso significa que não há chamadas ou mensagens. Preciso estar no controle desse vício, para provar a mim mesmo que posso ficar sem minha fixação por pelo menos algum tempo.

Que eu posso funcionar no trabalho e em outros lugares, mesmo com essa obsessão.

Fechando os olhos, tento me concentrar nas idéias de investimento, para que, enquanto durmo, meu cérebro possa processar todas as informações que vi nas últimas doze horas. Geralmente, é a melhor maneira de fazer isso, basta dar um passo atrás e deixar as conexões se formarem por conta própria, sem forçar o processo. No entanto, enquanto estou adormecendo, não são os índices de cobertura da dívida e os investimentos de volatilidade que ocupam minha mente.

É ela.

Emma.

O desejo que não posso apagar.

47

Emma

MARCUS NÃO ENTRA EM CONTATO COMIGO PELO RESTO do domingo, mas não me preocupo muito com isso. Afinal, ele provavelmente está ocupado com sua emergência. Na segunda-feira à tarde, no entanto, estou checando meu telefone a cada cinco minutos, com medo de que, de alguma forma, tenha perdido uma ligação ou uma mensagem.

Não há nada, no entanto.

Nem mesmo um rápido "ei".

Na hora do jantar, meu telefone finalmente toca. Eu agarro ansiosamente, minha pulsação pulando de emoção, mas é apenas Kendall – sem dúvida, ligando para obter todos os detalhes interessantes sobre meu encontro. Engolindo minha decepção, começo a aceitar a ligação, mas no último segundo, a envio para a caixa postal.

Não quero discutir Marcus com ela – não até saber o que está acontecendo entre nós.

Supondo que ainda esteja acontecendo alguma coisa.

Me questiono sobre entrar em contato com ele pessoalmente, enviando uma mensagem rápida para ver como ele está, mas mudo de ideia. Ele pode ficar irritado por eu estar incomodando-o no meio de sua emergência, ou pior ainda, ele pode não responder, e então, eu me sentirei muito mal. De qualquer forma, Marcus não é um calouro inseguro de faculdade que precisa ser estimulado a entrar em contato com uma garota que ele gosta. O fato de eu não ter ouvido falar dele significa que ele não quer falar comigo.

É simples assim.

Passo a noite de segunda-feira me mexendo e revirando, incapaz de me sentir confortável. Mesmo com meus gatos ao meu lado, minha cama parece vazia e fria, meu cobertor fino demais para repelir o frio do inverno que entra pela janela mal-isolada. Meu chefe me disse que uma grande tempestade de neve está chegando amanhã à noite, e parece que com vento forte e temperaturas começando a despencar.

Espero poder voar na quarta-feira. Seria péssimo se a companhia aérea cancelasse meu voo.

Finalmente adormeço depois das duas e, quando meu alarme dispara às sete, pego meu telefone imediatamente.

Nada ainda.

Nenhuma chamada, nenhuma mensagem.

Meu estômago se afunda e o aperto pesado retorna ao meu peito. É possível que Marcus ainda esteja insanamente ocupado no trabalho, mas enviar mensagens como "ei, pensando em você" levaria menos de três segundos. A menos, claro, que ele não esteja pensando em mim – o que parece cada vez mais provável.

Ele pode ter ficado de saco cheio de sexo comigo e seguido em frente, significando que nunca mais poderei ouvi-lo.

Eu tento não pensar nisso, mas na tarde de terça-feira, não posso mais descartar a possibilidade. Talvez com outro cara, um desaparecimento de dois dias não teria grande significado, mas Marcus nunca jogou pelas regras do namoro moderno, nos joguinhos de "deixe que ela adivinhe". Desde o início, ele deixou claro sobre suas intenções, indo atrás do que ele queria – eu em sua cama – com o mesmo tipo de intensidade que ele deve aplicar a todas as áreas de sua vida. Encontros diários, presentes exagerados, conversa com meus avós no *Skype*, passar a maior parte do fim de semana comigo – ele praticamente entrou no meu corpo e na minha vida. Eu não tive a menor chance quando ele mirou em mim... E talvez esse seja o problema.

Talvez tenha sido um desafio o que ele queria o tempo todo, e desde que eu deixei de ser isso, ele mudou para algo – ou alguém – mais emocionante.

Por volta das quatro da tarde, Kendall me liga

novamente, e eu novamente a envio para a caixa postal. Posso imaginar o quão animada e borbulhante ela vai soar, querendo ouvir tudo sobre o meu caso com um bilionário, e eu simplesmente não sinto vontade de dissecar as ações de Marcus com ela. Talvez seja porque dormi pouco na noite passada, mas me sinto completamente esgotada, tão apática como se estivesse com gripe.

E talvez eu esteja.

Talvez seja isso esta dor espremendo no meu peito.

— Você deveria ir para casa mais cedo — Smithson aconselha quando termino o arquivamento dos livros de romance desta semana. — Já está começando a nevar.

— Ah, certo. Eu quase me esqueci da tempestade. — Olho para fora, onde o vento uivante está conduzindo as primeiras rajadas em padrões parecidos com twister. — Vou ter que verificar o meu voo.

Meu chefe faz careta. — Não está bom, Emma, desculpe. Eles disseram no noticiário que as companhias aéreas já começaram a anunciar cancelamentos.

Ótimo. Maravilha. Meus olhos pinicam e eu tenho que me virar, piscando rapidamente para manter o súbito fluxo de lágrimas à distância. Eu não percebi até agora o quanto eu estava antecipando esta viagem – tanto porque eu sinto falta dos meus avós quanto porque eu preciso fugir.

Estou morrendo de vontade de escapar desse tempo

terrível... E da dor crescente da percepção de que talvez eu nunca mais veja Marcus.

~

EU CHEGO EM CASA ANTES DO PIOR DA NEVE COMEÇAR, meu pescoço confortável e quente graças ao cachecol que Marcus me presenteou. Eu não queria colocá-lo essa manhã, mas o vento era muito forte para ser ignorado.

Desanimada, eu o tiro e coloco em uma caixa de sapatos para mantê-la a salvo do Sr. Puffs. Então, penduro meu casaco e dou o jantar para os gatos antes de me arrastar até meu laptop para checar meu voo.

Para meu alívio, minha companhia aérea cancelou apenas os voos de hoje à noite e amanhã de manhã. Eles devem esperar que o tempo melhore até a tarde de amanhã.

— Bem, isso é promissor — digo aos gatos, voltando para a cozinha para fazer meu próprio jantar. — Serei capaz de chegar à Flórida, afinal de contas. — Mesmo para os meus próprios ouvidos, no entanto, minha voz soa sem graça, sem qualquer sugestão de excitação.

Porque, por mais que eu queira ver meus avós e aproveitar o sol da Flórida, eu sei – no fundo de meus ossos, eu sei – que nada disso afugentará o vazio que se espalha dentro de mim.

A crescente convicção de que Marcus e eu terminamos.

Marcus

ATÉ O FECHAMENTO DO MERCADO NA TERÇA-FEIRA, TODA a equipe do fundo está exausta, mas arrecadamos US$580 milhões por meio de uma combinação de operações diferentes, incluindo uma aposta de US$100 milhões em um dia na lira turca. A equipe de transporte também lucrou com as posições vendidas de suas companhias aéreas; eles apostam há semanas que o clima de inverno que chegaria cedo afetaria bastante essas ações e, com o advento da tempestade de hoje à noite, o restante do mercado finalmente concordou com elas.

Em suma, com exceção de grandes desastres nos próximos dias de negociação, podemos acabar tendo um novembro decente. Não é ótimo, mas é bom o suficiente para não precisarmos explicar um mês para nossos investidores. Ou para os participantes da Zona Alfa – esses idiotas teriam sido impiedosos.

Devia ser bom, arrebatar essa vitória das garras da derrota, mas tudo em que consigo pensar é que não vejo Emma desde domingo. E amanhã à noite ela partirá para a Flórida, o que significa que não a verei pelo resto da semana.

Pela enésima vez, pego meu telefone, apenas para recuar com um esforço hercúlio de vontade. O desejo ainda está lá, mais forte do que nunca, e sei que se eu desistir agora, não haverá como voltar atrás.

Essa obsessão vai crescer até me consumir.

Não que eu esteja planejando ficar longe de Emma por muito mais tempo. Por um lado, não tenho certeza se conseguiria, mas também não quero. Por mais perigoso que meu apego a ela seja, é a coisa mais emocionante que sinto nos últimos anos. Eu nunca tive esse tipo de química sexual com uma mulher, nunca quis ou desfrutei de uma tão intensamente. Eu quero acordar com seus cachos brilhantes em chamas no meu travesseiro e ver seu sorriso arrebatador quando eu chegar em casa do trabalho, enterrar meu pau em seu corpo doce e exuberante todas as noites e quantas vezes ao longo do dia ela me deixar.

Eu a quero e vou tê-la, mas primeiro tenho que saber que sou mais forte que meu vício.

Tenho que passar essa semana sem ela, para provar a mim mesmo que estou no controle.

 mma

COMO MEU VOO NÃO SAI ATÉ ÀS 18H25, EU PLANEJAVA IR trabalhar por meio período na quarta-feira. No entanto, enquanto observo a fúria uivante da tempestade através da minha janela estreita, sei que isso não vai acontecer e, muito provavelmente, meu voo também não.

Já é meia-noite, mas não consigo dormir, minha cama de novo desconfortavelmente fria e vazia. E irregular. Por que eu nunca notei antes como meu colchão é irregular? Não se parece em nada com a extensão de espuma que lembro da cama king-size de Marcus. Aquilo foi tão confortável, tão macio e quente, especialmente com seu corpo grande e poderoso em mim...

Não. Pare. Fecho meus olhos para deter as memórias, mas elas inundam de qualquer maneira, aumentando a dor oca no meu peito. Sinto falta dele. Eu realmente sinto falta dele. Nós só passamos duas noites juntos, mas pareceram mais de um mês, como uma dúzia de encontros espremidos em um fim de semana incrível e transformador de vida. Eu continuo imaginando seus olhos, seu sorriso, sua risada... O espanto silencioso em seu rosto quando eu coloco Cottonball em seu colo. Ele lidou com o gato tão cuidadosamente quanto um bebê recém-nascido, suas grandes mãos extraordinariamente gentis em seu pelo. Observando-o, senti meu coração inchar e partir-se um pouco, uma fissura se abrindo para deixá-lo entrar.

Deus, por que ele fez isso comigo? Por que ir atrás de mim com tanta força, me fazer pensar que poderia haver algo real entre nós, apenas para me descartar tão cruelmente?

Eu esperava, claro, disse a mim mesmo que isso iria acontecer, mas não faz doer menos. De verdade, eu me sinto muito estúpida. Eu não deveria ter concordado em vê-lo quando ele me enviou os presentes.

Não, risque isso. Eu não deveria ter concordado em sair com ele em primeiro lugar. O tempo todo, eu sabia que estava brincando com fogo, e eu fiz isso mesmo assim.

Eu o deixei fazer uma queimadura de terceiro grau no meu coração.

A tempestade lá fora agora parece mais um furacão, o vento rugindo e a neve se acumulando na minha única janela para bloquear a pouca luz das lâmpadas da rua que entrava. E enquanto olho para a escuridão, meus olhos ardem com lágrimas não derramadas. Eu faço uma promessa.

Nunca mais vou sair com um homem fora dos meus padrões.

 arcus

A TEMPESTADE AINDA ESTÁ ACIRRADA DO LADO DE FORA quando meu alarme dispara às 5h. Por isso, envio um e-mail pedindo a todos do fundo que trabalhem em casa e depois faço o mesmo. Geoffrey tem o dia de folga, mas ele preparou as refeições de hoje com antecedência e leva apenas alguns minutos para aquecer o quiche que ele fez e engolir com uma xícara de café antes de ir para o meu escritório em casa.

Enquanto respondo e-mails e reviso os relatórios de pesquisa, meus pensamentos se voltam para Emma novamente. Eles disseram no noticiário que algumas áreas do Queens e Brooklyn perderam energia. Isso poderia ter acontecido no bairro dela? Em geral, como ela está se saindo no seu estúdio no porão? Algo como uns trinta centímetros de neve já caiu, o suficiente para bloquear a janela logo acima do chão em seu apartamento.

Ela poderia estar presa lá no escuro, sem eletricidade e aquecedor?

Não, isso é ridículo. Ela está no Brooklyn, não em alguma cabana nas montanhas, e é uma tempestade no início do inverno, não o Armagedom. Tenho certeza de que ela está bem. Ela provavelmente está dormindo, aproveitando um dia de folga improvisado como a maior parte da cidade. Ou, se estiver acordada, pode estar fazendo as malas para o voo para a Flórida hoje à noite. Falando nisso...

Pego meu telefone e verifico o status de seu voo, como faço a cada duas horas desde a tempestade.

Ainda não foi cancelado.

Porra.

Não estou planejando vê-la esta semana, então, não sei por que isso me incomoda, mas o faz. Talvez seja porque eu não quero que ela voe nesse clima. A neve deve parar ao meio-dia, mas o gelo nas asas dos aviões pode ser um problema por um tempo. Não que as companhias aéreas voem se não acharem seguro, mas ainda assim.

Não quero que ela suba nesse avião.

Realmente não.

Percebendo que estou obcecado por ela outra vez, forço minha atenção de volta à tela do computador e consigo me concentrar por mais algumas horas. Então, verifico o voo dela de novo.

Ainda está lá. Nem mesmo um atraso.

Amaldiçoando, levanto-me e dirijo-me à minha academia em casa. Quase desejo que o número do voo dela não estivesse no relatório do investigador. Se eu não soubesse, não verificaria o aplicativo da companhia aérea com a frequência de um colegial atualizando seu feed do *Instagram*. Espero que um bom treino distraia a minha mente. Com a insana carga de trabalho dos últimos dois dias, tenho me exercitado rapidamente antes do café da manhã, mas não levantei pesos desde a manhã de sábado, quando Emma dormia na minha cama.

Porra, estou pensando nela novamente.

Com esforço, concentro-me na rotina da minha academia, levando-me ao limite em cada série. Quando termino, estou encharcado de suor, meus músculos tremendo de exaustão. Mas ainda estou inquieto, meus dedos se contorcendo com o desejo de pegar meu telefone e verificar o voo dela.

E talvez ela.

Apenas uma mensagem rápida para me certificar de que ela está bem nessa tempestade.

Mas não. Isso parecerá estranho, já que não a contatei desde domingo. Neste ponto, devo-lhe uma explicação, se não um pedido de desculpas, pelo meu desaparecimento. Não que eu vá contar a ela sobre a batalha particular que tenho lutado; o trabalho será suficiente como desculpa. E para suavizar ainda mais os danos, vou convidá-la para jantar naquela mesma noite, para que possamos continuar de onde paramos.

Tudo isso quando ela voltar da Flórida, naturalmente. Eu tenho que continuar pelo menos uma semana sem ela, para ter certeza de que eu posso.

Para me impedir de fazer algo estúpido, mergulho em minha piscina e faço três dúzias de voltas. Então, tomo banho e vou para a minha cozinha almoçar, notando quando passo pela janela que a neve parou e os carros limpa-neve estão em pleno vigor.

Isso é bom. Com sorte, isso significa que eles restaurarão a energia nos bairros que perderam, em breve. Especialmente se Emma...

Pare. Não pense nela.

Abrindo a geladeira, pego um sanduíche de salada de atum e me sento no bar para comer. Enquanto mastigo, olho para o relógio do micro-ondas.

11h43

Emma está definitivamente acordada agora.

Droga. Eu realmente não consigo me controlar, consigo? Se vou gastar tanto tempo pensando nela, posso muito bem estar com ela.

Faço uma pausa, um sanduíche meio comido na minha mão enquanto processo esse pensamento. Talvez eu esteja fazendo tudo errado. Talvez, tentando não pensar em Emma, tenha garantido que ela esteja o tempo todo na minha mente. É como o experimento clássico do "urso branco" na aula de psicologia: se você disser a alguém para não pensar em um urso branco por um período específico de tempo, será a única coisa que ocupará seus pensamentos.

Sim, claro, é isso. Eu já deveria ter visto isso antes.

Emma é meu urso branco.

Ao tentar resistir ao meu vício por ela, venho tornando isso infinitamente pior.

O que eu preciso é a abordagem completamente oposta – me afundar nela. Não do jeito que eu fiz nesse fim de semana, a ponto de negligenciar meu trabalho, mas de uma maneira mais controlada. E eu sei exatamente como fazer isso acontecer.

Eu tenho que fazê-la morar comigo.

A solução é tão óbvia que não sei por que não me ocorreu antes. É basicamente aula de Economia. O problema agora é que Emma é um recurso escasso. Com ela morando no Brooklyn e não querendo deixar seus gatos sozinhos por muito tempo, eu simplesmente não consigo me cansar dela no tempo limitado que temos juntos. Não é à toa que deixei a bola cair no trabalho no fim de semana passado: com ela saindo para a viagem e se recusando a passar duas noites seguidas na minha casa, era quase inevitável que eu me concentrasse nela, excluindo todo o resto.

Porque é assim que a escassez funciona.

Isso torna o item escasso ainda mais desejável... Praticamente irresistível.

É claro que morar junto é um grande compromisso – e é provavelmente por isso que eu não pensei nisso antes. Na verdade, não, eu fiz de certa forma. Meu desejo de que ela estivesse na minha casa o tempo todo provavelmente era meu subconsciente propondo essa mesma solução. E quanto mais eu penso nisso, mais eu gosto.

Todas as coisas que eu quero – tê-la comigo todas as noites, vê-la assim que chegar em casa do trabalho – serão muito mais fáceis se ela estiver morando na minha cobertura. E em termos de compromisso, não é tão importante para mim quanto para a maioria das pessoas. Parcialmente, é toda a logística financeira que torna a convivência um grande passo. Um casal de namorados geralmente precisa alugar ou comprar um novo local, além de cobrir as despesas de mudança de um ou de ambos. Minha cobertura, no entanto, é grande o suficiente para uma família, quanto mais para nós dois, e eu posso cobrir os custos de mudança de Emma. Também posso alugar outro apartamento para ela se acabarmos seguindo caminhos separados no futuro.

A única desvantagem, até onde posso ver, é que os gatos também vêm, mas é um preço pequeno a pagar por uma solução tão legal.

Sim, é isso, eu decido, meu batimento cardíaco acelerando com uma expectativa sombria. Vou terminar meu almoço, depois ligar para ela e pedir desculpas pelo meu desaparecimento. Depois, assim que as estradas estiverem limpas, terei Wilson me levando até a casa dela, e conversaremos antes que ela saia para o voo – ou talvez o façamos quando eu lhe der uma carona até o aeroporto, caso ela queira chegar cedo. A parte mais complicada será convencer Emma a superar seus problemas financeiros, mas tenho algumas ideias a esse respeito.

Se tudo correr bem, a essa altura, na próxima semana, ela estará abrigada em segurança no meu covil e eu terei exatamente o que quero.

Emma sempre ao alcance.

Emma

MEU TELEFONE TOCA QUANDO ESTOU NO CHÃO, lutando com o zíper da mala. Pensando que são meus avós, pego o telefone da cama sem olhar e clico em "Aceitar" – apenas para congelar em descrença, encarando o nome na tela.

É Marcus.

Ele está me ligando.

Agora mesmo.

— Emma? — Sua voz é rica e profunda, audível mesmo sem o viva-voz estar ligado. — Emma, Gatinha, você pode me ouvir?

Dando um pulo para ficar de pé, encerro a ligação. Meu dedo bate no botão vermelho na tela sem minha decisão consciente.

Então, com sangue batendo em minhas têmporas, olho para o telefone na minha mão.

Alucinei isso ou realmente aconteceu?

O telefone toca novamente, o nome de Marcus aparece na tela.

Clico em "Recusar" de novo, meu coração batendo tão rápido que mal consigo pensar.

O que ele quer?

Por que me liga agora, depois de desaparecer por dias?

Chorei ontem à noite. Às três horas da manhã, quando ainda não conseguia dormir, chorei porque doía muito, sabendo que nunca mais ouviria aquela voz. E aqui está ele, me chamando de "gatinha" como se nada tivesse acontecido.

A menos que... A menos que algo aconteceu.

Cristais de gelo se formam em minhas veias, meu estômago revirando com um medo terrível, pois me ocorre que a falta de interesse não é a única razão pela qual alguém pode desaparecer.

E se Marcus esteve em um acidente?

E se ele estiver no hospital, tão machucado que não pôde enviar mensagens ou falar?

Eu já estou pressionando o botão para ligar de volta quando o nome dele aparece pela terceira vez.

— Marcus? — Pareço meio histérica, mas não consigo evitar. O pensamento dele ferido, seu corpo grande e forte quebrado e coberto de sangue... — Marcus, você está bem?

— Eu? — Para meu alívio, ele parece assustado. —

Sim, claro. Hoje estou trabalhando em casa e não houve falta de energia em Manhattan. E quanto a você? Tem energia e aquecedor?

Por um momento, não tenho ideia do que ele está falando, mas depois me lembro da tempestade.

É sério isso agora?

Chorei por ele ontem à noite, e estamos falando sobre o caralho do *tempo*?

— Então, você não está machucado? — Esclareço, minha voz tensa. — Você não estava no hospital ou na prisão ou foi inevitavelmente detido?

— Não, claro que não. — Agora há uma nota cautelosa em seu tom. — Mas eu tive alguns dias insanos no trabalho. Vou lhe contar tudo quando te vir. Falando nisso...

— Você consertou? — Eu o interrompo. — O problema no trabalho, quero dizer?

Ele inala audivelmente. — Sim, grande parte dele. Ouça, Emma, me desculpe por...

— Ok, estou feliz por você. Adeus. — Desligo antes que minha voz possa falhar. Estou tremendo pelo excesso de adrenalina, meu intenso alívio por ele estar bem combinado com mágoa e crescente fúria. Eu não estava brava com ele antes – apenas comigo mesma, por ser tola o suficiente para brincar com fogo – mas estou agora.

Uma coisa é invadir a minha vida, brincar com minhas emoções e desaparecer, outra é alegremente esperar uma repetição.

O telefone toca novamente, e eu o envio para a

caixa postal com um golpe brusco na tela. Meu pulso está acelerando tão rápido que fico tonta, minha respiração rápida e irregular quando jogo o telefone na cama e começo a andar.

Por que ele ligou? Por que agora?

Por que reaparecer justamente quando me convenci de que ele nunca o faria?

Não que isso importe.

Quaisquer que sejam as razões dele, simplesmente não posso fazer isso. Talvez outras mulheres possam lidar com seus amantes bipolares, mas eu não. Eu não curto esses jogos. Kendall estava certa: Marcus não é como os garotos inofensivos que namorei. Eu o conheço há pouco tempo, e ele já revirou minha vida. Nunca chorei por nenhum dos meus dois namorados – pensando bem nisso, nem por qualquer outro homem.

E esse é o ponto crucial, percebo com uma dor pulsante.

Marcus não é como nenhum outro homem que conheci. Com meus ex, consegui manter uma certa distância, dar uma parte de mim enquanto retinha o resto. Não com ele, no entanto. Em apenas alguns encontros e uma foda de final de semana, ele dizimou todas as minhas defesas, invadindo meu coração.

Mesmo sabendo que o que tínhamos era temporário, eu me apaixonei por ele – e me apaixonei feio.

A percepção disso é como uma bola de demolição no meu estômago.

Estou apaixonada por ele.

Por Marcus.

É por isso que está doendo tanto.

Abalada, sento-me na cama, deixando Cottonball subir no meu colo enquanto olho fixamente para o meu telefone.

Estou apaixonada por Marcus. Não o belo bilionário que me deu mais orgasmos do que posso contar, mas o homem que falou com gratidão sobre seu professor do segundo ano e respondeu às perguntas dos meus avós com paciência e respeito.

O homem que me disse que eu não sou nada como minha mãe antes de compartilhar sobre seu próprio passado doloroso.

Meu telefone toca três vezes, a tela acende com as mensagens recebidas.

Como assim, adeus?

Você desligou na minha cara?

Emma, me ligue de volta, agora. Eu posso explicar.

Cada palavra é como uma lâmina perfurando meus pulmões, roubando meu fôlego a cada golpe.

Porque eu quero ligar de volta.

Eu quero mais do que qualquer coisa.

Mas se eu ceder – se eu ceder novamente – da próxima vez que ele for embora, ficarei em pedaços.

E haverá uma próxima vez... Porque eu não sou Emmeline.

Eu não sou a candidata perfeita à esposa que ele precisa.

Marcus

EU OLHO PARA O MEU TELEFONE, MEU CORAÇÃO batendo com desgosto e fúria.

Ela desligou na minha cara.

Cortou meu pedido de desculpas com um "adeus" e desligou.

Eu ligo de volta, caso tenha sido uma conexão ruim, mas recebo a caixa postal imediatamente.

Xingando baixinho, envio três mensagens e espero.

Nada.

Não há pontos em movimento para me dizer que ela está respondendo, nada para dar qualquer indicação de sua intenção.

Aproveitando cada grama de paciência, ligo novamente.

Caixa postal.

Direto para a porra da caixa postal.

Ela desligou o telefone ou está rejeitando minhas ligações.

O telefone na minha mão parece uma bomba pronta a explodir – ou talvez seja a bola de fúria no meu peito. Duas vezes ela fez isso comigo agora.

Por duas vezes ela tentou me fazer ir embora.

E a última vez eu fui. Como uma idiota, eu me afastei, quase deixando-a estragar o que temos.

Bem, não dessa vez.

Ela não entrará no avião até que retire o maldito "adeus".

JÁ ME ACALMEI UM POUCO QUANDO WILSON ME LEVA pelas ruas recém-limpas até o Brooklyn. Em retrospectiva, talvez não entrar em contato com Emma desde domingo não tenha sido muito bom para mim. Foram apenas três dias, mas se ela sentir nossa conexão tão intensamente quanto eu, pareceria infinitamente mais longo.

Eu ainda estou chateado por ela ter desligado, mas posso entender.

De qualquer forma, quando o carro chega às pilhas de neve deixadas no meio-fio pelo limpa-neve, estou totalmente preparado para rastejar. Além de explicar como as coisas estavam caóticas no trabalho, vou oferecer minhas sinceras desculpas e jurar que nunca mais vou ignorá-la. Não foi o que fiz – apenas adiei contatá-la um pouco – mas é assim que ela deve ter percebido.

É a única explicação para esse "adeus" do nada.

Estou usando minhas botas impermeáveis, mas a neve entra pelas aberturas nas pernas enquanto atravesso as pilhas na altura da coxa no caminho para a porta de Emma. Ignorando a umidade gelada que encharca meus pés, toco a campainha.

Nada.

Sem resposta.

Dou alguns minutos e toco a campainha novamente.

Nada ainda.

Frustrado, vou até a janela do porão ao virar da esquina. Como esperado, está coberta de neve, então, me abaixo e começo a limpá-la com minhas próprias mãos.

Ela não vai me ignorar tão fácil assim.

Não vou deixar.

— Com licença. O que você está fazendo?

Assustado com a voz estridente, levanto os olhos.

Uma mulher mais velha e magra, vestida com uma jaqueta fofa, está de pé a alguns metros de distância, seu permanente loiro-acinzentado formando uma auréola crespa em volta da cabeça.

— E aí? — Ela exige com uma careta. — Você está invadindo minha propriedade. Explique-se, ou eu chamo a polícia.

Ela deve ser a senhoria de Emma.

Levanto-me, tirando a neve das palmas das mãos no casaco. — Me desculpe por isso. Eu estou procurando por Emma. Ela não está atendendo a porta por algum motivo.

Ela pisca para mim, sua carranca desaparecendo. — Você está procurando por Emma?

— Sim. Você sabe onde ela está? Não consigo encontrá-la.

— Ah, entendo. — Ela me dá uma olhada completa, seu olhar demorando no meu casaco italiano, como se estivesse tentando calcular o preço. — Você é o namorado dela ou algo assim?

Busco profundamente por minha paciência. — Sim, estamos namorando. Você sabe por que ela não está atendendo a porta?

— Bem, claro, querido. Ela saiu para o aeroporto mais cedo, sabe, por causa de toda a neve nas estradas.

Caralho. — Quando ela saiu?

— Não tenho certeza. Meia hora atrás? Vinte minutos, talvez? — Ela inclina a cabeça. — Há quanto tempo vocês dois namoram? Estou cuidando dos gatos dela, e Emma não mencionou um cara...

— É novo — eu interrompo, e corro de volta para o carro antes que a mulher possa iniciar um interrogatório.

Não há tempo a perder.

Eu tenho uma ruiva teimosa para alcançar antes que ela entre no avião.

~

O TRÂNSITO PARA O AEROPORTO ESTÁ HORRÍVEL, TÃO ruim que nem as habilidades de condução de Wilson podem ajudar. Depois de duas horas e meia de avançar uns centímetros por minuto, finalmente vejo a causa do congestionamento: um acidente na pista da esquerda. Assim que passamos, o tráfego começa a se mover mais rapidamente, mas o dano está feito.

O embarque de Emma deve começar em meia hora.

Respirando fundo para combater a minha frustração, tento ligar para ela novamente.

Caixa postal. Igual às outras cinco vezes que tentei.

Envio mensagem para ela novamente.

Nada. Sem resposta.

Lutando contra o desejo de bater o telefone contra a janela, verifico o aplicativo da companhia aérea.

A porra do voo está no horário e o embarque começa em vinte e três minutos.

Mesmo se eu estivesse no aeroporto agora, precisaria de mais tempo do que isso para passar pela segurança.

Ela vai entrar no avião com essa porra enorme não resolvida.

A não ser que...

Sem me dar a chance de pensar duas vezes, ligo para o meu gerente de processo de transportes.

— Richard, é Carelli — digo assim que ele atende. — Preciso que você faça com que o CEO da *United Airlines* me ligue agora mesmo. É urgente.

Sei que o gerente de portfólio está louco para

perguntar por quê – as ações de companhias aéreas são sua área –, mas ele entende o conceito de urgência.

Cinco minutos depois, tenho o CEO da *United Airlines* no telefone. Seis minutos depois, quando eu desligo e checo o aplicativo novamente, o voo está atrasado em uma hora – e prometi me abster de comprar ações da UAL por seis meses, para evitar que o CEO explique à diretoria por que há um fundo de investimentos gigante apostando contra eles.

O tráfego clareia ainda mais quando nos aproximamos do aeroporto, e quase me sinto mal por segurar o avião por uma hora. Meia hora poderia ter sido suficiente. Quando entro no aeroporto, no entanto, fico feliz com o tempo extra.

O lugar está invadido por frenéticos viajantes de férias e tripulação aborrecida pela tempestade. É tão ruim que, no momento em que eu passo pela fila de segurança, o embarque da Primeira Classe e de Prioridades para o voo de Emma já começou.

Começo a empurrar meu caminho através da multidão amontoada no portão, procurando por seu cabelo brilhante.

Lá está. Uma figura pequena e curvilínea em direção à frente da linha da Classe Econômica. Vestida com uma calça jeans e um moletom branco, ela está segurando um cartão de embarque em uma mão e a alça de uma mala pequena e gasta na outra.

Minha pulsação aumenta, minha pele se arrepia com o calor selvagem.

Porra, eu senti muito a falta dela.

Sou um idiota por ficar longe.

Sentindo-me como um caçador se aproximando de sua presa, me dirijo diretamente a ela. Outras pessoas devem sentir minha determinação, porque elas saem do meu caminho. Ela está olhando para frente, então, não me vê até que eu pare ao lado dela.

E, então, é tarde demais.

— Emma. — Estendo a mão para segurar seu pulso, assim como seu olhar vai para o meu rosto, os olhos cinzentos arregalados em choque. — Precisamos conversar.

Ela está tão atordoada que me deixa tirá-la da multidão sem protestar. É só quando estamos nos bancos vazios no canto que ela encontra a sua voz. — O que você está fazendo aqui? — Sua voz é mais aguda do que o normal. — Como você passou pela segurança?

Eu libero seu pulso para tirar um cartão de embarque do meu bolso. — Eu comprei isso — É para um voo para Omaha, o único que tinha um assento disponível hoje. Colocando de volta no meu bolso, digo: — Escute, precisamos conversar sobre...

— Não, não precisamos. — Ela tenta se afastar de mim, mas fico na frente dela, bloqueando seu caminho.

— Sim, nós temos.

Seu rosto fica vermelho de raiva. — Meu voo está embarcando...

— Eles apenas começaram. Você tem tempo.

Aparentemente percebendo que não vou me mexer, ela solta a alça da mala e cruza os braços sobre o peito. — Muito bem. Fale.

Apesar da gravidade da situação, quase rio da carranca que ela dirige a mim. Com todos aqueles cachos volumosos, ela parece ridiculamente fofa quando está com raiva. Adorável, na verdade. Claro, ela também parece adorável quando sorri, e quando fica vermelha, e quando está deitada na minha cama, toda quente, sonolenta e satisfeita – porra, é melhor eu focar.

— Sinto muito, Emma — digo tão sinceramente quanto posso. — Eu deveria ter ligado para você mais cedo. Eu estava trabalhando o tempo todo, mas isso não é desculpa. Eu prometo a você, isso não vai acontecer novamente. — Eu ia parar por aí, mas algum demônio me impulsiona para frente, puxando as palavras da minha boca. — A verdade é que eu senti que estávamos ficando muito ligados, rápido demais, e aproveitei a emergência do fundo para colocar uma pequena distância entre nós. Mas isso foi um erro. Eu percebo agora. Eu quero que fiquemos ligados. — respiro fundo. — Na verdade, eu estava pensando que quando você voltar desta viagem, eu gostaria que fosse morar comigo.

Seus braços caem para os lados enquanto o choque limpa toda a outra expressão em seu rosto. — Você o quê? — Sua voz é pouco acima de um sussurro.

— Eu quero que você se mude — eu repito, apertando suas mãos pequenas em cada uma das minhas. — Quero que você viva comigo – você e todos os seus três gatos. Sei que parece rápido, mas ganhei a vida assumindo riscos calculados e, acredite, vale a pena. Se você quiser manter seu apartamento por enquanto, não vou me opor, mas quero você comigo todas as noites.

Suas mãos estão geladas no meu aperto enquanto ela olha para mim. — Por quê?

— Porque eu quero você e você também me quer. — Não é óbvio para ela? — A química que temos é rara, Gatinha. Tão rara que eu nunca senti isso antes. Eu quero você o tempo todo, ao ponto da obsessão. Lutei contra isso, tentei resistir, mas é inútil. Eu quero você e não quero que as pontes e os túneis atrapalhem nosso tempo juntos. Venha morar comigo, Emma. Faz muito sentido.

Com o canto do olho, vejo dois homens em trajes de trabalho sussurrando um para o outro a uma dúzia de metros de distância, e uma mulher apontando um telefone para mim por trás deles. Eles provavelmente me reconheceram da CNBC ou de algum lugar. Normalmente, eu ficaria irritado e me afastaria, mas isso é importante demais para me distrair.

— Venha morar comigo — digo novamente quando Emma permanece em silêncio, olhando para mim em choque mudo. — Vai ser bom, você sabe disso. Eu cuido de toda a logística da mudança. Tudo que você tem a fazer é dizer sim. — E para lembrá-la de quão bom será, coloco minha palma sobre sua mandíbula e abaixo minha cabeça para beijá-la.

Eu quis que fosse um beijo leve e casual, algo adequado ao local público, mas no momento em que nossos lábios se tocam, uma fome violenta toma conta de mim. Três dias em que não a provei, três noites em que fiquei longe. Esquecendo tudo sobre os espectadores, envolvo meu braço em volta de sua cintura, puxando-a para mais perto e deslizo minha outra mão em seus cabelos, segurando os cachos para segurá-la no lugar enquanto minha língua entra em sua boca. Ela tem gosto de chiclete e calor gostoso, como todos os meus sonhos embrulhados em um pacote pequeno e doce. Meu sangue é como lava nas minhas veias, e meu pau palpita no meu jeans, desesperado por seu calor escorregadio. Eu não me canso dela, nunca vou me cansar dela e, pela primeira vez, isso não me assusta.

Vou apreciá-la, toda ela, enquanto isso durar.

Um pequeno gemido escapa de seus lábios, aumentando a fome sombria que me atinge, e eu aprofundo o beijo, devorando-a, compartilhando sua respiração. Posso sentir suas mãos pequenas agarrando meus ombros, posso sentir sua excitação do jeito que ela arqueia contra mim, e...

— Última chamada. Última chamada para o voo 1528 da *United* para Orlando. Todos os passageiros, por favor, prossigam até o portão.

A voz estridente do locutor é como uma bola de neve me acertando na cara. Saio do transe, levanto a cabeça e, lembrando-me dos espectadores, solto Emma. Ela dá um passo trêmulo, os dedos pressionados nos lábios inchados.

Respirando pesadamente, olhamos um para o outro.

Então, a mão esquerda tateia no ar, pousando na alça da mala.

— Eu não posso — diz ela, áspera. — Marcus, desculpe, mas não posso.

Uma névoa escura oculta minha visão quando um zumbido alcança os meus ouvidos. Devo ter ouvido mal o que ela disse. — O que diabos você quer dizer com isso, 'não pode'? — Minha voz é baixa e tensa, um aviso em todas as sílabas.

Seu rosto se torce, seus olhos brilhando com uma áurea dolorosa — Não posso fazer isso. Não posso... Não posso morar com você. Me desculpe, Marcus. O que eu disse antes, falei a sério. Acabou. Eu nunca mais quero te ver.

E enquanto me afasto do golpe, ela dá a volta ao meu redor, arrastando a mala para o portão.

Eu não sei quanto tempo fico sentado no setor de embarque, olhando cegamente para o portão pelo qual ela desapareceu. Toda a minha vida, eu estabeleci metas e consegui-as, recusando-me a aceitar o fracasso como uma opção. Eu tenho procurado o que quero com determinação e crueldade, e isso sempre produz resultados.

Exceto com Emma.

Eu lutei por ela como não lutei por nenhuma outra mulher e nada.

Eu lhe ofereci tudo e ela jogou de volta na minha cara.

A dor da rejeição é de tirar o fôlego, como se alguém tivesse arrancado meus pulmões. Quando ela me disse para sair depois do incidente da porta quebrada, eu mal a conhecia, e tudo o que eu procurava era sexo. Ainda assim sofri, sendo mandado embora depois daqueles beijos ardentes, mas não tinha sido nada comparado à devastação que sinto agora.

Eu estava tão certo de que ela aceitaria minha proposta de mudança que eu nunca consideraria a alternativa, muito menos que ela se recusaria a me namorar.

Conforme o choque de suas palavras arrefece, a mágoa se intensifica, e com isso vem a raiva. Negra e quente, cresce dentro de mim, até que sinto que vai me queimar vivo. Quero machucá-la, fazê-la sentir um pouco da dor que me infligiu e, ao mesmo tempo, só a quero.

Eu sinto tanto a falta dela que mataria para segurá-la mais uma noite.

Apertando meus olhos, inalo profundamente, tentando pensar além do caldeirão borbulhante de emoções emaranhadas, analisando tudo como qualquer outro investimento que tivesse ido mal.

Por quê? Por que ela fez isso?

Eu sei que não a interpretei mal, não julguei mal sua resposta.

Ela me quer tanto quanto eu a quero.

Ela se entregou a mim, apenas para mudar de ideia e fugir.

Tem que haver uma razão para suas ações, algo além do meu erro estúpido de ficar longe. A Emma que conheço não é nem superficial nem volúvel, e certamente não é indiferente a mim.

Algo aconteceu entre o domingo e agora, algo que a assustou.

Sim, é isso. Isso parece certo. Algo aconteceu, algo que fez com que ela fizesse isso – e eu não vou desistir até chegar ao fundo disso.

Não, que se foda isso.

Eu não vou desistir até consertar.

Eu quero Emma e não estou aceitando a derrota.

Decidido, me levanto e começo a andar, pegando meu telefone.

— Prepare o jato — ordeno ao meu piloto. — Você tem uma hora. Estamos voando para Orlando hoje à noite.

E desligando, sorrio sombriamente.

Se Emma acha que eu vou deixá-la ir tão facilmente, ela não me conhece.

Ela pode correr, mas não vai longe. Eu não vou perdê-la.

Emma, Gatinha, você é minha. E eu vou atrás de você com tudo o que tenho.

AGRADECIMENTOS

Obrigada pela leitura! Se você considerar deixar um comentário/resenha, seria muito apreciado. A história de Marcus e Emma continua em *O Vício do Titã*. Visite www.annazaires.com/book-series/portugues/ para saber mais.

Se você gostou de *O Titã De Wall Street*, talvez goste dos seguintes livros:

- *A trilogia Perverta-me* – a história de Julian e Nora
- *Capture-me* – a história de Lucas e Yulia
- *A trilogia de Mia e Korum* – a história de ficção científica futurista de Korum, um alienígena poderoso, e Mia, a estudante tímida que ele está determinado a ter
- *A Prisioneira dos Krinars* – o romance envolvente entre Emily, uma mulher em

perigo mortal, e Zaron, o alienígena
disfarçado que salva a vida dela

Colaborações com meu marido, Dima Zales:

- *O Código de Feitiçaria* – Fantasia épica

E agora, por favor, vire a página e conheça um pouco
de *Capture-me*. E agora, vire a página par ver uma
amostra de *Perverta-me* e *Capture-me*.

Nota do Autor: *Perverta-me* é uma trilogia erótica dark sobre Nora e Julian Esguerra. Todos os três livros estão disponíveis agora.

Sequestrada. Levada para uma ilha particular.

Nunca achei que isso poderia acontecer comigo. Nunca imaginei que um encontro casual na noite do meu aniversário de dezoito anos mudaria minha vida tão completamente.

Agora pertenço a ele. A Julian. A um homem que é tão implacável quanto bonito. Um homem cujo toque me deixa em chamas. Um homem cuja ternura é mais arrasadora do que sua crueldade.

Meu sequestrador é um enigma. Não sei quem ele é nem por que me sequestrou. Há uma escuridão dentro dele, uma escuridão que me assusta, mas que também me atrai.

Meu nome é Nora Leston e esta é minha história.

~

Chegou o anoitecer e, a cada minuto que passava, eu ficava cada vez mais ansiosa com a ideia de ver meu sequestrador novamente.

O romance que eu estivera lendo não mantinha mais meu interesse. Eu o larguei e andei em círculos pelo quarto.

Eu estava vestida com as roupas que Beth me dera mais cedo. Não era o que eu teria escolhido para usar, mas eram melhores do que um roupão. Uma calcinha branca de renda *sexy* e um sutiã combinando, um vestido azul bonito abotoado na frente. Tudo me serviu perfeitamente, de forma muito suspeita. Ele estivera observando-me por algum tempo? Descobrindo tudo sobre mim, incluindo o tamanho das roupas?

A ideia me deixou enjoada.

Tentei não pensar no que aconteceria, mas foi impossível. Eu não sabia por que tinha tanta certeza de que ele apareceria naquela noite. Era possível que ele tivesse um harém inteiro de mulheres na ilha e visitasse cada uma delas apenas uma vez por semana, como os sultões.

Ainda assim, eu sabia que ele chegaria em breve. A noite anterior simplesmente abrira o apetite dele. Eu sabia que demoraria muito para que ele se cansasse de mim.

Finalmente, a porta se abriu.

Ele entrou como se fosse dono do lugar. O que, claro, era verdade.

Fiquei novamente impressionada pela beleza masculina dele. Com um rosto daqueles, ele poderia ter sido modelo ou ator de cinema. Se houvesse alguma justiça no mundo, ele seria baixo ou teria alguma outra imperfeição para compensar aquele rosto.

Mas não tinha. O corpo era alto e musculoso, com proporções perfeitas. Lembrei-me da sensação de tê-lo dentro de mim e senti uma onda indesejada de excitação.

Ele vestia novamente calça *jeans* e uma camiseta, desta vez, cinza. Ele parecia gostar de roupas simples, o que era inteligente. A aparência dele não precisava de realce.

Ele sorriu para mim. Aquele sorriso de anjo caído, sombrio e sedutor ao mesmo tempo. — Olá, Nora.

Eu não sabia o que dizer e falei a primeira coisa que me surgiu na mente. — Por quanto tempo vai me manter aqui?

Ele inclinou a cabeça ligeiramente para o lado. — Aqui no quarto? Ou na ilha?

— Os dois.

— Beth mostrará o lugar a você amanhã. Se quiser,

poderá nadar — disse ele, aproximando-se. — Você não ficará trancada, a não ser que faça alguma tolice.

— Como o quê? — perguntei. Meu coração bateu com mais força dentro do peito quando ele parou perto de mim e ergueu a mão para acariciar meus cabelos.

— Tentar machucar Beth. Ou machucar você mesma. — A voz dele era suave e o olhar hipnótico ao olhar para mim. A forma como tocava nos meus cabelos foi estranhamente relaxante.

Pisquei, tentando me livrar do feitiço dele. — E a ilha? Por quanto tempo pretende me manter aqui?

A mão dele acariciou as curvas em volta do meu rosto. Eu me vi recostando-me na mão dele, como uma gata sendo acariciada, e imediatamente endireitei o corpo.

Os lábios dele se curvaram em um sorriso. O idiota sabia o efeito que tinha em mim. — Muito tempo, espero — disse ele.

Por algum motivo, não fiquei surpresa. Ele não teria se dado ao trabalho de me levar até a ilha se quisesse apenas dar algumas trepadas comigo. Fiquei aterrorizada, mas não surpresa.

Reuni coragem e fiz a próxima pergunta mais lógica. — Por que você me sequestrou?

O sorriso desapareceu do rosto dele. Ele não respondeu, apenas me encarou com um olhar azul inescrutável.

Comecei a tremer. — Você vai me matar?

— Não, Nora, não vou matar você.

A negação dele me reconfortou, apesar de, obviamente, ser possível que estivesse mentindo.

— Você vai me vender? — Mal consegui pronunciar as palavras. — Para ser uma prostituta ou algo assim?

— Não — disse ele em tom suave. — Nunca. Você é minha e só minha.

Eu me senti um pouco mais calma, mas havia mais uma coisa que precisava saber. — Você vai me machucar?

Por um momento, ele não respondeu. Algo sombrio passou em seus olhos. — Provavelmente — respondeu ele baixinho.

Em seguida, ele se abaixou e beijou-me, com os lábios quentes e macios tocando nos meus gentilmente.

Por um segundo, fiquei imóvel, sem reagir. Eu acreditei nele. Sabia que estava falando a verdade quando dissera que me machucaria. Havia algo nele que me assustava. Algo que me assustara desde o início.

Ele não era nada parecido com os rapazes com quem eu saíra. Ele era capaz de qualquer coisa.

Eu estava completamente à sua mercê.

Pensei em tentar lutar contra ele novamente. Seria a coisa normal a fazer na minha situação. Um ato de coragem.

Mesmo assim, não fiz nada.

Eu conseguia sentir a escuridão dentro dele. Havia algo de errado com ele. A beleza externa escondia algo monstruoso.

Eu não queria libertar aquela escuridão. Não sabia o que aconteceria se fizesse isso.

Portanto, fiquei imóvel entre os braços dele e deixei que me beijasse. E, quando ele me pegou no colo e levou-me para a cama, não tentei resistir.

Em vez disso, fechei os olhos e entreguei-me às sensações.

Todos os três livros da trilogia *Perverta-me* estão disponíveis. Por favor, visite nossa página www.annazaires.com/book-series/portugues/ para saber mais e se inscrever em minha lista de e-mail.

Nota do Autor: *Capture-me* é o primeiro livro de Lucas & Yulia, da série de romance dark.

Ele é meu inimigo… e minha missão.

Uma noite – é só o que deveria ser. Uma noite de paixão crua e primitiva.

Quando o avião dele cai, deveria ser o fim. Mas é apenas o começo.

Eu traí Lucas Kent e agora ele me fará pagar.

Ele entrou no meu apartamento assim que abri a porta.

Sem hesitação, sem um cumprimento... ele simplesmente entrou.

Atônita, dei um passo atrás. O corredor estreito subitamente pareceu muito pequeno. Eu me esquecera de como Kent era grande, de como tinha os ombros largos. Eu era uma mulher alta, o suficiente para fingir que era modelo se fosse preciso, mas ele era uma cabeça mais alto. Com o casaco pesado que usava, ele ocupou o corredor quase inteiro.

Ainda sem dizer nada, ele fechou a porta atrás de si e avançou na minha direção. Instintivamente, recuei, sentindo-me como uma presa encurralada.

— Olá, Yulia — murmurou ele, parando de andar quando estávamos fora do corredor. O olhar pálido dele se fixou no meu rosto. — Eu não esperava ver você assim.

Engoli em seco, com o coração batendo depressa. — Acabei de tomar banho. — Eu queria parecer calma e confiante, mas ele me pegara totalmente de surpresa. — Não estava esperando visitas.

— Não, percebi isso. — Um sorriso leve surgiu nos lábios dele, suavizando a linha dura da boca. — Mas deixou que eu entrasse. Por quê?

— Porque eu não queria continuar conversando pela porta fechada. — Respirei fundo para me acalmar. — Quer um pouco de chá? — Era algo idiota a dizer, considerando o motivo pelo qual ele estava lá, mas eu precisava de alguns momentos para me recompor.

Ele ergueu as sobrancelhas. — Chá? Não, obrigado.

— Então, quer me dar o seu casaco? — Eu não

consegui me livrar do papel de anfitriã, usando a educação para encobrir a ansiedade. — Aqui está quente.

Um toque de diversão brilhou no olhar gelado dele. — Claro. — Ele tirou o casaco e entregou-o a mim, o que o deixou vestindo um suéter preto, calça *jeans* escura e botas de inverno pretas. A calça abraçava as pernas dele, revelando coxas musculosas e panturrilhas fortes. No cinto, vi uma arma presa no coldre.

Irracionalmente, minha respiração acelerou ao ver aquilo. Precisei de muito esforço para impedir que minhas mãos tremessem quando peguei o casaco e fui até o armário minúsculo para pendurá-lo. Não era surpresa ele estar armado, e seria um choque se não estivesse, mas a arma era um lembrete de quem era Lucas Kent.

O que ele era.

Não é nada demais, disse eu a mim mesma, tentando acalmar os nervos. Eu estava acostumada com homens perigosos. Fora criada entre eles. Aquele homem não era tão diferente. Eu dormiria com Kent, obteria as informações que pudesse e ele sairia da minha vida.

Sim, era isso. Quanto mais cedo conseguisse fazer aquilo, mais cedo tudo acabaria.

Fechando a porta do armário, abri um sorriso muito ensaiado e virei-me para encará-lo, finalmente pronta para retomar o papel de sedutora confiante.

Mas ele já estava perto de mim, tendo atravessado a sala sem fazer um som sequer.

Meu coração deu um salto novamente e minha

compostura desapareceu. Ele estava perto o suficiente para que eu visse os raios cinzentos nos olhos azuis, perto o suficiente para me tocar.

E, um segundo depois, ele me tocou.

Erguendo a mão, ele correu as costas da mão sobre o meu maxilar.

Eu o encarei, confusa pela resposta instantânea do meu corpo. Minha pele ficou quente e meus mamilos enrijeceram. Minha respiração ficou mais rápida. Não fazia sentido que aquele estranho duro e implacável me deixasse excitada. O chefe dele era mais bonito, mais atraente, mas era a Kent que meu corpo reagia. E, até o momento, ele só tocara no meu rosto. Não deveria ser nada, mas, de alguma forma, era algo íntimo.

Íntimo e perturbador.

Engoli em seco novamente. — Sr. Kent... Lucas... tem certeza de que não quer beber nada? Talvez um pouco de café ou... — Minhas palavras desapareceram em uma exclamação quando ele puxou o cinto do meu roupão, de forma tão casual como se estivesse abrindo um pacote.

— Não. — Ele observou quando o roupão caiu, revelando meu corpo nu. — Nada de café.

Por favor, visite nossa página www.annazaires.com/book-series/portugues/ para saber mais e se inscrever em minha lista de e-mail.

SOBRE A AUTORA

Anna Zaires é autora bestseller do *New York Times, USA Today*, e #1 como autora internacional de romance sci-fi e contemporâneo dark. Ela se apaixonou por livros aos cinco anos, quando sua avó a ensinou a ler. Desde então, sempre vive parcialmente no mundo da fantasia onde os únicos limites são aqueles da imaginação. Atualmente, morando na Flórida, Anna é feliz casada com Dima Zales (autor de ficção científica e Fantasia) e colabora de perto com ele em todos os seus trabalhos.

Para saber mais, por favor, visite www.annazaires.com/book-series/portugues/.